折扇

唐朝晖◎著

最后一位女书自然传人

北京出版集团公司

北京十月文艺出版社

献给坚忍、爱做梦的伟大女性！
献给女书世界里的她们！
献给最后一位女书自然传人何艳新老人！

2004 年 4 月 30 日，季羡林先生为女书文化，给联合国教科文组织《世界记忆遗产名录》写推荐信，信中写道：目前只有一个半自然传人（阳焕宜 1909 年出生、何艳新 1940 年出生），濒临灭绝，这是人类的宝贵遗产。

　　同年，阳焕宜老人随九月的天空一同离去。

　　2006 年 5 月，湖南江永女书习俗进入第一批国家级非物质文化遗产名录。

　　目前，女书自然传人只有何艳新老人在世。

我们谁不曾雄心勃勃地时刻梦想一种诗意散文的奇迹，没有节奏和韵律，像音乐一样流畅，时断时续，正适合于灵魂奔放不羁的骚动、梦的起伏和思想的突然跳跃？

　　　　　　　　　　　　　　　　　　——波德莱尔

　　那年，政府在《湖南各县调查笔记》记载：每岁五月，各乡妇女，焚香膜拜，持歌扇同声高唱，以追悼之。其歌扇所书蝇头细字，似蒙古文，全县男子能识此种字者，余未之见。

　　扇中之字，为女书字。

　　　　　　　　　　　　　　　　　　——采访手记

女书字「花」，何艳新书

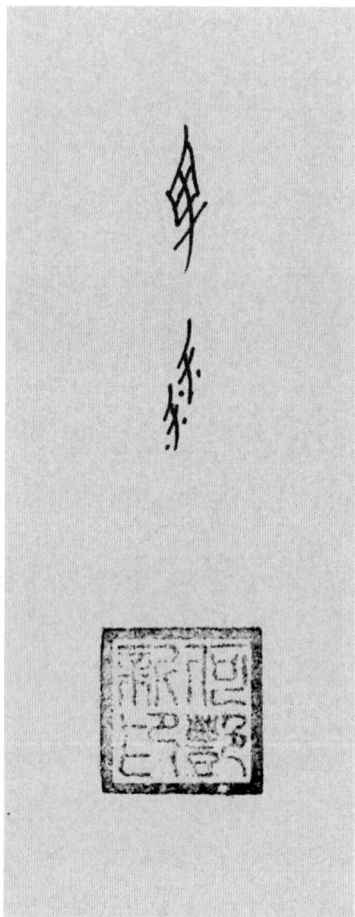

女书字「姐妹」，何艳新书

目 录

从城市里，离开，置身于另一种社会生态，看见遥远的身影，与阳光一起，照着窗玻璃，影子打碎在地上，老人说：我不会让外婆教给我的"记忆"失传。

不久之前，或者更久，你行走在青藏高原，涉过高地湍急的河流，一个人把车，开上珠峰大本营，站在被剖开的山顶，人类翻出大地的内脏给你看，雪水彻夜不眠地急急地流过遭到毁灭性打击的山体，它们日夜与自己挥泪告别，匆匆逃离自己的家园——那座温暖的雪山。

之前，你去了终南山，在没有信号、没有电的茅棚里，你与一位出家人，三两位修行者住在一起。

后来，你带着空虚的身体，随一条船在河流上漂，经湘水、资江、沅江、澧水、汨罗江、洞庭湖、长江一小段，几十天时间，你与三位水手生活在一条船上。

后来，你带着两个孩子，住在湘西花垣县板栗村——一个古老的苗族村寨，有着巨石围墙。每天看清晨的阳光打在禾苗的露珠上，看村民背着一大捆木柴走在夕阳回家的路上。

……

再后来，在群岭之间，在古老的自然村落里，你走近一条小溪，那里植物低垂，草丛间、树林里、石头下，花朵簇拥。村子里，她们信奉的一个梦，于心灵深处，一条路，被时刻清扫，点亮在夜晚的天空下，影子照在现实的土地上。仔细倾听，她们说出：一个又一个，动情的梦。

女书，一个美丽的梦，一条婉转、风流的河，暗暗地流落在树林最底部，随根流浪在大地深处。

低声部的乐色丛林里，她们低吟，美妙的叹息，笼罩在月色中，明亮的星空。

第一次见面，事理就明朗清晰地照亮了那个下午。选择她直率、阳光、忧伤的性格。女书文化的字、音、形、意、气诸多根本，都在她身心里开花、弥漫，她无障碍地把物质的、精神的女书文化，用字写下来，用音唱出来，山川河流、日月星空，都是女书。大地、行云是女书，掉在地上的树枝，开在枝头的花，落在地上的种子，都是女书。

她把昨天的女书民间社会生态，完完整整地带到现在——给你看。

她叫何艳新，一位健在的老人，中国最后一位女书自然传人。

下面所有的事情，都真真切切地发生在南方群岭中，她们的村落里。

女书字「河渊村」，何艳新书

第一折　河渊，南岭中的一个自然村落

中国南部，有一道最大的岭，层叠绵延，群山浩荡，其高、其厚，自然形成一道磅礴的地理分界线，谓为南岭。岭，由西向东，主要由越城岭、都庞岭、萌渚岭、骑田岭和大庾岭五岭构成，故又名五岭，横亘在湖南、广西、广东、江西之间，并继续往东蔓延。群岭东西长约600公里，南北宽约200公里。

萌渚岭与都庞岭，位于五岭中心，东西相对，南北相衔，道道山岭把隶属于永州的江永县，紧紧地含在群山之下、丘陵之上，都庞岭的几条大山脉，由高至低，位于其西，萌渚岭，斜靠在东，两者把江永及周边的几个县环在层层山岭间的舒缓地带。河渊村、田广洞村等自然村落，就散落在这两大山岭之下。每道岭的脚下，流水冲积出不同的文化。

南岭山脉的山谷深处，一条条小溪水，汇成了潇水源头。有山相佑，有水的滋养，小村落，沉默如花，在群山中独自绽放。其文明，自生自长，数千年来，虽在深山，因各种原因，也不断受到中原文化的冲荡，丰富了土生土长的物种，文化与大自然循环相存，不动声色地为这里的生存者提供所需的养分。

公元742年，唐玄宗天宝元年，以境内的永明岭定县名，为永明县，后改为江永县。

这里，曾经是瑶族的主要居住地。

秦汉以后，汉兵不断驻扎于此，或为民，或为官。随着大量汉人的进入，有些瑶族同胞避入群岭深处，向更远的西南迁移。有些人，继续留在当地，过着曾经的生活。瑶汉混居，历经数千年，通婚、交友，共同抵御外来侵犯，日久，从相貌、言谈之中，已很难区分出谁汉、谁瑶。这在当地不再重要。

从北京出发，过河北、河南，跨黄河。经湖北，越长江，达洞庭，入湖南，经岳阳、长沙，继续西行在湖南境内，经湘潭、衡阳，接近永州，宽敞之地突然消失，前方出现群峰峻岭，其中一排山，有四个峰，另一排山，七个峰，旁边还有一排山……群山群峰，突兀俊美。群山，告诉来的人，告诉经过的风、飞过的鸟：往前，就是另外一个世界了。进得山岭，风光为之一变。山，像在守护些什么。

进永州境，转西南方向，经道县入江永。

奇形怪状的山，密密麻麻地堆积在江永县的外面。

江永县，东临江华瑶族自治县；南近广西富川瑶族自治县、恭城瑶族自治县，广西阳朔县；西边是广西桂林和灌县；北与道县接壤。从更模糊和更大一点的概念来讲，江永位于桂林以东，九嶷山脚下。

江永，有一个小镇，名上江圩。小镇，多石，有一种石头，随溪水流下山坡，在平地，被村人挑拣出来，形成村子里青灰色的建筑群。群山中的村落，沿山的低矮处，流转。以上江圩镇为中心的几十个自然村落里，流传着一种仅属于女人的文化，这里是女书文化的核心地带。

几千年以来，女人不能进学堂读书认字。当地人把汉字叫男字，把女人使用的专属文字叫女字。女性结拜姊妹、交朋友、结婚、过节、祭祀，都要用到完全不为外人所识的女书字。

女书字，有一套完整的文字使用体系。女性用她来写带有自传性质的《三朝书》，她们把女书字写在折扇上，托人带给结交的姊妹，传情达意。她们把小竹篮放在阁楼的地板上，穿针引线，唱女书歌，做女红。

折扇 / 第一折

004

传唱的女书歌，用的是当地方言，歌声低低流出，早已消逝的上古音色、音调，如水，从溟蒙境缓缓流出，流淌着女性数千年累积的文化基因，女书歌唱出的是生活的不易，是姊妹们牵手传香的情谊。

这片土地，供奉的主要神灵也是女性。她们的神，不是宗教的神，是全村人的神，神人共居。神在花开花落间显现，芬芳四溢，神让稻谷由绿变黄，神游荡在公鸡打鸣的早上，神与常人一样，有高兴、有闷闷不乐的时候，每个村里都有自己的保护神，所有村里信奉的主神都是两姊妹。上江圩一带的村子，女性都结拜有各自的姊妹，她们把自己的愿望搬上了神龛，希望姊妹成为花中仙子，牵手之爱，成为永恒。

她们把女性意识也强烈地灌注进传统的婚嫁习俗中。歪斜的女书字，对应着黑夜中的星光，有了结交的姊妹，那光亮，将伴随一生。

这里的女性，有自己的节日。每个村子里，都有不错的女书学人，她们是当地的君子女，替女性们写信，传情达意，为不识女书字的妇女唱读姊妹写来的书信。

写有女书字的折扇、手帕、《三朝书》，女书歌，女红，花山庙和六七百个女书字，以及"不落夫家"的各种习俗，人们习惯笼统地称这种文化叫女书。女书藏在文明的隐秘处，藏匿于不多的几个小村子里，方圆不外乎二十公里，用并不准确的辖区名称来概括，女书主要分布在江永与道县相邻处的几十个村子，对于中国几百万个村子来说，这是一个微乎其微的数字。几十个朴实的村子，一天可以全部走完，女书随艰难忍耐的女性，喜笑颜开地走了一代又一代。

女性文明，如植物，生而不息，死而不亡，影响着每户农家的生存状态。

女书，从农村生活的最低处，泥土之下，从根出发，生发出女性柔弱的万般情愫，枝头开红花，由表及里，亦露刚烈之性，如丝，游离达平常难抵之地。

女书字，男人们一字不识。女书的世界，也不会有一个男人去接近，不是遗忘，是各守其道。男女两种文化，如花，开两枝，同在一根，又多有交汇贯通。村口山上敬奉的女子神像，村里不论男女，不论老少，都会去祭祀膜拜，这是大家最真实的、落地生根的神。

问村里的男人，知道女书吗？回答几乎一样："知道，不认识，男人不知道女人的事情。"矛盾的回答，正常的理会。

男人知道女人们有女书的世界，男人不去窥探，那是女人的世界。

走出这几十个村子，无论是男人还是女人，就没人知道女书这个秘密了。

是一些什么样的女性！一种怎样的文化！能够在滔

天的汉文化的巨石下，发明自己的性别文字，形成女人的文化体系，并用身体和心灵的行动，传承这种文化，做到了王阳明先生所推崇的知行合一！

问江永女人，女书是什么？你们为什么喜欢女书？

她们所有人，只会说三个字：诉可怜。

每件事情的缘由，不止一个；有些事件的因，其实也是事件的结果和过程本身。女人有苦，女人可怜，女人爱自己结交的姊妹，她们生性阳光，这是女书文化的根本。南岭中的女人，她们到底有多么的可怜？

——她们让歌声离开物质的身体，高低、细长，若有若无，如气，飘荡在空虚的夜里，稀释在虚空中，彼此交融，你中有我，我中有你，消逝在渺茫的大地之上。她们说，歌声在泪水中盛开，身体随岁月流动而哭泣，因为，她们的想念，因为，她们的爱种在黑暗的世界里，在那里开花，给出香气，照映一些光亮。

于上江圩的女性而言，女书是她们日常生活的一部分，有如清明节，应给祖先上坟扫墓，春节是全家团聚的节日一般自然。女书，是她们交往的一个又一个节日，苦难路上，传来的一声又一声问候。女书，是存在的一种方式，她与女性，如影随形，如风把雨吹向天空，飘零于水面，浸染着满山满坡的植物，她们被女书滋养，幸福生存。

从开始，到现在，多少年过去了，她们不认为女书是个秘密，女书于村里的女性，是早晨的鸟鸣，清晨的露珠，夜晚的星空，有位老人说，女书是延续她生命的唯一食物。

日积月累，男性社会的刚硬猛进，女书在不自觉中，成为时间里的一个秘密，她们没有有意识地去藏匿，只为身心尽情地飞舞，只为给泪花找一个绽放的时节。她们不自觉的行为，在群山里，在唇齿相依的房子里，慢慢地，女书在村子里绽放成一簇繁花，芳香阵阵，形成一个无人知、无人晓，但为她们所共同拥有的秘密。花一样的女人，芬芳着，从那条路上走来，有青春花蕾，有青年的火热，有中年的沉稳，有蹒跚的老人，女性，鲜花，开满了南岭的山谷。

最早发现秘密之花的人、试图把秘密广而告之的，是江永县文化馆的一个男人，他叫周硕沂。

1954年，在文化馆工作的周硕沂，于一个平常的时间里，发现了女书的蛛丝马迹。群岭之间，有溪水流动，隐约有花香，淡淡地，随水雾飘来，虽不明朗，但整体斜向一边，如长蚊脚的女书字，触动了文化元素中名为"责任"的那个词语，那些歪斜的字，会动，是一种小巧的灵物，歪歪斜斜，跃动在另一个轻巧的世界里，挥之不去，闭上眼睛，纤细的笔画，一条条，点亮了这位男人久已哑默的激情。

周硕沂把这些歪斜的文字，邮寄给中央文字改革委员会的周有光，希望得到一些证据，把心里的激动迎娶出来。寄给远方的是一种希望，而远在群山中，一个小县城里的周硕沂，继续在江永寻找女书，像一只兽，闻着女书的气味而走进一个个寨子，把灵物的物证一件件找出来。寻访老人，与她们成为朋友，聆听她们的节奏，听着古老的声音，顺着高墙，攀缘而上，感受女性世界的色泽。

"破四旧"，是一场场运动之中的某个运动，不久之后又爆发了一场彻底的革命——文化大革命。几场运动下来，烧了无数的女书作品，烧了无数的《三朝书》、折扇，没了记写姊妹感情、主人情感生活的物件，她们就再也听不到内心窸窸窣窣的声音，是如何低身于人群，然后，站起来，歪歪斜斜地依附在女书字上，让女人们哼出她们的可怜，女性在声音中，在泪水里，看见星月的幽蓝的深邃，体会自己的水流在时间的石头上，激扬起飞翔的水花。

元贞桥，一座再也寻不见的小木桥。只有老人记得这座木桥。桥建于多少年？没人知道。桥名从《易经》中的"元亨利贞"里取"元贞"为名。风水先生说，取此二字，桥才可从"元"的此岸，跨越"亨利"之河流，达"贞"的彼岸。终究，桥没能继续跨越，没到天年，就遭人为破坏，它在见证完一次浩劫之后，消失在河面，只有水，记得桥的模样。

周硕沂与很多女性，见证了那次浩劫。元贞桥下，焚烧了无数文物，包括女书物件《三朝书》、《结交书》和折扇、诉说思念的手帕，包括周硕沂收集的几十万字的其他女书作品，烧了三天三夜，大火才痛惜而灭。周硕沂站在河边回忆：

"凡从桥上过的人，看到那堆烟火，就流泪。"

天空中有人在看，她们看见自己的声音被火苗吞噬，文化基因随黑色的灰烬紧紧地护在一起，不愿意燃烧，越近，下一轮的燃烧更加旺盛，冲天大火，黑色里的保存不见了，只有红色的燃烧。文化基因，成为一个可笑的词语，被棍棒皮带抽打。文化的迹象、记忆、气息，传承的方法和物本身，在烧，人心在烧，灰烬、火苗，之后是灰烬，河流的一场大水，了无踪迹……泪水有感应，她痛了，她们痛了……

中央民族大学陈其光教授讲了一个故事。

20世纪60年代，湖南省公安厅在邵阳火车站，发现了一位被火车轧断了腿的妇女，装扮有点像瑶族，她说的话没人能听懂，她的每一句话都让人茫然，慌张的语音在喧嚣中，找不到一个相同的音，声音在寻找理解者，伴随着妇女惊恐的眼神，寻求的声音最后也消失在空旷的广场。机智的好心人，拿出笔和纸片，妇女激动地弯腰——

感谢感激，她急急地在纸上写下一行字……

给人看……

抬头。

期待。

茫然。

没人认识。

摇头。

妇女又写了一行，还是没人认识。词语慌慌张张地站在纸上，只要谁认出来，它就会扑向谁，可是，没人相认。字，呆呆地站在纸上，如一片空白，对着那位妇女叽叽喳喳地说了一通无奈的话。

政治敏感的年代，空降特务被广为流传，公安人员把她送到了北京，妇女写的字也送到了陈其光教授手中，教授对这字有点面熟。想起来了，与之前湖南周硕沂送上来的女书字很像。

女书的秘密花朵，梦幻般，再一次，被风掀起一角红盖头，窥视外面的世界。

1982年，统计出了一份至今为止比较全面的调查表：《本县上江圩镇末代女书自然传人调查表》，共计调查到有60位女书自然传人，其中江永县上江圩镇45位。名字后面，是一位位生动的女性，在乡村劳动，从儿时的成长，到新婚的远嫁，不断受到生活困苦的鞭打，她们弯腰劳作，女书字浮在泪水里，送给需要温暖的姊妹。

查看表格，女书文化浓浓地聚集于上江圩，如墨汁向周边慢慢渲染、散发，渐渐变淡。有些墨迹远嫁另外乡镇和邻省姑姑所在的村子。而上江圩河渊村，又处于圆点中墨迹最浓处。

河渊村北边，女书自然传人居住的有桐口、荆田、白巡、新宅、呼家、甫尾、葛覃、棠下、夏湾、朱家湾、嵴里等十一个村子。

河渊村西边的大路下、兴福、锦江等四个村子里，有会识、会读、会写、会吟唱的女书传人。

河渊村南边是海拔968.4米的铜山岭，黄甲岭乡森林、山地绵延起伏，这里有从河渊村嫁过来的女书传人。

河渊村东边跨出一步，就到了道县界，道县有15位女书传人，其中与河渊村相邻的道县田广洞村有12位。

调查表显示仅河渊村女书传人就有8位，其中4位是夫家在河渊村，另外4位是娘家在河渊村，随着时间的推移，河渊村另外数位不被人所知的女书传人，也渐渐地浮出时间的水面。调查表格上的女性，一个个，如花凋零在生命的大地上，种子被大地珍藏。

最后的女书传人，在三个时间点上，悄然逝去。

1990年，女书自然传人高银仙、卢美玉、卢三三、义娟女、义花花、吴云池逝世。

另外一位大才女义年华，物质生活虽不幸福，但晚年，她大量撰写女书作品，义务传授女书，女书照亮了她阴郁的生活，她是民间的一盏灯，在浓浓的夜色中，油尽灯枯，1991年，义年华逝世。

2004年4月30日，季羡林先生为女书文化，在写给联合国教科文组织《世界记忆遗产名录》的一封推荐信里写道：

目前只有一个半自然传人（阳焕宜1909年出生、何艳新1940年出生），濒临灭绝，这是人类的宝贵遗产。

同年，最具号召力的女书自然传人阳焕宜，亦随九月的天空一同离去，没再回来。果园里的果子、池塘里的鱼，再也没有见到这位阳光开朗的老太太。

一个人拄杖，从一间孤立的屋子里，走出来，唱着自己的身世，写着女书字问候远方的姊妹。

阳焕宜的逝世，让女书，似乎成了一首无人回应的歌谣。歌声飘荡，越来越远，村庄寂寂。学界、研究界、女书爱好者，为阳焕宜老人的去世而为女书痛惜。人去字死，成为死文字的女书字，以及女书习俗，似乎将沉寂于绵延的群山之间。

有幸的是，与女书的秘密一样，大山之间，藏起了另外一位女书传人，因各种原因，很多调查表格里她不在其列。她生活在女书最繁茂的山村里，她有自己最贴心的姊妹，有委屈，她依旧用女书字写出泪水的楚楚可怜。现实生活中，她与女书一样可爱、活泼，她只在女书里诉说可怜，用女书的心灵，爱着世界，爱着每一位亲人。她就是季羡林先生申遗时提到的何艳新，她至今健康地生活在江永县上江圩镇河渊村，成为名副其实的最后一位女书自然传人。

之前，她为了生存，无数次拒绝承认自己精通女书。女书，曾经给了她无限的快乐，只是，现实生活中物质的匮乏，让她抬不起头来。她只能对人草率地说：我不会女书。

何艳新老人，想遗忘女书，因为，只要想起女书，悲痛、凄凉、泪水，就随同生活的巨大压力一起，蜂拥而至，压得她喘不过气来。

台湾女书研究者刘斐玟是何艳新的结交姊妹，她说：

"如果草木能够读女书的话，它们读了这些女书作品，一定会掉泪，如果鬼神也能够读的话，他们也一定会为之动容。"

绕过层层的山，穿过无数道岭，田地被层叠的绿山守护。绿山环抱，万古长青。没有被植物覆盖的石头，它们的灰色，扎眼、突兀。行走在群山之中，弯弯曲曲地穿越山谷，近两千公里的奔波，于群山中，抵达。站在一座现代化仿古建筑的崭新牌楼前，汉字和女书字同时写有"河渊村"字样，及村子的介绍。

女书就流传、隐藏于这乡村的房子里。

房子都老了，何况人！老的房子构成一个村，与老的人一起藏在一座座大山的最里面。山围绕着——新村子挡着外面——老村子隐在后面——离大路很远。

若不是出于强烈的召唤，外人根本找不到这个村子，更别说，进入女性的女书世界。极少数人，来到这里，在老人身边。

时间，成为一个点。没有过去和未来，只有现在。在圆点上，只有刚刚来过的人，刚刚唱过的歌谣，只有刚刚有过的情意。

大家知道女书的时候，说她快要消亡了，是死的文化、死的字，说她几乎消失了，其实，女书的新生活才刚刚开始——她早已开始……

时间，成为一个点。

往回走多少年？去到未来多少年？还是深究现在？

世界上只有两个人：男人和女人。

女书文化里的所有女人，其实，只是一个人。

阳光里的成分与村子一样，有老人、孩子、鲜花、蔬菜、石头和尘埃

　　整个村庄就是一个美好的秘密，暗暗地深藏在群岭的山坳里，即使路过这里，村庄的秘密也不会被发现。

　　秘密有光阴的庇佑，暗合空间的美学：藏而不屈，伪装而不落幕。

　　经过无数条大路，七弯八拐，转上一条小路，九十

度的弯不断出现，有些路，很难被发现。

村子四周，左一层岭，右一座峰，山之外，还是山。古老的故事，都会说，很久很久以前，在山的那边……

山的那边，还是层叠的山，让进村子里的人，不想再走出村子，这才有了江永千家峒的传说。

自然村寨，坐落于群岭山水间，与植物为友，与山为伴，与水相依。村庄，浮在明月的夜里，浅淡地说一些上古的话，说一些，忧天的事情，如远房亲戚那里的某座山上的一种石头，被命了一个名字，然后，就一点点，被车拉走了；有些山，变成了坑；还会谈到，一些山上，又长出了很多它们都快忘记了的植物，数了数，也没数清楚；白鹭飞回来了；各种各样的鸟飞回来；远处的池塘里，有一种鸟，大家都没见过……一个个瞌睡虫爬了上来，要睡了，最后还有一位心宽的，说，挖山的队伍，离这儿远得去了，我们这一辈，没人能够挖到这里来。

夏天的焦躁烈日，村庄低伏于群山的留白处，藏在山脚。群山连绵环抱，更加突出这一大块空地的空。空出的土地上长满了田地、老房子、新楼房。道路从新村子穿插而过。老村子，远远地躲开。

河渊村正前方的山，叫面前山。就是村子前面的山，村民为了说出来好听，顺音顺调，说话时，把一些不顺调的字前后调整次序。现在建有手机发射塔的那座山，叫鸡公山，河渊村把公鸡叫鸡公，把母鸡叫鸡母。何艳新老人说，不然，说出来别扭，不好听，不上口。在书写女书时，有些字词调整了词序，写女书字是为了吟唱、诵读出来，给姊妹们听，音调语音不顺，读来别扭。

河渊村村口，有坛庙的那座山，叫坛屋山。

最远最高的岭，建了发射塔的山，名铜山岭，大家习惯简单直呼为岭，说到岭上去，就是去铜山岭。

河渊村左前方的山，叫红花脸、牛转弯山。

新修的马路两边，建了无数栋新楼，无审美可言。传统的大美，细微处的各种考究，结构、造型、舒适度的整体考量，都被取消，不在建房考虑之列，各种人性化的功能，没了容身之所。新房子，只是高大、宽敞，有钱的样子。房子的另一个功效是，它们不自觉地为身后的老房子竖起迷障。

新文明兴高采烈地生长，其色其焰，炫夺其目，实则伤其神，败其气。此刻，没人去体会老村子的心情。深夜，梦魇中，内心虚叹：为古老的消逝，为踪迹全无，而长叹息——唉……

即便，你经过村庄主干道，经过大片楼房，出村后，也不会发现村后的老村子。就在新楼房的后面，从某个角切进去，角落的主角——小道会带路，转弯，不宽，两边长满了植物，绕过田地，再拐到几栋新房子后面，平房的旁边，一扇古老的发亮的石头门，就是老村子的入口。

石头，门楼，门槛——带着整个村子，静静地生活在这里，让新来者惊叹不已。村子，隐藏之深，老村子的完整，震撼两字难以括之。

一扇石门，一个角，一堵墙，一条长廊，悠长地把你引向老村子的里面，探访从你的认知里消失了的声音。

一个人，阳光的下午，照着房子的角，木门里面，岁月积满了尘埃，石礅，沉沉地陷进泥土里，忧郁的神情，如飞鸟，落上屋顶，静默守候，秘密的睡莲在清晨的水面微睁双眼。

往里走，一点点打苞开花，淡淡的女儿香，惊醒你内心的温柔。

小心翼翼地走在村子里，不想发出任何多余的声响。青砖、灰瓦，高墙、深巷，石板、木房，挽留了时间，改变了时间的形态：不再流逝，不是从远方来的客人，不会再回到远方去，不再是水。时间，轻轻的圆，是花——花开花谢，花谢花开，村子里的时间，轻轻滴响。

阳光，是村子里最活泼的神。

日日年年，来了又去，去了又来。

每天，它都会到村子里走上一遭，熟悉了各自的脾气。即便是躲在角落里的石头，阳光也经常去磨蹭磨蹭它肥肥的后腰，说几句玩笑话。阳光暖暖地照着那两位即将离开的老人，没有哀伤，只有温暖。

阳光落在村子上空，从东边照过来，把屋檐的角，起起伏伏地画在石板路上，有棱有缺，有深有浅。房屋有选择地让一些阳光落下屋顶，在墙上，有艳丽的黄色，形成各种锯齿、直线、三角形、长方形、方块状，与房屋一起画出各种图案，招人喜爱。孩子们站在阴凉处，一只脚伸进阳光里，狗在石板上向天躺着，以为孩子在逗它玩。

阳光借道，爬满天井旁的整块石头。

尘埃不见。

阳光从这一堵墙流淌到另一堵墙上。

阳光照不见的地方，阴面，时间不温不火地守着石头的纹路、青砖的肌理，温温和和地流淌在时空的表面，有些，不小心，滴进砖缝里。

阳光流过，听墙说话。听大块石板说，这一户人家娶媳妇，那一户人家嫁女的事情。墙稳稳地听着，它的责任、担当较重，有棱有角，有平有缝。

阳光与一些刚刚冒出来的植物，打闹几下。阳光里的成分与村子一样，阳光里也有老人、孩子、青年、草、鲜花、蔬菜、石头和尘埃。每一个个体暗合生命的契机和宇宙的运行规律。

向晚，阳光要回去的时候，把屋顶浮出村子，走到近处，把黑夜从山林里喊下来，蔓延，淹没整个村子，保管好所有的秘密，像什么事情都没有发生过。

狗在阴凉处，吐出长长的舌头。

巷子里，隔不了几步，就有一些断了、残了的条石散落在路边角落里，如枯黄的花瓣，落下，印在地上。

村庄每一个细微的部位都是生命的光点。

停下来，仔细端详，远远地，看见村中老屋的封火墙，高大的线条，其美，如塔、如月。线条之美，从中间的制高点，两根线，分两边流泻，落下，弧线美得深沉，注目，久久凝视，浮在村庄上的这些线条，让人爱，泪水悄悄地滴落。

斜角度的墙，散发出各种不一样的眼神，一个角，一个面，共构出各不一样的气息，灰色暗淡中曾经拥有的朝气是其中一种。

墙和石头，不会吵闹，它们安静地说话。

上面是天空。

青砖隔三岔五地伸出一堵山墙来，与冒出来的小草打声无足轻重的招呼，更多的墙，相互掩藏，像人群，牵手，密集站立。

翘檐，是河渊村古建筑最不安分的元素，上扬，又回首低眉，欲飞，却已展翅。

瓦，深灰色，深到黑，翘起来的飞檐，托着瓦，把成片的老房子往上拉，紧紧地挨在一起，展翅欲飞，或收翅欲停。现在，像群惊弓之鸟，胆战心惊，紧贴在一起，相互取暖，老了，飞不动了，贴得如此松散而无力。曾经，不是这样。

倒立的板车，轮子被一个男人取下来，不能再用了，废了，叹一口气，想起那天晚上的酒，发了发呆，站着一动不动，想说一句什么话，突然感觉说出来没有任何意义，不说了。

她从一堵墙里走出来，宽而长的石板路，端着脸盆去外边的池塘洗菜，路过邻居家，坐在门口，拉拉家常。她去菜地里拔草，给田里的禾苗放了点水。

时间在这里不会被流逝，只要等上些时日，时间会重新流回来。

哭嫁的妈妈，丢在长凳下的手帕，烧掉的折扇，都会回来，老人说着，站起来，提脚，跨过高高的门槛，说，房子老了，老了，不中用了，她在说自己的脚。

老人在窄巷子里往前走，前面看不到路了，到得跟前，挡住去路的墙，急急左转，又从容右转，它摊开双手，都是路，往左往右，都行。

在老村子里随意走走，不时传来电视机里的广告声、枪声、新闻报道声，老房子多了这些响动。她们把时间放在 2015 年。

老屋外面，停了摩托车、自行车，还有拉稻谷的板车。

山风吹响，石头落水，声音清脆。

每个村子里的水，都有秘密和传说，各不一样。

石头巷、小河、池塘的线条构成了物质的村庄，空间宏大。时间，由一个个点，构成一个个大大的圆。在这里做梦，梦都是圆的，有些似乎只在梦中出现，有些梦里的事情，在现实中，很久以后才去做，与梦里一样的结果，没人会违背梦的意图。梦醒来，是下午，你看到她坐在门墩的青石板上，摸着石鼓，黑得发亮，那是从梦里伸出来的一双手，你打开门，把手插进裤兜里。

随便走进哪户人家，窗户上都雕花刻鸟，屋里的横梁上，暗处，隐藏着一条条木刻的鲤鱼，有些叫不出名字的小兽，盯着你看，它也在回忆，好像在哪里见过，好像有过交流，想不起来了，它就问你：你想起我了吗？

村子里有专人打扫卫生，村庄就是一个大家族，一个家。整个村子共用一个大厅，每户人家相当于一个个房间，几个房间构成一个小家，无数小家构成一大家子。

"大村子很干净，不像现在老了，太脏了……"

"没人住，当然就没人管。"

"门头没了，大门垮了。"

墙倒了以后，就有后人来拆房子，住在这里的老人，一个个也倒了。

屋顶上到处长满了草，长了又枯，黄了又死，又长。

巷子里到处长满了草，村子里长满了草，人不多了，少有人走。

有些巷子，草实在太深了，又有些墙倒了、塌了，她走了两次，都没能跨过去，植物太深太密，早去二十年，这里哪会有一根草啊。站在外面，她踮起脚，看不见里面，里面还是草。

村子，像位花甲老人，今天的花甲，其实还很年轻。如果有人想修整这些房子，它们会一跃而起，往前冲，像水，又回到村里，重新焕发新的气象。

如果，弃老人于荒野，只会加速其死亡。

有人在吟唱，消逝的声音，消失的人。

——声音是不会消逝的，它只是远离了发声体，去到声音的领地，回到它们的家中，就像孩子，长大了，回家来看看，然后，离开。

老房间，老屋子，像一个个老人，集中在一起，被一次性遗弃。有具体的年月出来作证。老人们习惯了，不再去想是哪年哪月的事情，想清楚了，结果还是一样，不如不想，不如，坐在屋子里，生火做饭，喝一大瓷缸浓浓的自己揉制、炒作的烟熏茶。

荒凉种进了老人的心里，她受不了。

现在，村民建了新的房子，不再理会这些老房子，没人理会的房子，房子就会自绝。要不了多久，新房子后面的老房子，会在一夜间商量好，一起倒地而亡，支撑不住了，红砖砸在石板上，石头光光滑滑地忍受着，看着身边的朋友，死在自己的怀里。有些条石挪出一个位置，空出伤口来，把土展现给阳光看。

没人再修建这种结构的房子，这样的砖也烧不出来了，成本太高，现在的砖都烧不到这样的温度。

"河渊算一个不错的村庄，很漂亮的。"

老村子建筑群最外面的房子，这里被拆了一个角，那里被整栋新房子挤垮，新楼房一点点地向老村落里面逼近。

一部分房子遭弃，黑乎乎的，砖也风化得厉害，墙壁穿孔，一个个洞，从里向外张望，像只兽。老房子，全黑了。黑砖，黑墙，黑的路，黑了的屋顶，黑的角落。

到处是角落。

现在，老房子里大部分还住着人，老人和孩子。老人照顾孩子们吃喝拉撒，孩子们在村子里奔跑，击起层层生机，一次次唤醒昏睡中的老者。老人的风筝，在空中飞了多少年，已不重要，孩子，成了那放风筝的人，如果没了孩子，老人，也许早就飞离了这个地方。

何艳新老人爬上邻居家的屋顶，全村房屋，老的、新的，死了的、活着的，没有成型的房子，尽收眼底。远处，村子前是新建的楼房，单独的，一栋一栋，像老房子的子孙，一个个离开，独立门户。

新房子与新一代人一样，住在村子外面。

老村子的屋顶清一色的灰，偶有一些其他颜色点缀进来。三两户人家的整个屋顶爬满了藤蔓，像草地一样的屋顶，嫩黄的枝叶，厚厚地铺满屋顶。

在几座老房子围拢的中间，冒出一棵树来，顶满了绿色的藤，在众多青瓦中，尤显突出，两种生机，一种绿得张扬，寻找外面的机会，而房子的灰，没有了私欲，只有向内沉沉地让自己舒坦。两种颜色，在一种区域里相互适应。

灰色建筑群中，老院墙的间隙里，爬满各种层次的绿，一朝一夕之绿，着色于百年灰色之上。

一个个向上走的屋顶，停在一个点的维度上，又从另一个方向滑下来。每个屋顶莫不如此：一个制高点，分成两根向下滑的线，构成一个三角形。有些三角形的墙，粉白、砖青。有些三角形，已被解构、分散，不成形状。

瓦在墙角上起伏了几百年，看着红的砖，体会自身的阳光，层层叠叠，里外三层，守护一堵墙，又滑向另一堵墙。一大片老房子，唇齿相依。

新房子远远地躲开老屋，担心老年斑沾染它们。极个别的新房子建在老房子旁边，像撕开一件衣服的某个部位，从外往里撕。新楼房，突兀，俯瞰、藐视低矮破旧的岁月。

房子老了，但气节在，连绵不绝。

村子里，不断地传来砌刀敲打红砖的声音。

折扇／第一折

　　长的青石，横放在中间，一条挨着一条，像脚印，步步接住她的脚，去村里的某户人家，两边的石板竖放，限制着中间的脚印，前方高墙处，转弯，整条路，整体转弯不见了。轻步追上，石板路早悄悄地溜远了，左右两边都是明明朗朗的阳光，一路小跑，听见，石板路的笑声，一直在前面打转，你停下来，听风滑过丝瓜藤叶的声音，远处的鸡鸣，你长久地、空空地静下来，声音如丝线，条理清晰，淡淡的，调皮的时间不见了，她安静地把时间绕成一个圆，一个圈，一个点。

青石板，是深巷上的琴键，横的为白键，竖的为黑键，一直在弹奏，大小不一，有起有落。起，追音而去；落，踏声而来，有进有出。一个节拍上，散发出天香，浓淡自如，在同一个弱而犹弱的节拍上响动，内在变化巨大：起伏、转弯，如江南的阿炳老人，远远地拉响《二泉映月》，你认为声音消失了，其实，声音正悄悄地趴在你身边，哀怨而起，饱含生命的力量。

石板路在一栋房子前，硬生生地拐了个直角，弯过去，路像没了。挡住去路的那户人家，门楣上，褪了色的石灰墙，突出来的"☆"特别醒目，浮雕式样，字隐约其间，强制性地涂盖上了一层又一层。刷字的青年，恨不得把手上的整桶石灰水，都泼在字上，方解恨。

石板路，经过每户人家的大门，在门前，稍作停顿——宽一点，笔墨重一点：迂回、转角、回锋、飞白，让出身后的位置，给串门的影子留一个说话的地方。只要有阳光，这户人家的墙上就会有另一户人家的影子——浅淡舒缓，线条柔美。行至此的人，心淡、神清、气定。

石板路无论迂回多少次，无论经过多少户人家，都带着昨天的味道。昨天随晨雾，在炊烟穿过阳光的早上，慢慢苏醒，每天清晨，在这里，你能听到昨天的声音，她起身、转头，给你一个微笑。植物的露珠打湿了你的裤脚，微凉，你才能知道，在这里，自己才是一个立体、多维的人，不再单薄，时间虽为碎片，但这碎片凝结成露。在一个圆圈里，转动、流响，那是你自己的声音……

巷子里的青石路基，几乎一块不落地待在原地，在村子里弯弯曲曲，如河，流到每一户门口，接住村子里每一双脚，带她们到村子里的任何地方。

路两边薄一点的青石，就没这么幸运了，因为轻，很多被拖走，露出墙根的泥。

墙这边，阳光探访不到，墙那边，阳光铺满整条巷子。银黄色的、白花花的，在小巷子里推推搡搡，没有头绪地左冲右突，狂欢的舞池，溢满了小巷。

一墙之隔，一个世界为阳——阳光充沛；一个世界是阴——阴影安在。

巷子的宽阔处，石板路上的一个角，冒出一块偏黄的小石头，像果子一样，结在大石头上，小石头上斜斜地流出一个坡，缓缓往下，有刀的痕迹——一块磨刀石。温厚的石头，让刀锋出刃，温暖的石头，来回斯磨出刀的寒光冷气。

邻居家，围墙的墙角，青砖、成色不一的红砖、青石、灰瓦，倒塌的围墙上，爬出数十枝蔬菜的藤蔓，各个季节，村庄都开满不同颜色的花。

房子一间挨一间，整个老村子就是一朵完整的花，层层叠叠，各自展开。

　　一个塑料桶，红色，放在家门口的青石路上，等老人提回家。

此心安处，便是吾乡

　　两堵墙，各自笔直地高高站立，不留回旋的余地，一脸正直地看着石板路，低低地从脚跟流到不远处，又一堵墙，横着挡住去路，石板路一扭身体，分身成两条同样宽的路，一条往西，一条往东。高墙林立，板着脸，如这里的人，似乎在为难你，嗓门大，其实，她们为你扫干净了无数条路，请你去家里吃饭、做客。她们早已容下了一切，包括委屈和开心的事。

　　石板路，因为低，直直地走向村里的每一户人家，给自个铺上台阶，爬上槽门，爬到天井旁，爬进小厅里，在房门外，看着里面的新娘，两眼发呆，真是一块石头。

她家的门槛是块条石，上面刻有十三片花瓣，灵动的线条可以闻到花香，旁边，紧挨着的是些姿态各异的小枝小叶，烦琐而细致，你会认为这是某个精致的女人，一点点，绣出来的，整个图案呈倒三角形，位于门槛向外正中的位置，稳稳地生长、开花。每天都会有人坐在上面，说些田里的事情，说着说着，手就去磨蹭着这些植物了。

四五个小孩在天井里玩耍，一个男孩跑出来，在镜头前摆出各种姿势，衣服在地上蹭得到处是泥，手上、脚上都是，男孩目光清亮，黑的大眼珠，亮亮的，手中拿着一颗糖，坐在石门槛上，脚横在上面，摆拍一张。身体靠在木门框上，有东西扎到了光屁股，孩子用手去摸，穿着开裆九分裤，又拍了一张。孩子一点点往外挪动屁股，坐到了最外面的石礅上，阳光照着膝盖，再拍一张。

与男孩差不多大的一位女孩子，就没这么大方了，她像个流落民间的天使，翅膀隐形，只要一声召唤，只要你准确地唤醒她身体里优美的词语，契合，而又感应，就会活灵活现地站在你面前。小女孩没有洁净的连衣裙，没有干净的脸庞，没有琴声，没有古汉语的简约，但你感受到——她什么都有，超越于这一切。想给她拍张照片，相机刚举起来，女孩仓皇而逃，跑到里面的孩子堆里去了。男孩，正襟危坐在门槛的正中，那对倒三角形花的卜面，看着，等着拍照。

老人笑着走了出来，男孩才有了害羞的神情，直直站起来，没跑开，牵着奶奶的手，站在屋子中间，两边房子暗淡，一只猫，倒挂在屋梁上，耳朵竖起，听阁楼发出的声音。

破旧的房子堆里，一个转角，屋背后，不起眼处，暗暗地有一栋不一样的房子，立在那里，显示着曾经的气派。

每户人家的门楣上，都写有意蕴深厚的字。

老人后面人家的门楣上，写有：是吾家。

三个字，唤醒一个清晰的场景。有人影走动，有人举杯，有歌声，有柔情，有蜜意。

九百年前，有位动人的歌女柔奴，王巩之妾。因苏东坡案，王巩遭牵连，被贬穷乡僻壤之地广西宾州，妻小家人，皆散，仅柔奴因爱而相陪。是夜，苏东坡、王巩、柔奴三人饮酒，柔奴清歌一曲，接一曲，又一曲，曲曲动人凄婉，歌毕，大家赞叹并伤感。

苏东坡问柔奴，想家吗？

柔奴答，此心安处，便是吾乡。

多少情爱的句子，在此字句下面，沉寂。浓浓的情，感动了苏东坡，在写给她的词《定风波》中，最后一句：笑时犹带岭梅香。试问岭南应不好？却道，此心安处是吾乡。

广西与河渊村并不太远，同属诗中岭南。女书中流传着很多位与"奴"字相关的女子的故事。女书作品《奴巴女自传》中，奴巴女是民国时期的一位女子，女儿被丈夫踢死，她也一次次被丈夫殴打，最后一次，几近致死，丈夫还逼她悬梁自尽。奴巴女被好心人救活，她坚决地离开所谓的家，沿街乞讨，到县城，想方设法与丈夫离婚。用女书，写出了自己的遭遇和不屈的心情，从出生到告官，她为自己写下了一本女书自传。

此屋最早的主人，并非永州人，随兵到此安家落户，儿孙四代，能不念故乡！但久居河渊，何又不是新的故乡！这些故事，这些老朽之屋，都是心安之处，亦是吾家。

尘埃的黑色染黑了所有墙壁，岁月一点点，无声无息地从虚空的叹息间掉落下来。尘埃，想找到点什么？飘飞、飞翔，落了又起，尘归于尘。

另一户人家，门额上书：光前裕后。

字，明朗清晰，线条虽旧，但气势饱满。问起写字的时间，才想起，村里的人都不关心时间，他们只说父亲的爷爷、爷爷的上辈，她们云淡风轻地回了一句"很久了"，语气不长。很多句子里，她们会说到"昨天"这个词，一切只有昨天、今天和明天，昨天就是昨天，代表很远的地方，很远的地方就是昨天。

说到"老爷爷"的内容里，一定会说到"自己的现在"。

很久以前、昨天、今天和明天，在村子里几乎是同一个词。

时间在巷子里迂回流动，屋檐的斗拱就是村子里的一块基石，托起时间的一个角，屋脊上的"飞吻鱼"，时间的一个动作，亲昵地含着、吻着、爱着，不舍，又无死守之意。时间的整体，与博尔赫斯文字里的一件平常之物一样，物件没有正反面，只有一面，时间没有过去和将来，只有现在。

老人坐在"光前裕後"的字下，斜着身子，看着被屋檐、高墙挡住的蓝天，坐在发黑的家具中，隐藏着屋子里的幽暗。她刚从里面的厨房出来，说自己"老了"的时候，她说的，其实是祖祖辈辈，还包括这栋房子——老了。

都老了，如果房子塌了，人才是真死了。不然，父亲是不会真正意义上死去，她自己也不会有死去的概念。只要房子在，任何人都不会"死去"。老人说的亲人概念里只有两个主要词语：母亲、父亲。其余的亲人就是：母亲的母亲、母亲的奶奶，还有父亲的。有一位母亲与她一样，种田、种地，把豆角从地里摘回来，放在竹篮里，挂在横梁荡下来的弯钩上，等太阳快离开村子，再取下来炒着吃。

母性的传宗接代，生息的流动，构成了老人们的时间，村里的老房子构成了老人的空间。

老人最不愿意去的是塌了房子的地方，像坟茔。房子倒了，或许有些主人搬到了远处的新房里，或许是房子主人已经死去。两者，在她们的思维里，是一件事情，那就是房子倒塌了，人去了。

倒塌的房子，暴露出大片地基，鲜活的黄土大口地呼吸。她们即使说到这户人家，眼睛也不会去看房子，她们不愿意看到昨天在自己面前死去。

村里倒塌的房子越来越多，没人理会，听任植物生长，都长树了，更多的是随季节枯荣的一些藤蔓杂草。

"光前裕后"，典出于南朝梁陈年间的徐陵，他曾在一碑文上写道：方其盛业，绰有光前。《尚书》中亦有"垂裕后昆"之句，意为"光大前业，遗惠后代"。

此户人家，门上有匾，匾上有窗。窗棂间的横竖木条，长粗短细，交叉有致，窗户旁配有十七个角的小洞。雕窗匾额，如琴弦，在光影的弹奏下，低音重鸣，高音激扬，舒缓有致。

一声叹息，大门主体虽存，风骨虽在，但两扇大木门页，由一根电线捆扎在一起，一扇门固定在门框上，另一扇脱落下来，靠捆绑之力，才免于跌倒。

贴上去的对联，被风雨的刀子划割得七零八落，字依稀可辨：

喜期喜事喜中有喜

新景新人新上加

最后一个"新"字不知去了哪儿。

她家的对联，也不知道是哪年春节糊上去的，右联"立志唯求……"后面掉了三个字，另一联是"水击千里得逍遥"，横批被撕，留了些红纸印在墙上。

临时牵拉的照明电线，长久地在使用。电线被岁月的烟尘炙烤，挂了几张大的蛛网。

部分人家的门口不约而同地亮起了一盏电灯，电线从一户人家引入另一户人家，有些线头穿过大门框顶，又引出来，到下一户人家。

电线是村子的另一根纽带，至于电视线路，每家单独解决。从镇上买个接收信号的"锅子"，商家派人用梯子，找个比较高的屋顶，放上去，可以收到二三十个电视频道。

植物点缀着村子的秘密。

一户人家，四级石阶登堂入室。

大门的木框，无门可关，植物在里面茂盛繁殖、居住，在里面说一些关于水分和明年开春的事情，它们最担心的是冬天，在死亡的土地里，它们说一些很快就会暖和了的话来度冬，盼来年继续发芽。

房子里面，没住人，出去打工了。

春节之前半个月，回到家里，到山上砍些树，还没出节，就在老村子外，叫上些远亲近友，在早就选好的地基上，开始盖新房，形成新村子的一部分。

老人还是住老房，不想搬家，有些东西一搬，就散了，灰尘一样，落了一地。农闲时，老人找到儿子砍了的树桩，用镰刀撩去上面的杂草，用锄头挖出树根，堆在老村子里，躺着，晒干，年三十晚上，打工的儿子们回来见父亲、看儿子。老人把树根搬在房子中间，树根认认真真地烧一次，火红起来，烧起来，旺旺的，日子才更红火。也算给老房子一个交代。

孙子、孙女们都大了，不太习惯老房子里的黑。火成为一种仪式，树根、木头，以火的方式照着孩子们，自己进入另一个世界。

门两边散落着几块巨大的石头。

老人，驼背，衣着干净，从巷子那头走过来，在巷子中间，转身，面对墙，传来推门的声音：吱吱嘎嘎。

曾经有电视台的人来采访，有人告诉老人，你修整一下门楣，会有点钱给你。后来，老人稍微修整干净了一下门楣，刷了白色的石灰浆。

"钱没有下来。"

房子的基础、主体，建于四百年以前，或者更远。

两扇对开门，三边门框，木头粗壮，门槛的木头更粗，层层纹路紧紧护卫着木头不被伤害，几百年了，因磨损而发出光亮，纹路如金线，游丝期间，木头大门，一气呵成，感叹其气势。

每次主人都是用手、用脚把门推开，时间太久了，次数太多，门页最下角撞磨出一个缺口。

木之外，条石镶框。平铺着两块长方形的石板，把村子的朝阳之气引上石阶，把客人引进家门。

墙体是石砖，房子基础全是石头，老石匠用凿子、锤子写一部作品，敲平整块石头，留下条条细凹纹，石头没有丝毫损坏，精致、拙而朴，如史前记号，线条大妙大美。

门上贴了一副现代塑料印刷品对联。

木框、石门框，棱角分明、简单。

门开着，窄窄的过道，洁净，里面晾着一排刚洗干净的衣服，塑料木盆、木桶，放在晾衣竿下面。

第二扇门，正式进到家里。

托起屋梁的是一些木雕，有龙，完完整整地托起屋中主梁，龙的鳞片，穿过时间的隧道，栩栩如生。

木雕的鱼，尾巴跃出水面的瞬间——凝固——托起上面的横梁木。

六七十年了，老村子变化不大，拆掉的老房子不多，除非是它自己倒了。

房子倒了，地基还在，石头还在，砖还在。

残骸。

凭吊。

墙倒了。

门倒了。

人出门在外。

时间太久。

他们差不多三年没有回来过，之前的第五年，房子本身就快倒了，大兄弟在外面用红砖加固了一下，撑了不到三年，还是倒了。

不知道哪里来的一粒冬瓜籽，发了芽，长出了藤，结了瓜，它在安慰墙砖，安慰散了架的门，也同情它们成了砖、木头，而不再是房子。

植物珍惜每一刻的生息，它们靠着没有窗棂的窗户，没有门的门框，与高高翘起来的屋角一起，上上下下地伸向天空，俯瞰大地。

房子老了，贵气仍在。

从墙里刺出的木头，就是一柄柄长矛，生气十足，它们草率地从东边的屋子里戳出来，刺穿墙，以为可以刺穿让屋子倒塌的敌人，如果只有三五根长矛，就会被忽视，现在是几十根、近百根，成了一种阵势，无数根木头，穿墙的阵痛，齐齐地悬在巷子上空，指向西边的墙，凌于巷子上空，凌空直刺——对面的墙，这边的墙，无辜地看着，已经没有一根木头有力气伸出来，除非整个身体，扑上去，冷对，剑拔弩张的阵势，晴朗的天空下，暗藏杀机。

　　人类的遗弃，引发另一场哑默的斗杀。

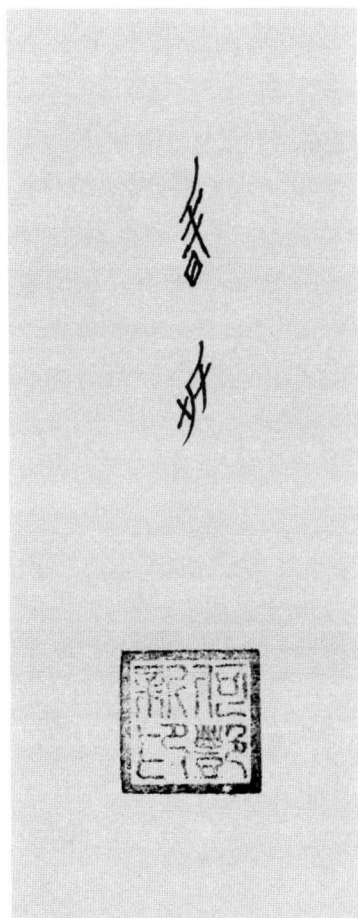

女书字『村庄』，何艳新书

人、狗、牛、鸟及其他

老人，坐在巷子深处的一块石头上，从衣兜里掏出一个塑料袋，从另一个口袋里抽出一张小纸，把烟丝放在纸中间，散一散，用手撅了撅，像西边的那道小山岭，纸卷起来，烟头两端用手指捻捻，点火，大口地吸，大口地吐出来，把自己裹在烟雾里。烟是自家种的。大片烟叶，种在进老村的路口，左右两边都是，零零散散的几块地，叶子硕大，长势茂盛，不逊色于漫山遍野的植物。老人感受着烟的浓重气味——浓浓烈烈地进进出出，烟雾飘散，开在她身边，身体显得更细小了，阳光散漫，烟雾，顺着阳光的纹路，往上飘，至虚无处，成虚无。

老人们蹲坐在老去的房子前，一位位守持着各种秘密的战士，一言不发，不想说，也没什么好说的，也像一些个被儿女和青春遗弃的无用之物。

一位老人、两位老人、几位老人，撑着下巴，抱着腿，坐在屋外的石头上。一个老人说，她的外婆，昨天坐在天井旁的木凳上唱了一个晚上的歌，她靠着门框，听到后半夜，真好听，不像赶场的集市上高音喇叭的声音，吵得不得了，她喜欢听外婆唱，只是她几十年都没有唱过了，没有了牙齿的唱腔，风在嘴巴里进进出出，声音被风吹得有些震颤。

"她是不是，快不行了？"

身后的几位老人问她。

她听见了，心里面回答了她们。

"还能活几天。"

嘴上没说，她心里继续在想。

外婆，给了她一本厚厚的书，她从没有见过那么厚的书，里面全部是树枝拼成的一个个的字，歪的，很好看，她听说过这些是字，但她不认识，很多个年月以后，她用树枝在地上回忆出几个字，画在地上，何艳新告诉她，这个字是女书字中的"女"字，那个是"花"字，你现在写的是"疼爱"两个字。她没有学过女书，她看见外婆俯身，从床头抽屉里拿出一把折扇，两只手用力一折折打开，看了看最后几个字，目光看着墙，扇了扇，风吹起她额头、两鬓的头发，她笑了笑。

两位老人都在家。

问声好，老奶奶。

她挪了挪凳子，指着矮桌子旁的木板凳。

"请坐。"

老婆婆说。

"正是吃饭时间，吃饭吧。"

"我们在何艳新老师家里吃饭，她正在做饭菜。"

两位老人与房子一样老。

"房子是哪年起的？"

两位老人也不知道，爷爷的爷爷就住在这里了。时间太长了，人太多了，拥挤不堪，每个人拿走房子里与自己相应的物件——灵气拿走了：物件才变得又黑又旧，毫无生气。屋子里几乎找不出有生气的物件。老人站起来，小板凳虎头虎脑地看着你。

老奶奶刚干完农活回来，八十多岁了，身板子硬朗得很，精瘦，走路有点慢，泡茶，端出来，请你喝。

两位坐着的老人，一间客厅，两间房，还有一间长而窄的厨房。你想起沈从文的书斋名"窄而霉"，房子是木结构，里面隔墙的木柱、木板都朽了。家里，看不到什么值钱的东西——好像什么都会跟钱挂上关系。

几位四十多岁的中年女性在插田。

女人放牛回家,顺手在菜园子里扯了一担菜,挑回来,走在牛的后面,孩子在脚后面。

她们在两堵高墙之间,扁担搁在菜篮上,身边围满了细伢子、小鸡和猫猫狗狗。

女人推开门,洗菜做饭。晚上七点多,快八点了。

老人,头发白了,梳扎在后面,蓝色对襟老式上衣,老式裤子,年纪在九十岁以上,身板子结实。

老人往前走了几步,看看,前面有陌生人站在那里,她当然不认识你。她往后退了几步,远远地走开,在远处看。

没什么动静,过了会儿,她往前走了几步,进了旁边的巷子。

三分钟工夫,她又向你走过来,站在百米远的地方,就再也没再往前走了,看着你。

阳光带着阴影每天不断地在巷子里移动、变幻,温暖那些不肯离去的灵魂。每天晒进来的角度都不一样,现出来的跨度、线条,也各不相同,流动的阴影,每天都怀着好奇的目光,从这户人家进,从那户人家里出,想窥探点什么——这里的石头下面冒出一片小叶子,那家的老人又点燃她的老烟枪，吧嗒吧嗒地抽，唠叨家里快没米了，侄子不知道哪天可以过来帮她碾米，女儿家的老幺两周岁了，想把家里那块老玉送给她，地里又长虫子了，菜地明天一定要浇水了……

老人，想睡了。

下午，阳光安详多了，温热，没了正午的烈性，没多的话，简单地照着，看村子里的事情都在发生变化。阳光是村庄的血液，太阳要走的时候，老太太们都会走出房子，集中在牌坊下面的木凳上，有一句没一句地说着话，大部分时间是沉默，每一句之间也不会有什么关联。好像各说各的，好像都在说同一件事情。

受过伤的人，一个人蹲在自家门框的石礅上，任阳光从身体上流过，晒晒好，把过去给晒掉。她在心里暗暗地，狠狠地想。

昨天，老人们还在相互忏悔自己曾经的过失。现在，只剩阳光的冷清了：看云，听风，看雨突然在地上砸起一个个水泡。她只是看，投入不进去。

儿子每个月才回老村子一次，风风火火地来，在村子里，在灶膛里点一把火，端着老人的饭碗吃完饭，一抹嘴巴就走了。也不去问问神，老人还有多少日子可以活。

村里的老人，除了何艳新，大部分人都没有走出过江永县和道县，道县就在村子对面，以岭为界。

小粒石子路上，木板房里，最活跃的分子是孩子们。他们从地里冒出来，肆意蔓延，大笑、奔跑、打闹，小孩与小孩玩、与老人玩、与阳光的影子玩、与小狗玩，玩累了，孩子就与自己玩——蹲着，捡一根树枝，拍打巷子里散落出来的露在外面的石头——石板、石碓、石礅，随便地敲，随便地打，石头会回应他们种种声音。

巷子两边高墙灰瓦，好多门洞，墙，各退一步，对立，形成巷子，相对：一呼一吸。

小女孩，坐在巷子里的大石礅上，玩脚上的凉拖鞋。脸红红的，头发长而黑，粉红色的上衣，红色的长裤，绿色的拖鞋，大红大绿地点亮这条巷子，村子里最柔润、美好、精致的一个点，静默如水，守着花，开放，圆润，生动，喜爱。她神情执着，好看的小脸，好看的神情。与她相距一个门洞，一扇窗户远的距离，一只黄毛狗，体形不大，趴在地上，头向上，犹闲隐之士，志在保护小女孩，它不会有累的时候，不会休息，微微上翘的耳朵和凝视的眼神，敏捷的身体——它正高度警觉，保护着自己心爱的小公主。

三个小女孩，身穿艳丽明亮的衣裳，在巷子里找到一堵泥巴抹平的墙，在上面涂鸦——旁边还有文字说明：

一只鸟，飞到你家，

　　说了一句话，又到了我家，

　　就不走了，窝就在大门洞里。

　　大一点的女孩子在画，在写，另外两个女孩抬头看，听大女孩自说自话，自写自画。

　　童年，转身，竟不知去了哪儿！

　　阳光从两个屋角的缝隙漏进来，铺满半条巷子。不能转弯的地方，阴影暗暗地笑，躺在石板上面、下面，伸一个懒腰，看着上面的阳光。影子后背，挨着阳光——美美地亮着。有些声音不小心，掉进阳光里，消失了。影子，不在乎，到晚上，阳光毫发无损地全部让影子轻轻松松回来，虚惊一场，影子习惯了这种虚无的游戏。

　　一朵阳光，从石板小巷起步，上一级石阶，又上一个台阶，进到门里边……还没开口，老人端出一碗水，站在阳光底下，咕嘟地喝下，满碗的太阳光。

　　村子里有很多土狗，傻愣愣地站在你面前，一年到头，它们很难闻到陌生的气味。有一只狗只是看着你，边看，边给你让路；有些狗，低着头，装作没看见你，经过你身边时，巷子太窄，它紧贴着墙，加快脚步，在几米远的

折扇／第一折

地方，慢下来，转头，看看你。有些狗会装成很凶的样子，对你叫个不停，证明它才是主人。

村子里，来来回回走动得最多的，还是匆忙的狗、悠闲的狗。

山岭，像被风梳理过，整列整列地排在大地上，或者是被某个有小孩气质的神，突发奇想，把手能够抓到的山，一条条地横着摆在自己面前，堆在一起，一些松散的小山，掉在大山旁。具体到某个村子，你站在村里的最高处，发现，这座山的脚趾伸进那座山脚下的田里，那座山的手掌，不小心撑到旁边的地上，河渊村的田地如此这般地被分散，这里一小块，那里一小块。现在土地分配给了私人在使用，可以自由赠送，等哪天再重新分配，再拿出来大家一起分。

今天，水牛在河渊村照旧是衡量一个家庭富裕的标准之一，随处可以看见这些体形硕大的家伙。村子里到处是水牛的踪迹——牛脚板印，踩在稀松的小路旁，脚印一时在路上，一时到了田里，脚印往前面那片田里走了，估计是被人赶着去犁田了，石头路上到处是牛屎，有些被阳光晒干了。

山区里的人，喜欢养水牛，它不像黄牛性格暴躁，水牛动作迟缓，眼神温和，没有内容地看着身边的一切。水牛喜水，看见水塘、洼地，有水的地方，就往里走，不论水深水浅。不及二米深的水塘里，它露出头和背脊，站在岸上清楚地听见它呼哧呼哧的呼吸声，它喜欢这轻松悠闲，喜欢把身体泡在水里的感觉。有些地方只是些湿润的泥巴，它也整个身体躺下去打滚，趴在水洼里，村子里这样的地方较多，所以大部分水牛身上都沾满了泥巴，阳光一晒，泥土龟裂，一块块地掉在地上。

山上杂草矮树太密，水牛就在山脚荒弃的田地里吃些嫩草。不像之前，山上全部是石头，没有一棵树，草更是没有了。但更久之前，山上古树葱翠……

每天下午，她把水牛从牛栏里放出来，主人跟着水牛到一些熟悉的地方，食些草，在路边的水坑里，喝点水，就回家。水牛不用花太多时间照看，不像黄牛，会跑到别人的菜地里去吃菜。如果主人不在身边，就不好说了，水牛毕竟是牛。

看牛的不是小孩就是老人。水牛只要稍微示意，就知道哪些东西是不能去吃的，只是远远地看着那些绿色的食物，水牛知道该走哪条路回家，知道哪些事情是不可以做的，哪些路不能走。有些牛——有牛一样的脾气，老人牵着牛绳，试图把牛的鼻子，从靠近它嘴边菜地的那堆草丛里拉过来，而牛偏偏把头扭向草丛，牛把老人的身体都拉倾斜了，把草吃进嘴里，直到老人给它几树条鞭子，牛才转头。更多时候，牛吃牛的草，老人只是把牛绳挽在手上，绳子被牛踩进泥里，老人还在望着落西的太阳，看着山这边的田，望着村庄里的植物，望着、望着，阳光照在她的身上，望着、望着，她眼睛有点花了，脑袋有点眩晕，身体里的意识不如之前那般清晰了。

老了，老人嘛！

老人的感叹，随着太阳，下到岭那边，她突然想起所有的人来，一屋子的人，何会、何薇蕾、何递地、何三姑，她眨了眨眼睛，都是不在了的人。

何三姑，说是地主，被人打死了。

是什么地主啊，是她临死前，省吃俭用买的几块地，到手才三年，就给她划进地主的圈子里。打死她的人，是那个一直想睡她的人，这，谁都知道，流氓力量大啊。

潮水，淹来，想到"潮水"这个词，潮水的力量就从词语里奔涌而出，一个词唤醒了所表达的事情，她身体往后倾，被推涌着。

何三姑，与神仙同名的人，最终以地主之名死在县里的以人民的名义搭建的台上，最终，是她的姊妹和姊妹们的丈夫，强行抬回村里，得以土葬，不是安葬。

村里，到处是放牛的人，一人看六七头牛是常有的事情。牛的绳子搭在它身上，中间一段绳子挽在左边长长的牛角上，一小节拖在草地里走，牛大口大口地把青草吞进去，回到牛栏再倒嚼。

牛是村里的主要劳力之一。

村里的灵物，说不清楚，反正我经历过，老人的笑声，惊起了地坪边的夜鸟，听到翅膀飞过天空的声音，没看见鸟。

老人说，经常听到它们在村子外面吃植物的声音，累了，它们会走门串户地躺在某一户人家客厅的椅子里。

半夜，主人醒来，渴了，准备到堂屋里去喝水，起身，有夜光，不掌灯。她干咳两声，给灵物们提个醒，灵物不会让人看到，狗可以看见，它们像看见人一样，象征性地叫几声，如果看到不顺眼的，就会连续地叫。狗不怕，它像对人的态度一样自然。

一只鸟，翅膀上有纯白的一点，其余，全身纯黑，像黑色的纸上，点了两个白色的句号在翅膀最上面，展开，那白色竟然如线，来回滑动在空中，它在别人家的屋顶上，她经过，鸟飞过来，落在肩膀上，它知道主人要回家了。

鸟是几年前的早上，落在她家屋顶，停留了很久，她出门三次，都看见它站在那里，盯着家里看，不久，它跳下来，站在巷子的一块石头上，看着里屋，来回踱步，思考的样子。她把米饭和着点剩菜，用破了一点口的碗，放在门槛旁边，鸟把饭菜吃了一半。

晚上，她听到窗户上有动静，用手电筒一照，白天的那只鸟，挤在窗户的棍子间，站着。晚上，她总是失眠，睡不着，有时候，睁着眼睛，看着天空，然后起来生火做饭。睡不着，她干脆起床，把孙子睡过的一床小竹席，丢在窗户下，拉开一个角，说，你没地方睡，你想睡，就睡这里吧。

那天夜里，鸟就睡在她家里，没再离开。

类似这样的事情，村里，断断续续总有，这几年是这家来了一只鸟，再过些年，那家有只看家的鸭子……

五十多岁的老人，背一个尼龙编织袋，里面捡了些塑料瓶和废纸类的东西，牵着牛绳，走路很快，随着身体快速地往前走，后衣襟里露出一掌长的冷兵器，是刀最锋利的部位，是村里的男人随身必带的工具——弯刀，如月，长柄挂在腰间，腰系一带，拴在一木制扣合里，刀柄挂在里面。刀，大部分被上衣遮挡，仅露出最末端的如月弯钩，挂刀的地方位于脊柱骨正下方。刀，每个男人的必配之器。每个男人，都藏着一把刀出门。回家第一件事情：卸刀。

有刀在手，走在村子里，上山、下山，田间、地头，才自在，现在最常用的功能就是：随手砍倒路边、田边一些挡路的、没用的杂草、小树，把伸向大路的树枝砍掉。走的人越来越少，植物越来越密。

很多年以前，村子与岭上植物一样，各种物件落地生根，开花结果，随着时间的推移，有些东西在老化中消失，有些不能再漂浮在时间的河流里，趁人不注意，悄悄地蹲下来，身体随着雨水流逝。雨，一下就是三个月，不见太阳，有些非物质的东西，等阳光一来，顺着那大片流淌的白色，暖和和地上升。

她是一个爱思考的人，她路过村口，好像多了点什么！又好像少了点什么？她要去新房子里，喊孙子回来。后来又有一次，再次经过。她站在那里，没动，看见奶奶在这里坐过，还有很多姊妹，都坐在这里，现在，这里好像只剩一件衣服，一身壳，身体和神气都没了，她站站，眼泪出来了，世界花花的，溟蒙的。她听见干净的大厅里，姊妹抱头大哭。她听见中柱对着鼓蹬哼着歌，声音留在这里很久了。

窗户简单，六根直直的木条，上下穿透，从一到十，没有变化。窗棂中间有十五根上下左右折回的小木棍，每个折口，掀起一朵回环的小浪花。窗棂的右上角、左下角，分别镶嵌着两块木头圆圈，像两只眼睛，带着建筑，往外看。窗棂下方正中，开了一朵花，木头的纹路如夸张的叶脉，流动、消逝、显现。

窗户唯一的复杂件——正上方的"蝙蝠"，翅膀向上伸展，线条显示出它刚飞停至此的一瞬间——飞翔动作即将结束、停落动作准备开始的中间一秒，"蝙蝠"落在窗棂的树枝上。窗户四周是密闭的砖，青色整齐，如立起来的水面，没有其他的物件加进去、突出来。

建房之初，窗户上方都画有花、鸟，现在，花快凋零了，鸟也老得只剩一个影子，一点点在消失：没了翅膀，没了头，身体渐渐地隐进墙体……

大风吹出来的歌谣，喊醒身体里的人，顺着墙寻找。
巷子带路，挨着砖头，往前走。

房子深处，村庄某些不经意的点滴，窗格、窗花、屏风、石礅上，各种花、草、凤、鹿、蝙蝠，舒展身体，浮出石头的平面。老村子，运用各种图案来装饰门楣、窗格，雕饰形式多样，主要采用浮雕、镂空雕、圆雕、贴雕等方法。

村寨古民居几乎都以木构架为主。

落满尘垢的窗棂上，飞腾、栖息着各种形态的鸟，落在藤蔓迂回的木板上。

永州夏季炎热多雨、冬季潮湿而阴冷，形成了适合当地生存的一些民居和习惯。

长方形的天井，是房屋的核心区域，四面或左、右、正前三方以房相围。客厅敞开，直面天井，狭高的天井起着拔风的作用，天空的吉祥瑞气，通过天井，与厅堂上方的祖宗牌位相连，与天地交流，一个进出的通道，天地神灵、房屋先人、主人，形成感应。

天井是房屋的一个留白。

天井，是房屋一口口的呼吸。

在密集的房子里，天空通过天井的眼睛，时刻关照屋子里的每一种动静。

河顺山势而流，巷顺墙而转，往左，往右，每隔一段距离，不同的地方，用石灰刷出一块背景墙，书红色大字，风雨来袭，阳光普照，字已残缺不全，大致能看清"工

折扇／第一折

农兵""农业学大寨""社会主义""毛主席万岁"等字样。一笔一画，规规矩矩，整体偏长，每个字足有一米多高。

左边，砖与门框的条石上，硬生生地粘了一大块石灰，红框黑字，写有"工农兵是批林批孔的主力军"十二个黑乎乎的大字，清晰明了，写得潦草点，像急促而成，前面三个字有体有型，贴上去的石灰厚，面积小，有点像现代城市里的牛皮癣广告。

巷子里随处可见旧时舂米的大石碗，倒扣在角落里，大的、小的，现在都不用了。阳光引你去到它身边，两个舂米的大石头——闷不作声地扣问大地——它寡言少语。

屋顶上的檐头影子，打在石碗上，本来想问几个问题的，不小心掉在它身上，没有站稳，滑到石板上，抬头看着它，没有了问的冲动。

门前的石礅、石槽想笑，没笑出来，傻傻地使着眼色，安静下来。巷子里有很多被遗弃的石器。

石槽盛满了雨水，下面一季季地长草，又一季季地枯黄死去。

沟在巷子的最低处，侧身，顺着墙根，与巷子一起，在村子里流来流去，在躲避些什么！在迎来送往些什么！

青石、青砖、青瓦，木柱、木梁、木门窗。村庄的硬和软，高低远近衔接搭配，融在一起，流动，青色如水。

地上的石阶，时不时把路引进一户人家。

石门槛外面的石礅，是一个停顿，向来的人打个招呼。

关厢门

户与户之间，一墙一瓦手足相连，两户人家，绵绵相依，或户户相对，石板路的小巷，溪水小河，顺势而流，有窄有宽。

白天，整个村子，就像只有两户人家，面对面站着说话，身体无限地左右迂回、摆动，但不相牵，隔一巷。

到了晚上，整个村子就成了一户人家。各家各户，吃完饭，孩子折腾得没有力气再跑动了，小狗躺在大门外，吐着舌头，看着她在天井和巷子之间，进进出出，它永远不是旁观者，它站起来，绕着主人的脚不停地转圈，从里屋，到厨房，到小厅，它画着圈。

家里一天的事情好像做完了，她，停下了，狗远远地趴在天井旁。老人们疲倦地把煤油灯端进卧室。这时，巷子里每隔三五户人家，横在巷子里的门，九点前后，各家各户的主人，走出来，关上关厢。白天散开的村子，几十扇关厢门，在吱吱呀呀关上的那一刻，村子合而为一，成为一个完整的整体。砖墙、石头、木柱、村民、鸡、鸭、鸟，沉睡在这一个圆满的整体里，自然散发的声息，应和着大地与天空的呼吸，一起一落，轻微荡漾。村寨，一朵晚上绽放的花，在关厢门关上的那一刻起，大家牵手、挨着睡去。

大部分村庄是按八卦图来建造的，这时，八卦的最后一笔，才接二连三地在关门声中连接上，阴阳八卦，太极五行，才浑然于天地，气流旋转，畅行无阻，而又虎虎生威。

具体的实用功能，关厢门是防贼的。

石板路上，每隔不远，就有一块条石门槛，浅浅地横埋在巷子的青石板里，条石露出五分之四，高于路面，两边各有一石礅，一边方一头圆，一高一低，上有置门的浅洞。石头为基，上面安门，晚上关闭。几十米，一扇门，如迷魂阵，一关一关，布满整条巷子。

折扇 / 第一折

这样的门，巷子里现在一扇都没有了。原来横埋在巷子中的门石，现在竖着靠在墙边，回忆以前门的样子，它知道，重回当日——随夜而关，一扇扇，数十扇门关在巷子里，门门相对，整体地形成独立空间，相互之间说着话，这样的日子不会再有，它们等待老去，虽正当壮年，估计等不到老，就崩析了。

年少气高的小草，鼓励着它们。

它们生长一年又一年，死了一年再生，再灭。

距离老人家五十多米的巷子中间，横着一块石门槛，深埋在石板路的巷子中。门槛上前高后低，镶嵌在低的石洞里，开合门页，关上门，谁也逃不脱，除非飞上天。

关厢门的门，都不在巷子里了，只有抱鼓石、条石、石礅，零件在，没有缺少什么，只是破损程度不一样，有些依旧镶嵌在石板路上，大部分被挪到墙边，给行人让路。

一个孩子，本想跑出来，看见有陌生人，又缩了回去。

旁边的石头门，拆了，石头固执地抓紧青石板，横在巷子中间，这样的姿势只有三处地方可以见到，其余的伙计都让道了，它们的坚持，只是给记忆一个画面，只是真的不舍……

抱鼓石，像两只手，拥抱关门的人，拥抱开门的人。

那些人已经走了。

离开了村子，换了另一些老人和孩子。

大部分人都不知道它们当年的模样，它只是给出一个姿势，让阳光看见，让阳光流泪，让月光再次光临村庄的上空，让月光的影子更加的幽深。

它看见的是重重阴影，村庄清凌凌地飘浮在群岭的山谷。

凉亭石碑

村里门楼没了，凉亭在的。

"很老了，很久了。"

落日的阳光照在老人脸上，照在凉亭的立柱上，斑驳的影子，洒了一地，显示出老气的颓败，也另有一层意蕴，历史很直观地覆盖、抛撒在牌楼四周。

曾经是村子里最热闹的地方，曾经是村子的中心，曾经是夜来香的花蕊，曾经泪水伴随着歌声。

现在，两块碑，深嵌在向阳的墙壁上，不露出一点棱角，好像只要伸出一个眼神，都会遭到当下阳光的捕杀，惊吓的程度已经无力唤回曾经的激扬，石碑上披满尘垢，碑上残留着各种广告、报纸、字条的碎屑纸片。好在碑上面的文字，如孩童，只要你凑近、凝心、体会，细细地看，去听，她们就会一笔一画地醒来，动动胳膊、动动脚、滴溜滴溜眼睛，活蹦乱跳地一个个看着你，横竖撇捺，灵动而富生机。奈何损坏太严重，经历的风雨可以用惨绝人寰来形容，每个字都不完整，被水泥粘糊了的部分，余下的每个字，都只留有清晰的一个笔画，最多不会超过三笔，或横、或捺，或一小点，或挂在树枝的那一撇，树枝消融在石碑上。

虽然如此，唤醒整个碑文还是可能的。

与石碑相互照看的是一座旧的木亭。

木亭，长方形。八根木柱立于八个正方形的柱础上，石磴夯实。木柱左右各四根，每根下面由三块木板横搭在木柱与柱础相交处，形成六条长凳，供人休息。

石磴凿成两部分——上小下大。

亭的上部分由飞檐椽、瓜柱、椽、桁、扶脊木，构成无数个三角形，层叠而上，至顶，盖之以瓦，灵秀而厚重。

木凳，稍微显得灵活些，守在这里，叹息，也是一种回忆的再现，也是一种希望。

凉亭没拆，也没人来拆。

人是要老的，凉亭也是。老人是要爱护的，凉亭也是。

他们同时遭到遗弃，要不了三两年，凉亭就会倒。

"不会拆，倒了就算了。"

老人从凉亭下背着手，走过去，转个身。

"凉亭一直这样。"

老人看了一眼凉亭，看到了自己的影子。

影子悲伤地走进窄窄的巷子。

她好像在引领一场告别，一次谢幕。

凉亭落下巨大的影子，它想起了什么，想告诉老人，等老人转身，它又忘记自己要说什么了……

他们想一起说说过去，想回忆起一些场面。

儿子、女儿、孙子、外孙、孙女们，走得太快，时间轰轰烈烈地在山外碾压，都走远了，只有木亭——影子巨大……

大厅

阳光还是昨日的阳光，时间还是昨日的时间。

大厅，不是昨日的。

人事已逝。

与其他地方不同，河渊村的祠堂，不属于某一宗姓，而是整个村里的祠堂。村里人也不把这里称之为祠堂，而叫大厅。

每户村民场地有限，一户户人家，屋屋相连，娶媳妇、嫁女，都在大厅举行，红白喜事、婚丧嫁娶都在这儿，祖先的牌位也摆放在祠堂里。

老人只记得结婚的场面，其他的，她想忘记，就全忘记了，一件都不记得。

结婚多好，热闹、喜庆，悲也是喜，离也是合。

嫁女和娶媳妇，轿子停在祠堂门前，有细微区别，嫁出村里的新娘，轿门向外，嫁入本村的新娘，轿子门面对祠堂门，一进一出之意。

石门口的石磴，磨出了润润的色泽，坐的人多了，坐出了石头内在的色质。

曾经的对歌堂，哭嫁的地方，现在，墙倒塌了，村子的核心，成了废墟，各家的狗狗猫猫，倒是在倒塌的大门里溜达，寻找和凭吊。

崩塌，是从村子的中心开始吗？祠堂是村庄的灵魂，心之所，也是全村房子最早倒塌的地方。

沿石阶而上，一级、两级、五级，跨过石门槛，入祠堂，杂草青青，顶，无片瓦挂身，光秃秃地直接亮出天空，墙上的残砖还在不断地往下坠落，屋里只剩得三块巨大的石板，躺在草丛里，杂草黄了又绿，绿了又黄，新的绿色掩盖在荒草上……

鸡啊，狗啊，在最上边那块石头上嬉戏追逐。

大门外，不断有人经过，只是经过，没人停，也没有停坐地。

宽阔处，巨大的石块，显示出曾经的非凡，像位逝去的仕者，气节依在，只是，无人理会。

另一扇散架的门框里，生长起来的绿色植物，像幅落幕的油画，画家厚厚地把调好的颜料一层层涂上去，想掩盖些什么！想表达些什么！

她是村里的君子女，她笑了笑，趁人不注意，拿出自己的小笔，磨点墨，在泉水边，沾点水，在村子的最边上，勾画了三五笔，一朵花，浅浅地开了。

再闻香，寻人不见。

低低的大提琴，沿着阳光的阴影低低沉沉地流进村子，记起昨日的时光。

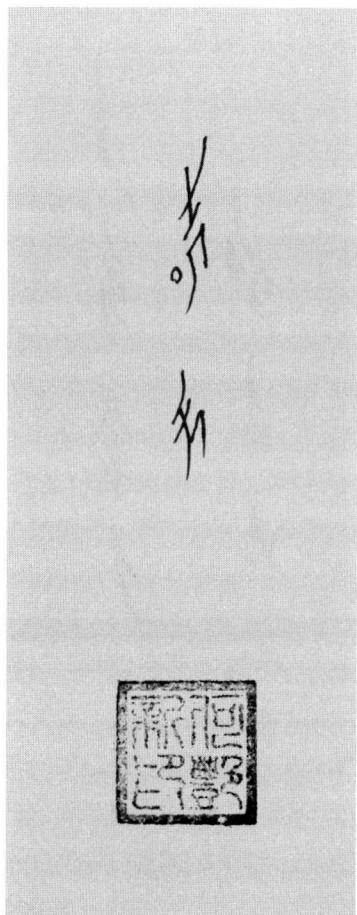

女书字「石头」，何艳新书

女书字「女书传人 何艳新」，何艳新书

第二折　何艳新

田野，把山推向四周，把房子推向山脚，留出大片空地给自己。有些房子躲在小山后面，一声不响地露出半截小路，给田野提个醒，里面还有人家。

何艳新老人家的门松松垮垮地关着，一条小木椅子压着门，不让鸡、狗入内。喊了几声何老师，里面才有动静，有人在屋子里，拿掉椅子，门开了。

又见到了老人，她感冒了好几天，没以前那么活泼，精气神浮在不稳定的状态层，好在说到任何事情，那些事情都会来到她的面前，让她说出来。

老人搬出长条木凳，坐到屋外。横条纹，薄外衣，紧身裤，黑白点点。她清瘦，人精神，笑中带点拘束，遇到陌生人，放松中有防备，挽了点衣袖，坐姿随意。

第一次见到何艳新老人，她把自己的心封藏在人们进不到的地方，她心里安住着一个胆怯的小女孩，"她"知道有陌生人来，藏进里屋，躲在灵魂的光线中，偷偷地看着外面的陌生人，听陌生人说话。

何艳新老人是位孩子，是位随和、亲切的老人。

与老人聊天，机器架在房子外面那块小坪里，不断地有鸡、狗优哉游哉地出现在镜头里，还有小孩，从镜头前羞羞涩涩地走过，用茫然的眼睛看着镜头。几十年了，老人习惯了各种镜头，与老人关系亲近后，她更是无所不谈，也谈得随意而忘记镜头的存在。老人笑起来很放松，两只眼睛显得更小了，没了牙齿，笑的时候，嘴也向里笑，一头白发，童心爽朗。

谈到过去没有饭吃的苦日子，心情随之沉重。

何艳新老人，1939年出生，但身份证上写的是1940年。

1939年八月初一，何艳新出生在她现在的居住地：河渊村。

1943年，她的父亲被一户有权势的人家杀害了，何艳新家里穷，天理在何艳新家，但公平和结果，自然由有权势的人家说了算，父亲被杀，还被抄光了家，家里稍微有点用的东西，都被搬走了。

父亲不在了，房子空了，屋里到处散发着凄凉的气息，母亲不断地哭，哭了几天，姊妹来劝，再哭，就没命了。

没了柴点火，没了锅子，没有米。

外婆知道母子生存到了绝境，就要她们回田广洞居住。母亲抱着四岁不到的何艳新，回到外婆家生活。

一晃就是十多年。

"土地改革"，农民开始分田地。母亲先一个人回到河渊村，分到了属于自己的那份土地。母亲一个人，在河渊村种田、种地。这位苦命的女人已经守了十多年的寡。

十四岁以前，何艳新一直住在外婆家。

母亲改嫁具体是哪年？

时间来到老人面前，何艳新回忆着，她记不得了，根据推算和估计，可能是 1953 年。

"时间，我记不得了。我记不得时间。"

母亲再婚后，十四岁的何艳新离开田广洞，离开外婆温暖的家，回到河渊村，她知道母亲组建了新的家，有一个自己陌生的男人，要她叫爸，她不能接受。

回到村里，何艳新坚持一个人住，一个人生活，她不希望自己的母亲改嫁、再婚，她不想与母亲那一家人住在一起。

她，一个小女孩，十四岁，自己生火做饭，天黑了，她早早地关上门，自己爬上床，拉开被子，远远地吹灭木板上的灯，黑漆漆的，马上闭上眼睛，睡觉，让夜晚的黑包裹着自己。

生活了一年多，外婆、舅舅，村子里的伯伯、叔叔等亲戚都劝何艳新。

"你妈妈也不容易，是个受苦人，你就应了他们，与你的妈妈生活在一起吧！"

十九岁，妈妈给何艳新许了一个人家，就在河渊村，她不喜欢母亲的安排，母亲是想自己老了，没了依靠，就把自己的女儿嫁到本村养老。没人问过她本人，愿意这门婚事吗？喜欢这个新郎吗？没人与她商量，她只是被告知。

她看见山上的白色小羊，被主人抱着，送给邻居家。她就是那只小羊，她用女书歌轻轻地唱出自己的苦，唱给飘过的云听，唱给阳光听，阳光温暖，黑夜来临，阳光不见了。

新郎大她一岁，高中快毕业了，想考大学，老师也不让他结婚，新郎本人也不喜欢这婚事。

一个下午，何艳新偷偷写信给准新郎，要他不要回来完婚。

结婚那天，新郎真的没有回来，在学校照旧读书。

夜里，新娘的姊妹们听长辈们在议论，明天去学校把新郎抓回来。

姊妹们把消息告诉何艳新。

一大早，抓新郎的人出发了，新娘何艳新也有了自己的新打算。接近正午，新郎低着头，白白净净地走在几兄弟的中间，前后稀稀拉拉的几个人，一个小队伍，回到河渊村。

新郎抓回来了，新娘又不见了。何艳新天没亮，就跑到村里的一位姊妹家里，藏了起来。

第三天，何艳新从姊妹家里出来，左右无人，就闪进巷子里，像从很远的地方回来。名正言顺地回到家，见过母亲和来家里探听消息的亲戚。

这里的风俗是结婚三天后女儿回娘家，怀了孕，再回到夫家长期居住。没怀孕，就一直住娘家。平常，逢年过节，新娘像走亲戚一样地回到夫家。

何艳新走亲戚，就走到外婆家，陪外婆过节，谁也不好说什么。新郎也不回家，他想考大学。后来考军校，因为视力不好，没被录取。第二年，他还想复读，家里父母不同意。

"我们三年没有'结婚'，真的，没有同房，不是因为性格，是决心。"

她坚决地说。

三年，他们是名义上的夫妻，他们各过各的生活，他们的生活也没有太多交集。

何艳新过了自由快乐的三年。偶尔在夫家住一天。

双方父母不知道这些事，新郎的妈妈有担心、有怨言。

"结了三年婚，也没怀上孩子。"

青年何艳新，无所惧怕。

"没有孩子，是祖坟风水不好。"

母亲为外孙的事，也经常哭。

"怎么办？三年都没有孩子。"

何艳新的姊妹，还有一位知心的伯母，知道他们没有同房，外婆也知道何艳新不同意这婚事，她们后来就悄悄劝何艳新，可怜你妈妈吧！她也不容易，你就依了她吧！

结婚三年，退婚不现实，离婚也不行。各种压力都有，何艳新与新郎商量，最后，在第四年，他们才正式同房、结婚。

何艳新生的第一个是女孩，是大姐。第二个是男孩，是大哥，排行老大，在江永，女孩是不参与排行的。接下来是二哥、三哥。老四，养到三岁，没能养活。现在在北京工作的何山枫，排行第五。后面还有一个小妹妹。何艳新共生了七个孩子，现在是六兄妹。

老的、少的，一家十多号人。生活的压力，一年比一年重地压在她身上。累得没日没夜，太累了，她就一个人跑过家门前的大片稻田，两边的谷穗向小道上压过来，路都快看不见了，她熟悉这条田埂，她知道哪里宽，哪里窄，哪里的地势往左斜，哪里有一个放水口，要跳过去。她跑到山这边，这里有三棵古树，村子里没人知道有多少年头。这里少有人来。她气喘吁吁地坐在树根上，旁边的杂草和树枝，完全遮挡了她，她像一只兔子，藏在茂密的树林里，没人看见，没人知道。她蹲下来，就听见了平常听不见的声音，三五只虫子在草丛里一声紧一声地说话，她听见鸟的翅膀扇动树叶的声音，光流淌在树叶上，洒落在树林里，几只无名的小虫子，从落叶底下钻出来，跟着阳光走，寻找露出地面的那丝丝生机。她总是想，从出生，到现在，没有多少快乐的事情，她也知道任何快乐的事情与坏事情一样，都不会长久，都会过去，一切都会来到，可她，从成家开始，就为自己的一口饭，为女儿的一口饭，为儿子不被饿死，为老人有东西饱肚子，只为这一口饭，她青春的气力已经用尽了。明天渺茫，就今天，也是红薯大半、不多的大米，掺和煮在一起当饭吃，菜里的油，只能放一点点，肉，她也不知道有多久没有吃了，这才想起，再过几天，是三儿子生日，要挤点钱出来，去县城里买点肉，给孩子们尝尝了。她真不愿意去想，这么累，天天如此，竟然，肚子都难填饱。女书歌谣的旋律在树林里随着一片片树叶的飘落而慢慢地飘出她的身体，随树叶，在阳光里细微地摆动，她熟悉的女书歌谣，她听着，声音又回到她身体里，她轻轻地唱起外婆最喜欢的

折扇／第二折

那首《花山庙》，那么长，一句句，一声声，声音飘进树林，惊醒所有的植物，每一个节奏，每一个字，她竟然全没忘记，她唱着，眼泪哗哗地流，歌里的生活比她更苦，她看见那些女书字，一个个，与落叶一起，铺满了整个树林。隆起一座座房子，是宫殿，她是里面最美丽的公主，里面有她最爱的人，孩子们、家里所有人，都在，都幸福地做着自己喜欢的事情。

阳光走了，她要回家了，大儿子，站在田那边，喊妈妈。

站起来，她狠狠地又下了决心，为了有饭吃，必须继续想方设法地去挣钱。

村里很多人去挑矿赚钱。何艳新去了，给邻乡铜山岭矿挑石头，她与男人们一样，每担挑一百六十多斤，四毛钱一百斤。

"拼命地挑。"

那年，她是三个孩子的母亲，女孩一个，男孩两个，分别是六岁、四岁、两岁。丈夫在学校教书，不在河渊村。每天凌晨三点，何艳新摸黑起床，煮熟一锅饭，放在家里，菜是没有的。谁想吃了，就在里面抓了吃。担心孩子们掉进村里的池塘，就把他们都反锁在家里，给大女孩一个桶，告诉她，弟弟们如果要拉屎撒尿，就拉在桶子里，桶子放在角落里，每天晚上，何艳新回家，桶子不是在屋中间，就是在门旁边。

挑矿就是一整天，天黑，才回家洗衣、做饭。关在家里的孩子，就由六岁的大姐哄着两个弟弟吃饭、睡觉。直至今天，长期以来，家里有什么体力劳动的事情，大姐也是很顾着大家。

大姐嫁在道县。

何艳新老人一直住在河渊村，群山之中，一个悄无声息的角落。

因为女书，她去过很多地方，中国台湾、北京、长沙，日本。日本和中国台湾去了两次，去中国台湾是结交姊妹刘斐玟邀请的，去日本是虽然没写"结交书"，但亲如姊妹的远藤织枝教授邀请的。远藤织枝是用对等的情感把握到了女书最颤抖、最细微部分的人，这样的人，当今为数不多。

平常，刘斐玟学女书，她要何艳新老人坐在旁边，她一边打字，一边让老人核对汉字与女书字翻译是否正确，有没有错。远藤织枝就不一样，她只要何艳新老人把女书字写出来，就算完工，余下的，她自己来翻译。

何艳新老人参加过不少的女书活动。

"活动怎么样？有什么感觉？"

"记性不好，过了什么日子，也不知道。"

她不断强调，现在记性不好，脑筋也不好使了。

第一次去日本，是 1997 年。何艳新老人与女书研究者们交流女书，主讲人是何艳新。远藤织枝，请老人写出具有远古风骨的女书字，大部分女书字，提前很多天的晚上，老人在家里，就写好了，她也不知道自己写了多少个晚上。挑了些稍微满意的，带到日本，给大家看，写得不满意的，直接撕了，变废纸。何艳新，完全没有日本艺术家草间弥生一半或十分之一的自信。她总感觉自己的字写得不好，唱得也不好。

在日本，大学里的那场主讲，老人唱女书歌，是大家所期盼的。在不大的会议室，研习者端坐，老人像在阁楼中，外婆站在旁边，她唱的女书歌谣，与外婆的声音融合在一起。学者们轻微一颤，飞翔的心，突然下降，真实地落在中国南方大山的阴影里，女性困苦的田地，发着芽，傻愣愣地感受冷风中丝丝滑滑的暖和劲，立春了，天气转暖。老人的每一次拖音，没有具体的文字，她们看到了风中的泪是如何隐忍地，在春雨中暗自流淌，声音清晰，如果没有歌声相引，她们听不到水的流响。老人的歌声，顺时间藤蔓，爬满墙壁，人所共有的情感，超越了这白色的墙壁，超越了语言，这些声音，即便在今天的南方，也如风，似有似无，消逝的声音隐藏在树林的幽暗里，外婆也不知道，这些歌声，是从哪个年代，哪个世纪，一些有着怎样经历的女人们唱出来的。老人的声音，因为外婆的口传身授，她把语音的历史、河流，用一墨山水，画在纸上，每一笔，都历经百年，不是她一个人的书写，是文化的河流，汹涌着，咆哮着，流淌着。

亲爱的姊妹一直陪在老人身边，何艳新感觉与在家里差不多。在中国，在河渊，在日本，两位老人也是坐在一起，说话，聊天，到村子里到处转，姊妹在哪里，哪里就不会寂寞。

"因为我在那里，她给我自由。"

何艳新，是一个爱自由的老人，她们站在海边，空茫至无的海水，反反复复地冲向堤岸。

何艳新老人喜欢花，日本到处是花，每每到得花前，她会无目的地站在可以看见花的地方，心花怒放。

半个月过去，老人突然心烦意乱、心神不宁。

"睡觉，天天做梦，梦见老公死了。"

虽没有爱，但是自己的丈夫，在一起生活了一辈子，有俩人的关心、守护，感情是在的，她担心他。何艳新到日本的浅草寺求签，其中有一句：人事有爻讹。签的大概意思是：

"一条鲤鱼跳上了岸。"

她着急了，老人的理解是，鲤鱼跳上了岸，没水喝，那肯定得渴死啊。

求签后的第二天，何艳新就请求姊妹远藤，让她回家。她一定要回家。原本她们想在日本到处走走看看，也让更多的一些年轻学生，近距离地接触老人，感受女书。

远藤给老人买了回中国的机票。

21 日，何艳新回到河渊已是深夜。丈夫一见到她，就问她要钱，脾气比她去日本之前更大。丈夫把家里的照片全撕了，一地的照片：一角捧花的手；土布衣袖；字的斜线；墙上证书的半个字——撕碎的照片到处都是，各个时间具象地摊了一地，缺胳膊少腿地匍匐在地，或向天张望，或痛苦不堪，不知道发生了什么事情。

22日，天刚亮，长途跋涉的何艳新还在梦中，媳妇告诉她。

"'大'去了。"

"不会啊，昨天讲话还那么神气，还骂人！怎么会死了呢？"

何艳新对媳妇说。

"真的很灵，那签。"

回忆当时，说这话，她神情认真，神思固定在日本，站在庙里，院子一角，看签的那一刻。

何艳新丈夫何德贵，老高中生。以前是位教书先生，教了七八年，工资太低，没办法养活一家十多口人，时间大约是1965年，何艳新支持丈夫辞职，回农村种田，铁饭碗不要了。

何艳新对事情的回忆，都没有准确的时间，事件在，时间于她，是一个圆点，很久以前、昨天、今天，甚至明天，都在这个小黑圆点里，事就是事，与时间没关系。

她与丈夫没有留下合影。

"全被老公给撕了、烧了。"

包括何艳新的单独照片也烧了不少。丈夫生病前，他们没吵过架，自从丈夫得了胃癌，做了手术，又转为肝癌后，丈夫性情大变，他天天打何艳新，撕毁家里的东西。

"他像个疯子一样，有事没事，就打我。"

丈夫去了，痛苦也随他消失。

"病中的他，也是受罪。"

何艳新的苦日子也像到了头，她心情逐渐舒朗，厚厚云层，一点点，被风吹走，一点点，露出阳光，照在生活的石板路上。没有男人的日子，生活比之前更苦了，她继续种了四亩田，五个孩子要养。

不种田，全家没得吃，老老少少十多张嘴，靠田来活。

"你们说，我能不老吗？"

老人总是感叹自己比同龄人显老。她瘦小，神气像村口的大树，磅礴茂盛，怎么看，都不像深山里的老太太。她见过世面，见过生命初始的流光溢彩，见过缤纷落叶的生命。

如果老公在世，她哭哭啼啼地过日子，有人来采访她，要她写女书，她是不会写的。

"写没用，越写越伤心，还是不平静。"

何艳新老人的生活，历高峰、近悬崖、达平地，一个节拍跃起，又落下。

植物，缓慢生长，昭显生命之力，颜色浓郁至流动，简朴至枯黄。

第二次，老人 2 月 27 号到的日本，3 月 7 号回国，11 号下午，日本因大地震，引起海啸。何艳新老人可爱地认为海啸与自己到日本有关。

"每次去日本，征兆都不好，都会发生一些不好的事情。"

以后，她就不太愿意去日本了。

新年，好朋友刘颖，日本成城大学教授，从日本来到江永，把老人接到县城，两个人在一起住了几天。希望老人今年再去日本，她说，怕冷。

前年，去日本的手续都办好了，也没有去。

"太老了。"

老人抹不掉顽固的想法——日本，每次去，都会有大事情发生。

在没有电话的年岁，几姊妹相互写信问候，何艳新用歪歪斜斜的女书字写信，远藤织枝和刘斐玟用女书字回信。一扇、一札，都是对平常时日的赞叹和想念。

老人去了两次北京。

一次是小儿子何山枫接她去住了十个月，住得很不习惯。

"进门，把门关掉，一个人都不认识。"

农村老人们对城市的排斥，莫不如此。

长城、颐和园、故宫，北京的景点，何艳新老人都去过，烟云一般，不记得了。

之前去北京，是清华大学赵丽明教授邀请何艳新，请她去帮助翻译、整理、编撰《中国女书合集》（第五卷何艳新作品集）。2002 年年底，到 2003 年年初，老人像位年轻的女学生，与女学生娃娃们一起住在女生宿舍里，吃学生食堂，有几位一起编辑女书的女学生，天天陪着老人，看女书、认女书字、写女书字、吃饭、睡觉。

清华大学多位学生，跟老人学女书，老人翻译了多少女书字，她们就认识多少，学生娃娃不会说江永土话，所以不会唱女书歌，不会读女书字，只认得。

2014 年，老人七十六岁，从阁楼下客厅，从水泥梯级上踩空，摔伤腰骨，躺在床上。孙女莲梅和大姐照顾她，三哥也回来了。

"人老了，不行了。"

台湾的姊妹刘斐玟和日本的远藤织枝，她们转飞机、坐汽车，到村子里来看老人，看到姊妹，老人不断地流泪。一年不见，远藤织枝说何艳新真的老了，去年见，老人还有牙，现在牙全没了，头发也全白了，真显老了。

"牙齿没有了，唱歌没之前好听了，漏风。"

老人唱完，总要嘲弄自己一下。远藤织枝与何艳新年纪差不多。

"她看上去很年轻，四十多岁的样子，脸上都没有皱纹。她喜欢爬山，叫我去爬山，我上不去了呀。"

总会有一些人，各种各样的人，敲开老人的门，有些是政府领导带来的，有些是自个找来的——向她学女书！

老人喜欢人来学，白日里头，她做的梦就是：在村里开一个女书班，免费教女人们学、唱、认、写女书——梦，现在还在做着，没有实现。

老人家里很破，很旧，虽如此，家里还是去过很多国家的人，日本、美国、加拿大、意大利等等，采访的、拍摄的、学习的、想念她的，什么样的人都有。有一些莫名其妙的人，换其他人，都不愿意听，老人不这样认为，她有自己不一样的思路。

有一个来自云南的人，自称博士——也许真是博士，也许一切是谎。来者二十七八岁，叫周立夏，或者叫朱离霞，普通话不准确，各种可能都有，说不准具体是哪几个字，反正就有这么一位，他是拍片的？摄影的？还是搞电影的？老人说不上来，分不清这些行业的区别。只说要帮老人看看风水。

他没给老人留电话，就来了河渊村一次。老人带他上了旁边平房的屋顶——来了信得过的人，她都带上去。那人看了看何艳新墓地的风水，说要"做光"，类似于开光、做法事，何艳新相信他说的——墓地，风水好。可老人不想做法事。那人接着说，您百年之后葬在那里，你儿子就会当官。

"他说这个，我就不相信他了。"

前面的话，老人都信，好像就后面这句，露馅了，老人认为不可靠。

去年晚上——具体哪个去年，不要问老人，老人会给你掐算一番，然后告诉你，不记得哪年了。

晚上，老人被一种声音惊醒，声音越来越大，侧身，又坐起来，仔细分辨，声音是从大门传来的，开始以为是莲梅家的狗在撞门，再听，声音不对，是有人撬门，老人怕啊，坐在床上，不敢下来，黑暗中有一种恐惧，蔓延，胀满了房间，她手抓着床沿，不让身体抖得太厉害。

"谁啊，谁啊。"

她喊叫。外面的人，知道家中有人，声音就没有了。

那年去北京，住了十个月，回到河渊村，家里的被子、床单，全被人拿走了。老人说的拿走了，就是被偷了。

十年前，何艳新还是种田，农村就靠这个活，饱肚子，她带了五个孙子。

"现在不行了，没气力了，带不动了，那时，真是苦了，生活困难，全靠种田。"

大孙子在江永一中读书，另外一个孙子在广州打工。

四个孙子、两个孙女。

假期与老人住在一起的，有两个孩子。

小孙子穿校服，挎肩背一小竹篓，手拿长竹竿，前面绑张小网，出门，去池塘、小河里抓鱼。

老人，老村子，新村子，到处走动。山下的田地里，村子的巷子里。

鸡、鸭、狗、人，走在青石板路上。老人，走在后面，上山捡一些枯了的树枝，做柴烧。要不了十分钟，就捡了一小捆，夹在胳肢窝里。下山，绿山中，老人手中的灰色枯枝，随光线移动，挪动。她像一支笔，从绿色里硬生生地搬出一小捆灰色来。

年少之时，她与外婆一起，经常写女书字，读女书字，别人的痛苦，别人的生活经历，激荡着她奔涌的心灵。

说得最多的是：

"做媳妇，不自由，要给婆婆倒洗脸水、洗脚水，做饭前要问煮多少米，煮多了、煮少了，都要挨骂，没有自由。"

男女，区别很大。女人不能坐在家里与其他男人说话。

丈夫打、婆婆骂，是常事。

她不喜欢这些。

她喜欢待在外婆身边，听外婆唱歌，听着听着，她看到外婆的泪水，流下来了，诧异地看着，痛苦扭曲着爬上外婆的脸，阴郁、凝重，她好像懂了，什么是女人，她爱着外婆，与外婆待在房间里，她感应到了知性、善良的气息。

说起母亲，老人的笑，故作轻松。

"家里，我也是受妈妈压迫的，事情都是妈妈说了算。"

她们那一代，是不自由的，她羡慕现在，自由恋爱，自由地出走、说话、聊天，做自己喜欢做的事情，与自己喜欢的人在一起。

她喜欢自由，十二三岁，稍微看得清世间的事情，日日夜夜与外婆在一起，牵着外婆的手，她享受着自由的快乐，后来，一直到老，她始终刚硬地，尽可能多地保持自由。

自由地呼吸。

因为她懂女书，之前，政府每年每月给何艳新她们这批女书传人，一个月补助五十元钱，后来，增加到一百元，现在每月两百元。

你与老人话别。

是第几次告别？你也忘记了，时间其实不重要了，时间，其实是一个记号。

你要走了。

一大袋土特产——粗的红薯粉，绕成一大捆。红薯是老人自己种的，粉是老人去别人家里专门打磨成的。干竹笋，一根根扎成小捆，是莲梅在山上采摘的。

"用水泡好，然后炒着吃。"

90后的莲梅会做菜。

"一半给你，一半转给山枫。"

已经装了一大袋，老人，又从楼上抱下来一大捆。

离开老人，回到北京。

整理资料，各种问题，像些调皮的小孩，左蹦右跳，跳出老村子，站在巷子口，看着你手中的机器，不让你过去。

老人在影像里唱了一句歌谣，很熟悉，不知道什么意思。你把这些问题写在一张纸上，下次见到老人，你再一个问题、一个问题地请教她。

老人盯着你，回答那些于她根本不是问题的问题，有时候，老人直接拿过纸来，自己看问题，自己回答你。

每次，老人都会翻出一些过去的照片。看到自己五十多岁的照片，笑得像个孩子，八十岁的她，在照片外面，看着里面笑的人。

不同的房子里，遇见相同的自己

何艳新，家住永州江永河渊村，群山之间，群岭环抱，低缓处，三四百户人家的村落，新的房子建在村外，进到村里，都是老房子。往老村子里走，左弯右拐，到了村子右侧——村子最外面的一座房子，大片稻田伸向远处的山。

一层半小楼，老人现在的家。

一间半屋，一明一暗，一层半房。

紧挨右侧墙，开了扇小木门，即正门。单门，推开，进门第一间，四四方方的小客厅，十二平方米，客厅、餐厅，都在这儿。单门正前方四米处，与门齐宽的过道，形成门洞，无门无框，门洞开始，一分为二，右边，仅供一人上下的窄梯，上到阁楼，楼梯不像是有经验的泥水匠建的——楼梯笨重而拙，梯级长度和高度不均匀。她在这里摔断过腰骨。门洞另一边是走廊，往前几步，走廊快结束的左边，有扇更窄的门，是老人的卧室，这是一明一暗中的一暗，房间五平方米，一床一桌，除此无他。应和古人说的，卧室要小，不宜大。

客厅，几乎空无一物。而卧室，好像家中所有之物，都藏匿于此。老人说着说着，站起来，往卧室里走，不断地从里拿出照片、墨汁、纸片。

走廊尽头，左边为厕，右边为厨，像临时搭建，算不上一间房，凑合前面的卧室，并称为暗房。

至于阁楼，老人不叫它房间，就叫楼上，村子里都这么叫。写女书字、唱女书歌、做女红，都在楼上。

房子一直如此，与时间一样，与十年前没差别。

楼上的两个窗户洞，像两只眼睛——主人已老，眼睛有疾。窗户不要去想象有什么玻璃、窗木条之类的东西——就是两个红砖空洞，像一座没完工的房子。建房之初，没安窗户，空成两个砖洞，正好剩了些残砖，小工师傅花了三分钟时间，把多余的砖头、木板、圆木，随手堆放在窗户洞里，另一个窗户洞干脆用黑不溜秋的木板封死，洞里堆了十分之二高的砖，没人去动它们。只有季节更迭，窗户眼睛下面，外墙中间，正横横地爬着一条丝瓜藤，高处，挂了两条大丝瓜。墙上的爬藤类植物枯了生青，青了又黄，枯黄的藤叶，蔫蔫地趴在墙上，不想爬上去，也不想爬下来，放空了，什么都不想，神思都不在了。绿的藤蔓，背负着层层叠叠的绿叶，勇猛地往上爬，想淹没这堵赤裸的红砖墙。

有人站在她的房子前，说了句，房子太旧了。

身边的人，马上附和，是，太旧了。

身后的人，告诉老人，弄弄门脸，搞好看点，给你点补助。

房间，老人气味太重，黑着个脸。何艳新的房子是村子最外面的一片花瓣，容易受到风雨的侵袭。老人用了些新鲜白亮的石灰把门楣、门框刷了薄薄的一层白色，像新的一样，其余墙体依旧是红砖裸露，老气横秋，像危房。

窗洞下，一行砖的位置，突兀地伸出两根黑的圆木头，像老人回忆自己年轻气盛时，说出的某种反抗的话，不顾后果地冲出来，不周全，有戾气。

一楼窗户的木框，是从另一栋老房子里拆过来的，黑色的窗户木条、大片红砖块，唯独门框刷了两道竖竖的石灰，门洞上方，无匾可放，用石灰刷出一块匾额大小的地方，像幕幽默的哑剧，太阳就是灯具，早上来，晚上走，光影变化，剧中主人一动不动，神情亦不动，动的是观者。

墙四周，也刷过一层石灰，早已变成半黑、深灰、浅白，泛出来的黄，是里面土墙透过来的颜色，浅淡不一。

没有烧透的红砖，披着旧装，呼吸着旧岁月的尘垢，痴痴地站成几间房，为老人遮风挡雨，安度时日，一年又一年。

何艳新，地地道道的农村老太太。与其他村民一样，每天，来往于田间地头，偶尔，直腰，想一想在广州和北京的儿女，最后，她总是想到，刚回家不久的三儿子的婚事。

孙辈们，与她住在一起，少年是乡村里跃动的鲜亮点，老人的生活，也因他们不断地激荡起飘扬的水花。

老人的家，外在的环境，屋里的陈设摆件，没有一点女书的影子，更不要讲中国最后一位女书自然传人的荣耀迹象了。看不见一个女书字。

有段时间，老人的客厅里也挂满了与女书相关的东西：木镜框里，镶嵌有何艳新在北京、长沙、东京等地参加女书活动的照片；有女儿在女书园工作的照片；墙上也挂了一张政府颁发的"女书传人"牌匾；有何艳新写的几幅女书字。现在的墙上，女书的影子隐藏了起来。

"因为悲伤。"

屋里的摆设：长沙发，四人座。一个木柜，三层，两开门。木椅三把。一张四方桌。墙上，一挂钟，四方形。

下面镜框里，十多张家人的照片。

这样的描写，会感觉这是一个不错的家，实则，曾经有无数去过她家里的人，都用四个字来形容——家徒四壁。

老人的这些家具，具备乡镇特色：质量差，做工粗糙。

桌椅沙发等物件，没有一件好的，不是一边门掉了螺丝，就是缺了角，粘在上面的劣质木皮，凹凸不平，它们对粗制滥造的自己实施自虐——鼓起来、爆开、自绝。

沙发的扶手、靠背，破了很多地方。木柜，不知是谁家不要的，木质疏松，估摸着已经支撑了三四十年，油漆，是早些日子，潦潦草草涂上去的，到处露出木头的本来颜色。

老人坐在黑色的人造皮革沙发里，沙发被时间扎了很多洞，黑色地低垂着眼帘，昏昏欲睡。

桌子也是，上面铺几张报纸，钉子钉住。难道桌面太脏？还是已经被虫子蛀坏了？才用报纸遮挡？

自打家具到老人家里，就没新过。

客厅里最喜庆的是巨幅毛主席像，夸张的红，太大了，屋子里映得都是红色——鼓励破沙发，要喜庆地过日子。

一些来不及整理进里屋的刚晒干的衣服、袜子，推到沙发的一角，腾地方让客人坐。

老人出门提的手包不错，估计是女儿或儿媳给她买的，或者是见母亲出门需要包，就把自己用过的这个洋气十足的包，给了老人。

老人的家，屋外比里面舒适，外面阳光充足，光亮。

屋前，一堆树枝、木块、木条，随意堆靠在墙上，没有了一丝生命的迹象，几根不知名的野草藤，嘻嘻哈哈地缠绕些绿色在枯枝木棍上，试图唤醒些记忆，木骨头倒在地上，听到旁边冒出绿色的小草，发出"唉"的一声叹息，一辆废弃的板车，噼里啪啦地压在它们身上，阳光满满地，涨满了整条河流。

较新的一辆刚被使用过的手推车，立在门口休息，用来悬吊车子的长绳，丢在地上，它一旦连接起屋顶上的铁轮，就会把一小车水泥浆，拉上屋顶。

地坪里还堆了些永远都用不上的东西——废弃的电视机接收器，农村里直接叫"锅子"，报废了，与扫把、散架的门、拆老屋时剩下来的木头——烧焦了，大伙都混在一起。

靠外面的一角，地上满是红色的鞭炮纸屑，使得整个空间继续充满了昨日的喜庆。

红屑末、木头黑烧痕与灰色旧物，躺在地上，灰旧建筑物垂直站立。

——一幅静默的摄影作品，光影形成斜三角，一半在平面，一半折叠垂直往上，你凝视，总感觉照片一定会在趁人不注意的时候，动动手指，踢踢站累了的脚。

地坪清扫得还算干净。

房子外墙，连着大片田地，谷穗垂腰，站不稳的，就会靠着老人家的墙，直到有人来收割。田地一直蔓延到远处的山，才打住。乡村山野，四季变化最大的，就是田地，颜色更迭，春天是水田，之后插了浅浅的、颜色不深的秧苗，慢慢长大，浓郁的绿色，抽穗开花，稻谷金黄——继续变化：收割，仅剩枯黄的稻草秆。初冬，田里不多的野草也黄了。寒冬，田里的雪最厚，路上的雪早早融化，田里断头的稻谷秆子还顶着一点雪，冒出水面，给路人看，证明自己并没有死。接下来，当然就是牛拖着犁铧、人扶着犁，把地翻过来，给天空看，然后，新的一轮变化，重新开始，轮回……

　　房子就是站在大地上的一个孩子，她试探地接近，活泼泼的植物，伸出一个屋角，露出红砖的一只胳膊，羞涩地试探性地伸进田里，水有点凉，又退回到屋檐下。

　　老人跨出房门，置身于田地、山、植物中。

　　远处，一道长长的山岭，划过天空。

　　远处是红花岭。白色的云，汹涌、积满在山岭那边，横岭低处，挤得太甚，云团的上半身就略微弯腰，伸到岭这边。

　　白云、青山、横岭，绿色由远而近，浓淡相间。最近处，田地里的高粱秆枯成黄色，一小块，低低地，长在绿色的群山之下。

　　油菜籽黄了，枝头的籽熟了，枝叶也黄了，整个油菜秆都是黄的。大片的油菜刚被农民砍倒在地里，一堆堆，黄颜色深浅不一，如画，层次柔和。

远山群青，衬托出油菜的黄。梵高的向日葵，在这里得到另一种不同的表达，向心展示另一片天空，激情而不疯癫，饱满而不歇斯底里，痛苦而没有绝望，忧伤柔和的女子，生长在希望萌生的大地上，这与女书有关。

老人笑起来很可爱，信赖充满了整张脸，传播速度很快，整个身体都在笑，像个孩子。不笑的时候，神情严肃，一个人，很多问题会纠缠着她，灵魂深处，她经常看见自己坐在月光下，与自己说话，给自己看那些生活的苦，女书字一行行地记载了这一切。

她说，很早之前，她就把苦，埋在心的最里面，只有动情的女书，才能唤醒。平常，老人开心地生活，遇到投缘人，一起去看姊妹，她走路的姿势越发轻巧。姊妹来到身边，只有温存的爱。

与何艳新老人相关的房子不少。

她出生时的那栋房子，还在村子里，坚守着。到处都是倒塌的墙角。

从外婆家回来一个人住在河渊村，也有一小间房子。

后来搬到继父家，和妈妈一起住。结婚，与丈夫另外建的房子。

后来，自己一个人住的房子。

还有，老大、老二、老三建的房子，散落在河渊老村、新村。

老人穿了件满身开蓝花的衬衣，带你去村子里转，顺便去认认她曾经住过的房子。

老村最里面。

"就是这栋。"

她站在一栋房子前，她出生的家早早地不在了，房子还在，几乎倒了，只有墙，和脚下的石板路。何艳新是父母的第一个孩子，也是最后一个。从老房子转到后面的新屋里出生的，所以取名为何艳新。"艳新"，河渊村土话叫"冷西"，"冷西"在土话里，就是"转过来"的意思，从老屋转到新屋，转过来生了她，以此意为名。

"这是我妈妈改嫁以后住的房子，现在关牛。"

砖房，没有石头门，框是木头的，不大，门页懒懒散散地关着，裂开的口，可以看见屋子里的天空。生锈的锁，挂在门上，好像只是一个关门挂锁的符号，村里，有些锁就是从地上捡一把稻禾，夹在两腿间，双手搓成一根绳，穿在门环上，一年、两年。

妈妈房子的砖，砌得更简单，烧得也不透，火候不均匀，有些浅，有些老得掉渣，比起村里其他房子，这房子起得草率了点。

巷窄。

继父，后来也是何艳新供养送终。

何艳新从这儿出门，背一把锄头，出工，挣工分。

与村子凉亭相距不到二十步，是何艳新婆婆的房子。

"我老公的父母家。"

现在没人住，一栋让人惊讶的房子，竟然保存得如此完美，老的砖，色泽深沉，整体呈青色，圆润。大块大块的石头，整条整条的石头，做地基，房屋高大，八间大房。

"为何这般豪华？"

原来，房子之前的主人是地主，后来，分给了很穷的婆婆家。

现在房屋主人是何艳新丈夫的弟弟在住。里面的凤、龙、鸟、花纹、浪花，雕工精致。鸟兽沉在暗暗的灰色里，黑色的时间，趁月黑风高，日日从容侵蚀。流水淹过之后，花鸟露出时间的水面，看着远去的水，知道下一波水浪马上又会到来，它们守着木的身体，静静地看着自己的感受，鸟兽的动作竟也不见被湮没，依旧灵动，使屋子把昨天——撑到今天。

整栋房，分成两半，另一半的主人也去广州打工了。

工业的滔天巨浪，时间之流与之相比，竟会显得渺茫无助。只要有些气力的人，从十六岁到六十岁的男男女女，不会把时间留在大山里、乡村里，几乎都会到城市去打工。湖南与广东接壤，大部分人在广东打工。

"不去。"

没有这么愚蠢的人，在城市的工业里，用一个月的气力，赚取在村里一年也赚不到的钱。

你的母亲，在家，一年一人种两亩地，除掉农药、化肥等成本钱，最后赚一千多元。

谁都算得明白，都去城里打工，成为工业的一个零件。

老人的小叔子全家，去广州很多年了，即使再多年，每年春节都会回来。

出门，站在房屋这端，不远处的树，高过屋顶，摇曳、翘首，说着它们的话，与村里的旧房相比，它们是新兴派。

石板路不平了，旧了、破损了，老人走路有点踉跄了。

老人走在曾经住过的房子后面。

老人带你爬上一栋楼房的平顶。

你没有进过这样的村子，在村里走得太久，有多少天啦？是第几回来到河渊村？与村子里的老人一起，沉默地坐在院子里，用欣赏的眼光评说千年的树木，老的村子。

此刻，踏上屋顶，瞬间——豁然——开朗，灰色的时间，沉淀在村子最底部，慢慢地，试图淹没村子，淹没村里的人，它们爬上砖墙，染黑了村子。你从城市里来，带着工业的轰鸣，你惭愧地低头，但美好的村子，不受时间怪圈的影响，继续自由地绽放，秘密之花——一览无遗，时间呼啸而去，它在工业的规则里，守时守点地吩咐人伸出手指，在时间齿轮咬合之后的一瞬间——按上手印。

在这里，时间失败了，面对的，是不一样的生灵，不断变化的植物，一些冰山一样的女人，露出水平面，她们随海水汹涌，沉寂的泪水浸泡在海水里。丰富、多变、坚韧的她们，时间的工业规则，在她们面前失效。时间只能回到城市里，去那里放肆。时间从工业里来，在名利场里坚如磐石。在这里，没有呼吸的空间。

她们才真正地爱着南山，她们是大地上飘荡的浮云。

群山、大树，新的房屋，周遭的植物，紧含着村庄这一片数百间的房子，它们不想让一片花瓣枯萎。

老人的两个儿子承包了村里靠山的大池塘。

三儿子借此机会，把房建在旁边，整个村子就他一户人家在田地的这边。一栋小小的新房，突然跃过大片田野，跳出老村子，跳出新村，隔得更远，像颗种子，被鸟远远地衔在山的下面，与村子隔着好几十亩地：一栋房子，一层，上面平顶。独独的一栋房子，像旁观者，看着新村子、老村子。

"等以后有钱了，再加两层。"

屋后面，原先是一个大池塘，后来围成三个小池塘。

十月，池塘水很浅，中间露出三五个小土堆，像岛，长满了草。四周的山和树，淡淡地，浅到天地里，又倒映回水中。

风从山谷刮过，从对面的岭上掉下来，从这里，进入村庄。

老人站在池塘边。

三儿子还在给自己砌房。

"下次与山枫一起回来，就住这里。作为一个朋友，住在这里。"

老人说。

三儿子四十多岁，一直是一个人，没有结婚。

——一座山、一棵活得郁郁葱葱的古树、一棵被岩洞里的水冲毁了的古树、一个一分为三的池塘、一栋一层的房子、一条小溪、一座五步长的小桥，在一个人的引领下，从山开始，依次向田野靠近，向村子靠近。

从村子这边看过去，长草的田地，苍郁的古树，枯黄的树枝，四周是层层叠叠的山。

何艳新老人站在今年新长出来的竹子前。

问："你们哪天回去？"

现在是吃小竹笋的时候，她要莲梅去山上找些，中午吃，她还希望你们带点回北京去吃。

"三哥房子那山上，有很多竹笋。"

冬天，池塘里的水全干了，长出大片大片的杂草。

靠近池塘，有一个岩洞。这山是石头山，里面都是空的，只要一发大水，里面就有很大的鱼被大水冲出来。

风吹响山中的岩洞。

老人背对村庄。

读高中的孙子放假在家，用手推车拉土，帮三叔建房子。

三哥的房子建好后，每天走过中间这片田野，回老人家里吃饭。

老人靠坐在墙边的长凳上，阳光把窗户的影子投在老人身上，把老人的影子投在墙上。

老人的心思还在飘，随山谷的风，她把女书的各种神思，映照在莲梅身上。

儿子们大了，一个个，慢慢地从家里分出去，自立门户。

最小的儿子何山枫，分给他的是家里的老房子，在村子最里面，淹没在众多老房子里，巷子游离，房屋林立成巷。

从外观看，山枫的房子比老人现在住的房子要气派，像大户人家，坚固的大门，大的木框，长的、高的石门槛，庄严气派。

老人站在外面，表情复杂。她不愿意再走进这房子。说到进去的时候，她在退后。

"山枫的父亲就死在这屋子里，之后，我就怕进去。"

老人话语里充满了惊恐。

走在村子里，从这里转向另一头：房子里、门外边，坐了不少的老人。

三四片钥匙挂在老人手上，她不断地梳理着黑白相间的头发，钥匙不断地碰撞，发出声声脆响。这些路上，看见曾经的她，和那些与自己一起哼唱女书歌谣的姊妹，一起走出家门，在大厅里，说话、聊天。

老人的每一个日子，都在不断地经过童年、少年，还有老年。她跨过宽而厚的石门槛，走进深长的巷子，游在熟悉的深海里。阳光倾泻在绵延的屋顶上，她的生活，在石板路上行走，从老到小，从小到老。

孩子们从她身边跳着跑过去，摸摸他们的头，村子里，每一间屋里，都有她记忆的影子。

大儿子的新楼房，与村里的老房子贴得最近，唇齿相依，村子最外面的一片花瓣掉了，这栋房子就挤进来，严严实实地把老房子挤在后面。

一条路，之字形地爬上村庄前面那座山，有路的这一大片山林，没有房屋，路，绕开村庄里的房子，自己爬上去，到山顶，看看岭的那边。

那边，还是山，还有更高的岭。

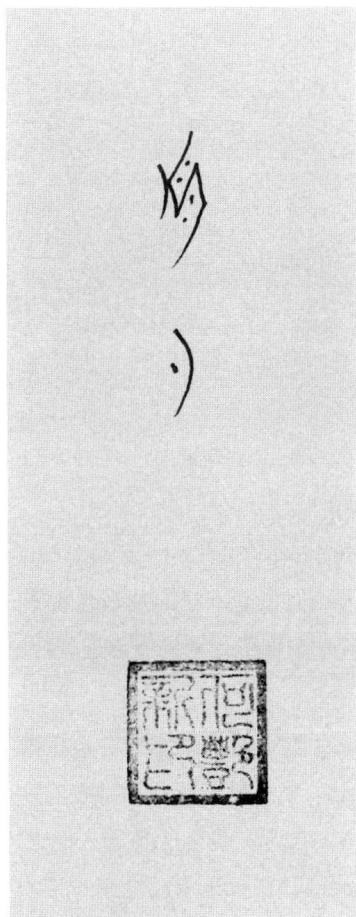

女书字「房屋」，何艳新书

第五章

外婆说，女书，是天上流泪的星星

折扇／第二折

战争、运动、动乱，雄厚的基因，冲荡、污染、混浊、湮没，残缺的碎片，日积月累的废弃之物：尘封，弃野——而生存。

20世纪80年代，植物受到保护，枝繁叶茂，之前的石头山、黄土山，现在覆盖着满山满坡的绿。人慢慢地回到基本正常的生存轨道，也有无数的人性之恶，随之而至。

汉文化、汉字，在永州上江圩镇一带叫男书。男书，理所当然地属于男人掌握的工具，向外、求仕、经商，与大千世界发生广泛的联系。女人拥有的是女书。女书

村外小道上的小狗狗

2014 年，村里的老房子，不再有人来维修

河渊村的旧门楼没有了，凉亭还在

水牛现在依旧随处可见

2015 年，河渊村的大厅

村子里有保存得很好的老墙和石板路

吴龙玉（左）、刘斐玟（中）、何艳新（右）三姊妹的合影
（图片提供者：何艳新）

老村子外围的房子，正一间间崩塌、消失

落文诗一首
姐妹相会意
提笔将书写
研究女文章
好有同情苦
人意值千金
女书表心意
感谢多关心

——何艳新

2015年，作者采访何艳新老人时，她即兴写下的女书字

义年华曾经生活过的桐口村

河渊村堂庙里的石像

花山庙里的姊妹神像

站在何艳新邻居家的屋顶上看河渊老村子

这样的窗棂，河渊村随处可见

向内，是女人相互之间感受心灵的一面镜子，仅在群山间几十个村落里流动，不为外人所知。之后，汉文化普及，女人与男人一样，出外求官、经商、打工，女书相应地失去了曾经的土壤。

女书文化以个人的离去，构成群体的流失，而一点点消逝。古老的女书文化体系彻底崩析，女书以唤醒个人疼痛为代价，极少数个体成为女书见证者，呼为女书自然传人，她们以个人形式，浮出水面，又一个个老去。慢慢地，几乎消失殆尽。女书以另一种形式存在。

20世纪80年代初，两位女书自然传人首先出现在人们的视线里。

高银仙，瘦个，长脸，经常戴一顶老式帽子，额正中位置有饰品玉花，系肚兜，着老式服装。1990年，去世。

另一位叫义年华，难得见到的略胖身材，长方脸，无论下雨、出太阳，都戴一顶竹斗笠出门。1991年去世。大部分人认为，女书里的爱恨离别，可怜的泪花，绽放了一个春天，就随她而去。

不久，另一位女书自然传人阳焕宜，出现在青山绿水间的河渊村，她气色外露而内敛，女书的精气神，在她整个人的身上得到具体的完美体现，她是女书的完美象征。她引领着女书的河流，继续向前。2004年，阳焕宜去世。

最后一位自然女书传人何艳新，直至1994年，才被动地被发现。

女书，在她的身上，以另外的方式呼吸着。

20世纪80年代，清华大学赵丽明到江永调查女书。何艳新当时还处于贫困阶段，每一次呼吸，她感觉到的都是饥饿和挣扎，政策正在向吃得饱的方向转变。种七八亩田，来养活六个孩子、两位老人，十来号人。

赵丽明问何艳新，会女书吗？

她刚从田里回家，脚上都是泥巴。

她想都没有想，答："我不会。"

几天后，女书调查者从道县田广洞又回到河渊村，与何艳新说：我调查了，你外婆村里的人说，你会女书啊。

她们说话的时候，何艳新的几个大孩子，正在齐小腿深的泥田里，插秧。小的孩子，在土房子里，把一张老掉牙的小木凳当马骑。何艳新，还是没有承认自己会女书。她不愿意，女书世界里的泪，会淹没她现在的生活，现实生活已经够难受了，她的身体，此刻只能通过虚弱的物质来支撑，女书里的柔美，她现在不想进入。如果只为了自己，她愿意，唤醒心灵里的神，但孩子、老人，还要她养，要吃饭，她想了想，摇头，还是说自己不会女书。

后来，相当长的日子里，很多学者来做女书调查，何艳新都没有承认自己是女书传人的身份，即使研究者有凭有据地说田广洞村的很多老人透露，她们的女书都是何艳新教的，何艳新也没有承认。她必须下地，挖一小坑，把种子撒上，盖上土，浇水，照看，家里才有菜吃，她也会把菜挑到集上去卖。

"女书，我不写，就不伤心，一写，就难过，很难过。"

20世纪80年代，台湾刘斐玟来江永调查女书，住在河渊村村长家里，住了四个月，她也不知道何艳新是从女书世界里抽身而出的女性。何艳新其实很想和刘斐玟一起写女书字，唱女书歌。

"因为孩子太多，事太多，我怕那些悲伤的事。"

女书字，就是泪水。女书世界中的她们，大部分人，不太熟悉汉字、汉文化。她们心情复杂地让汉字成为男字。她们很骄傲，又很无奈地称自己的字为女字，人们习惯称之为女书，或女书字。

女书字、女书歌的读音是在上江圩土话基础上，加了点江永城关镇口音。上江圩很多女性会唱女书歌，但很多人不会说普通话，更不会写汉字。

为了一步步深入调查女书，刘斐玟就去学校，找正在读书的孩子们，她们学了汉字，也会讲当地方言，她要孩子们用汉字翻译一些女书歌。

一天晚上，何艳新最小的女儿何美丽放学回家，她正在家里切猪菜。

女儿说，我来帮你切。

何艳新奇怪了，这孩子，最不喜欢的就是叫她做事情，今天怎么想起帮我做事情了？

何美丽说：我帮你切猪菜，你帮我写字，女书歌中有些字我翻译不出来，字不会写。

何艳新只会写繁体字，就帮女儿把其中一首女书歌翻译成了汉字。

刘斐玟看了孩子们的答卷，何美丽的卷子中竟然有繁体字。

何美丽说，这是妈妈帮我写的。

刘斐玟找到何艳新，何艳新不承认是自己写的，说是女儿写的。

何艳新的老公说，刘斐玟是外地人，来我们这里不容易，你就帮帮她吧！

何艳新说，一帮就是半天、大半天的，你也会说我的啊，家里事情太多了。

老公说，出门靠朋友，我不说你，你去吧。

后来，刘斐玟在继续寻找女书的过程中，何艳新就帮她做翻译，但她始终没有说自己会读、会写、会唱女书歌谣。她用心保护着这个秘密，夜深人静，孤独无助的时刻，她总会幸福地听到，与外婆在一起唱女书歌的声音……

何艳新从外婆家回到河渊村，是 1949 年，那时候，大家都已经不用女书了，村里人也不知道何艳新会女书。

女书是悲伤的，只要触及，就会触到伤心的河流。翻涌起情感的伤，女人含泪的重负。

1994年年初，远藤织枝带着五个日本人，与赵丽明教授一起，访问一位叫胡四四的老人，河渊村的吴龙玉也在场，她说，我知道一个会写女书的人。

大家就这样来到了何艳新家。

远藤织枝问她，你会不会写女书字。

何艳新说，不会写，都忘了。

大家在她家里聊天，说到她的童年生活，说到她的外婆。何艳新突然抢过远藤织枝手中的笔和纸，写起女书字来，边唱边写，一首从数字一唱到十的女书歌。

第二年，也就是1995年，何艳新给远藤织枝寄去了一块写满了女书字的蓝色手帕，远藤织枝找何艳新确认：这真的是你写的吗？

何艳新生气了，她说：你要是不相信是我写的，那我以后就不再写了。

远藤织枝再三道歉：对不起，我不该怀疑你。因为字写得太漂亮了，所以我想确认一下，我相信你，请你不要说今后不写了。

那年以后，远藤织枝每年都会来采访何艳新老人，老人也为远藤织枝写了很多的女书作品。

1995年，何艳新老公住院。

江苏的吴老师在江永县人民医院病房，找到何艳新。

"我不会女书。"

何艳新照旧敷衍。

"但我老公，他倒好，告诉她说，我会女书。他说，你就写女书吧，正好把你的苦，你的可怜写出来。"

晚上，吴老师没有离开医院。

何艳新从出生到老，一直胆小。孙女莲梅说了一件事。

莲梅五六岁时，和奶奶去旧房子里抱柴出来烧火做饭。旧房子里黑漆漆的，奶奶推开门，她害怕，就站在门口，要我进去抱柴。我也怕啊，但我知道奶奶比我更怕，我就战战兢兢地进去，把柴抱出来，就跑。

儿子何山枫也说，妈妈何艳新至今连一只鸡都没有杀过，胆小、怕事。

在医院里，何艳新想到每个病房里都死过人，这些床上都睡过死去了的人，那张床上的人老得快喘不上气来。晚上，长长的走廊，白炽灯惨白的光，不亮、暗暗沉沉的，浓烈的消毒水味道充满了整栋大楼，她竟然听到了自己沉重的呼吸声，听得清清楚楚。

夜里在医院陪老公，是何艳新痛不欲生的事情，她几乎整晚不睡，睁着眼睛，她害怕看见什么，更害怕闭上眼睛，会有什么东西靠近她，窒息她。

吴老师当时还不知道何艳新如此胆小，她只是希望何艳新安安静静地写写女书字。

黑夜再次来临，灯暗暗地亮了，老公重病卧床，孩子缺衣少食，婚姻自己做不了主，外婆那唯一的温暖，她想抓住，每次，她都看着外婆在一点点地远去，她想挽留住外婆，那是她整个生命中最美好的、最温暖的一个亮光。各种念想，冲击着何艳新，一起涌来的是黑夜的悲凉，黑暗如潮。女书，慰藉的就是这种彻骨的可怜。她的身体也在呼求女书的帮助，女书，也在暗暗地寻找传递者。

用女书述说自己的可怜。

何艳新答应了她。

一扇关上了几十年的门，终于缓缓地、沉重地打开了，门已陈腐，里面的世界，依旧朝气蓬勃。她说"我试试"的那一刻，她清晰地听见了外婆的歌声。外婆的女书歌，是最原始的古音，几百年，歌者的情感在女书歌里轻微呼吸，随着古老的音色起伏，没有变化。

阁楼上的小窗户里，声音，还停在青砖上，只要歌者开声，她们就会按序下来，随调、随音起舞，形成旋涡，歌者进到悲凉之地，沐浴月光的清冷。歌毕，身心被月光洗涤，树林被风雨梳理——更加翠绿。

远藤织枝想考考何艳新对女书文化的熟知程度，就把汉字版的《三姑记》给她，请她翻译成女书字。何艳新以女书最古老的方式，来书写：把纸放在膝盖上，笔歪歪斜斜地写下一个个女书字。她的女书气质第一次以物证的方式出现在非女书的情境中。很多东西，都不再如前，慢慢地在改变，但女书字、女书音没有变。

远藤织枝用另外两位早已闻名于世的女书自然传人高银仙、阳焕宜公布于世的《三姑记》一字一字对照，综合对比之后，她惊奇地发现，何艳新与高银仙水平竟然不相上下，比阳焕宜的还要好。

高银仙的女书，是何艳新的外婆教的。学的时候，高银仙家里还给外婆送了一个红包。

"女书，太伤心，我不想写，一写就很伤心，就想把她忘掉，没想到，还是忘不掉。"

何艳新很久没有接触女书，她想应该都忘记了那些苦痛的种子。没想到，只要她想到用女书来表达，那歪斜的文字、凄婉的音调就包裹了她的身心，一切的一切，慢慢地浮现。

之前，唤醒何艳新女书的，与她的姊妹吴龙玉有关。

吴龙玉会做很好看的花带，来补贴家用。通常是别人帮她写好女书字，她绣。后来，那人不能写字了，吴龙玉就发愁，看到姊妹闷闷不乐，遇到了困难，何艳新说，那我想想吧，应该还可以想出几个女书字来的。这一想，想出了何艳新记忆中的数百个女书字，何艳新自己也感觉不可思议，自己都认为忘记了的女书字，为何，稍一回忆，一笔一画，就全部回到自己的意识里来了。

女书世界，萦绕的是苦难和可怜，每次的进入，何艳新都感觉到阵阵悲苦的风，凉凉地，在她周遭吹起。

从那一夜开始，女书研究者们一个个地在何艳新的引导下，进入女书世界。

何艳新四岁，父亲死了，妈妈的日子自然不好过，不能在此安身。

外婆知道母亲的处境，就要她们母女两人到她身边去生活。外婆家在道县田广洞村，两个村，隶属于两个不同的县，其实，两个村庄的山水田地都紧紧地挨在一起，一岭之隔、一路之隔。

"左脚踏在道县境，右脚落在江永界。"

两个自然村落的聚集地相距不到两公里。

外公是位读书人，家里比较富裕。妈妈回到外公家里，不需要出去种田地，做的事情也不是很多，只适当地做点家务。

何艳新的童年，在外婆家度过。她的记忆里，全部是外婆，她是外婆一个小小的影子，外婆去哪里，后面一定跟着她，外婆爱着这个灵气、直率、无邪的小外孙女。

"想到外婆就把我的心惊动了！"

何艳新经常这样突如其来地说出内心的感受，她敏锐的心灵被打动的瞬间，她会原封不动地说出来，不经雕琢，词语搭配不恰当、词语突兀，她不理会。

她爱美好的东西，她会感应到情感细微的颤抖。

何艳新从幼儿到略懂世事，一直生活在外婆浓郁的女书文化气氛中——听外婆在阁楼里与姊妹们唱女书歌，有些歌，声音低低地出现，然后站在屋子里，她会飞起来，五六岁的孩子，把眼睛闭上，她在女书的歌声里看到了天上的星星，星星的眼泪，掉在外婆的脸上，每次，她总是会问：

"外婆，你为什么流泪？"

外婆只是看着她，摸她的头，心里好像回答了她。

后来，何艳新长到六七岁光景，她再问。外婆会拉起她的手，告诉她。

"因为女人可怜。"

何艳新不觉得自己可怜，她感觉外婆就是一个菩萨，身体散发出迷人的光环，她们五六个姊妹在阁楼上唱歌，她就偎依在外婆的身上，美美地，在恍恍惚惚的歌声中，入睡，她看到温和的阳光，照亮了白色的石头，上面有柔和的房间,她睡在外婆的身边,很多很多姐姐轻飘飘地走路。

生长在大自然中的女书传人，读汉书的人不多。外婆出身中农，读了汉书，而当时的其他女性几乎没有受教育的机会。外婆是当地有名的君子女，名气很大。每年九十月，嫁女比较多的月份，很多人都会请外婆帮她们写《三朝书》。

何艳新看外婆写女书作品，感觉就像外婆在写她的生活一样，那些字，与童年的她竟然如此亲近，有一天，她意识到，那些字，就是她梦里掉下来的眼泪。

——女书里的眼泪是所有女性的眼泪。

起初，外婆并没有有意识地教何艳新学女书。懵懵懂懂的情绪下，何艳新记住了一些女书字。她看外婆写女书字，看到不认识的字就问。

写女书字，与旧时汉字一样，从右到左地写。

六岁了，外婆要何艳新伸出微微颤抖的小手，把女书字斜斜地写在她的小手掌心。何艳新握紧拳头，跑到村子外面，与一大堆年龄相近的女孩子们一起玩耍，她松开手，随手折一根树枝，学外婆的样子，用树枝在地上，写下刚学的女书字，她读出来，告诉身边的女伴。她重复外婆的每一个字，小小的圆点，左边一画，右边一画，一个圆圈，不能一笔画圆。

何艳新与外婆一样，幸运地读了"汉书"。

外婆教何艳新唱女书歌谣，一首首地教，有些歌，她听外婆与姊妹们一起唱，就自然学会了。外婆的声音在何艳新的心里像花一样开放，她看得清每一片花瓣向上微卷的样子，看得清另一片花瓣完美伸展的模样，她完完整整地模仿外婆的声调，每一个高低音的来去，纤润处细若蚕丝。

女书音，与田广洞村和河渊村的方言都有细微区别。孩子们不会去理会为什么不同，她们只知道，这是女孩子所独有的，很久很久以来，就是这种音，一种古老的声音。

外婆唱女书歌，她就跟着唱，唱会之后，她用女书字写出来，田广洞村的很多女孩因此也很快学会了女书。现在，儿时的玩伴，已经不在了，最后一位嫁到桐口村的姊妹，去年过世了。

外婆写女书字，最早只用硬笔，后来也用小毛笔写，有时候，外婆捡起地上的小树枝，在地上写女书字，教何艳新认。

最早的女书字，就是用小树枝、小木条来写的。

外婆文采好，女书字也写得好，周边村子的姊妹，写《结交书》，都请外婆来写。外婆写得最多的是女书的重要作品《三朝书》。何艳新坐在高板凳上，听她们给外婆讲自己的生活，有些女人，不是父亲去世，就是母亲过世得早，外婆每本《三朝书》，都是一边流泪一边写完的。十岁的何艳新，不知道可怜为何物，但那个时候，她已经代笔为外婆写《三朝书》了，外婆说一句，她就写一行，五字一句或七字一句，女书字何艳新都会写。

"写得不如外婆好看，也不像外婆那样，写的时候会流泪。"

何艳新帮外婆写得最多的也是《三朝书》。

后来，新娘不用《三朝书》了，之前是新婚的必需品，如果没有，会被夫家的人看不起，认为新娘脾气、品性有问题，没有知心的好姊妹。

何艳新的女书文化，全部与外婆相关，她一直与外婆生活在一起。在世间，外婆是她心灵的依靠，从外婆那里，她感受到了世间最美好的爱——甜美、心动、开心、快乐。老小之间，成为牵手相依的命脉。

十多年，外婆有意无意之间，把女书世界的细微动人之处，在生活的点滴间打苞、开花，展示给何艳新，让她体会水滴观音、月照听香的美妙。

外婆传给何艳新的女书，不是知识，是时间里的一种文化、一种美好的生活方式、一种处世态度，是女性所独有的立体世界，丰富多彩，缤纷斑斓。

何艳新的两个姑姑，也熟通女书，名气也大。姑姑何润珠，嫁到上江圩镇大路下村。现在算来，她们都有一百多岁了。

何艳新老人自然而然地接受了外婆递给她的女书文化之灯。

每天，外婆在何艳新手心里写女书字，她跟着读，她写，歪斜的文字点亮了她稚嫩的心灵。外婆与姊妹们坐在阁楼上，唱歌，四周都是房子，歌声把过去唱回到现在，声音把现在牵引到过去，安慰孤身的姊妹：

阁楼静坐把笔握，寡妇心酸扇中落。

孤独生活的女人，坐在阁楼小屋，握笔，在扇子上准备把心酸情境写给远方的结交姊妹：

因为封建不合理，女人世代受煎熬。

做官坐府没资格，校堂之内无女人。

只有女书做得好，一二从头写分明。

　　这里的女人，在人类文明的路上，另辟了一条路，这种文明从诞生之日起，就没想过广为人知，她们只是想在男性的世界之外，发出自己的声音，让自己听到，找到共鸣者。从一开始，就有善意的排他性，好像是一个秘密，在她们中流传，水纹从池塘某个角落的树枝下，扩散，美丽如花，荡漾开去，很多女性，在不自觉中承担起传承的责任，只有少数人，一些被称为君子女的传人，有意识地在做传承的工作。

　　姊妹远嫁，各自有家，她们的想念，成为一滴滴眼泪的述说，女书字，在眼泪的动情处微微绽放。

　　女书字笔画间，想念、眼泪、空白的时间，飘扬的是女性的情感，自我的表达和满足，在泪水的池塘里，鱼偶尔跃出水面。

　　女书的资讯中，都说，女书表现的是女性的苦难，悠扬的曲调中满溢的是女人的艰辛，女书倾诉、宣泄她们内心的痛苦，描摹出女人生活中跌跌撞撞的饱受磨难的影子。所有人都说，女书是诉苦，凄婉哀怨，女书文化是含悲蓄泪的文化。包括女书传人、女书作者、学者、研究者在内，莫不如此说。

这只是女书的一个层面。

在慢慢形成的女书文化中，有一些带有"抗婚"的意图。

另一个层面，在泪之下，在苦之后，女书如石缝中长出的青草，是希望，是欢喜，是快乐，是俗世生活的另一面——精神生活升腾起迷云幻影，这些美景映照在生活的水面。一代代女性，在现实的清贫中添加女书的柔软，在肉体之外唤醒身体里其他的元素，以跃动的女书字为根本，在她的承载下，有了《三朝书》、《结交书》、折扇、信函、书籍读物、歌谣。女书，是专属于女性的自由和爱的精神。

从女书习俗、女书神仙、女书字、女书歌谣，到《三朝书》，女书的本质和最终目的，是为姊妹的结交而服务。女书文化里的神仙，江永一带的神像、菩萨都是两姊妹——姐姐和妹妹。所谓"抗婚"，也只是为了延长与姊妹在一起的时间。

女书字与汉字以及其他文字世界没有区别。文字是人类用来记录语言的一种符号，在记录中，势必有丢失，有增补，文字具有较强的指向性，其指向性是文字的功能，同时，也会产生出其他线索来，女书的最大魅力之处——在文字之外，主要是：口传心授。母亲传授给女儿、外婆传授给孙女、大姐传授给小妹。

明朝三大才子之一的解缙，在《春雨杂述》中写道：

"学书之法，非口传心授，不得其精。"女书传承，女人与女人间的明心见性、口传心授，内心领会的精神内核，让女书始终保持鲜活的姿态，如植物，生长在江永一带的山水之间，浪漫的情怀，形成女性自己的世界，精神王国里的主色调是自由、爱、美——阳光充足，雨水充沛。

外婆，老了，走不动了，去了。

外婆过世，何艳新夜空里的星星，一夜之间，全部陨落，泪水，倾注在纸上。外婆在另一个世界需要读书，何艳新写的《祝英台》以及其他三本女书作品，还有外婆自己的《三朝书》、手帕、折扇等物件，她都拿到墓前一一烧毁，她太想念自己的外婆了。

人走了，她的快乐、她的声音、她的眼泪也将随她而去。

外婆给她的是什么？何艳新归还的是什么？

她们俩读懂了天上的星星为什么还在流泪。女书的一切都与女性个人生活相关。

人走了，势必带着她们的生活，当地有种"随棺入土"的习俗，在贫寒的岁月里，女书作品本来就不多，这样一来，使得留下来的实物更是少之又少。

女性的墓碑上，刻的也是汉字，不刻女书字，女书字是女性隐秘交流的文字，不想让人看见，也定不会刻在石头上。

女书随女性生命的结束而入土为安。

何艳新常常梦见外婆，还是生前的样子，向她走来，走路还是那样。

"我有忧愁时，晚上就会梦见她，她就叫我不要生气，想开一点。"

太想念了，她为外婆写了一篇自传《回生修书》。与外婆在一起的那段生活，在女书里活过来，时间从每一个女书字里醒来——外婆的苦难，与外婆牵手，外婆的影子、呼吸，长长短短，从第一个女书字里站起来，外婆重新在女书字里活了一遍，何艳新与外婆一起继续走在去花山庙的路上。

写完外婆的女书传记，心，安宁了，她静静地听着山里的风。

"我想唱歌了，就唱我写给外婆的《回生修书》吧。"

> 气死梦中肝肠断，回生修书传四围。
> 两眼流泪把笔写，一二从头说分明。
> 出身姓杨君子女，配夫姓陈田广洞。
> 年轻本是好过日，夫妻和顺过光阴。
> 人人说我千般好，站出四边胜过人。
> 四边之人来奉请，写书绣花传四边。
> ……

长长的《回生修书》，流淌的都是何艳新的泪水，写起外婆她就流泪。

"太想她了。"

何艳新血压偏高，每天不能写多了女书字，她喜欢晚上创作，安静，独处，没人打扰。女书的阴性，在夜晚的暗光中流露。晚上，柔情、温润、伤感，女书字细小地呼吸着，看着女性出工，在田埂上背负一捆柴，孩子在后面追着、吵着、闹着，左摇右晃地跳进下面的田里，鞋子湿了，再跑到前面去，鞋子掉在泥巴里，孩子捡起来又跑，母亲没有理会孩子的一切举动，只要他不掉进池塘里就可以，随孩子疯玩。

又一个晚上，昨天、曾经的，似乎忘记的，何艳新通过女书，过去的月亮浮出生活的水面，事情轰然而来，拥挤着，像轰鸣的洪水。她不能多写，写多了就头晕，女书字的每一笔，都想站在老人笔下，站成一个字。白天，阳光太大，人太多，男人们进进出出，在屋子外面走动，她写不好，想要写的事情来了，她看见了，她表达不出。

何艳新为远藤织枝写的《何艳新自传》写得天马行空，想到哪儿写到哪儿，今天写一点，明天写一点，白天要种地，只有晚上有时间写。

"晚上写一点算一点，写得歪歪扭扭的。"

有人站在田埂上采访何艳新，她就边干农活，边回答他们的提问。

老人挖地，手掌起了泡，她也即兴写进女书自传里。

"现在生活好了，不想写了，那时是气出不来，就写女书。写了就心情好了。"

何艳新为刘斐玟、远藤、赵丽明，写了很多女书作品。她写女书，不留草稿，农活多，没时间多想，更没时间重抄。写完了，就给了她们。

"她们也不嫌弃。"

何艳新家里没有留下女书作品。她都是需要什么就写什么，传统女书就是即兴写、即兴唱。

平常人们说到女书，第一印象、脑海里浮现的就是一种专属于女性的文字，叫女书。全面地来说，女书是江永及周边地区形成的一种深刻地影响着老百姓生活的民间文化习俗。比较详细地说是用女书字创作的《三朝书》、《结交书》、折扇、女红等用于交流的女书作品；用当地方言吟、唱的各种女书作品、歌谣；还有一套完整体系的女书字；各村敬奉的姊妹神像；以及独属于女性的"斗牛"等各种民间活动，这些都应被称为女书。

现在，何艳新是女书自然传人的最后一位，是活在过去的现在人，像过去一样、像现在一样，幸运地与这位女书传人，走在一起。

何艳新老人，不自觉地与一盏盏微弱的灯共同亮在山林里，与汹涌的光柱相比，老人所代表的文化，微弱如同雪地里回家的一盏油灯，听着自己的脚步，雪地传出"嚓嚓""嚓嚓"之声，与雪照亮的黑夜一起，寂静。夜涨满群山，这些人类的叹息，来自古老的不变的时间，延续在未来。

女书承载的记忆因子太多，映照在水面上的是女性的悲苦、眼泪、倾诉、帮助和爱。

女书中的重要物证《三朝书》、《结交书》、折扇，在瑶族和汉族地区都有出现。广西、道县等稍微远一点的地区也发现了很多《三朝书》，是随江永的新娘随嫁过去的。

问女书的时间。女书的时间是不变的，时间里的事物也是不变的，出现在眼前的风云，只是一种变幻！一切都在。与植物、与群山在一起，是没有时间的。时间就是一个圆，像湖，绕湖一周，可以回到过去！

女书始于何时？何人所造？又将消失于何时？没人能拿出权威的证据来。时间很长，没有证据。

只有推理，如果时间比较短，不可能形成一套完整的民俗，从出嫁到"不落夫家"的习俗，从结交姊妹到《三朝书》，还有全村男女老少皆敬奉的姊妹神像，非一朝一夕之力。

中国、日本、美国、意大利等不同国家和地区的学者、教授、女书传人，以及女书起源地和女书盛传的上江圩，就何时有女书文化这个问题，给出的每一个证据好像都坚硬如铁，有字有据，同时，这些证据又脆如瓷之清透，每一个证物都是虚无的推理。

迷离的树林，在现实前，惚兮恍兮起来，女书的魅力即在于此：起始，创造者，都是一个谜，所有给出的答案都是推理和美好的臆想。

何艳新唱的《胡玉秀探亲书》，说的是宋朝妃子胡玉秀发明了女书，她是上江圩荆田村的一个村女，后入宫为妃，想念亲人，修书一份，不想让人知道自己的思乡之情，就发明了女书字，以女书字传信。这一传说，极具中国传说特色，歌词：

> 静坐皇宫把笔提，未曾修书泪先流。
> 我是荆田胡玉秀，修书一本转回家。
> 搭附爷娘刚强在，一谢养恩二请安。
> 又有姑娘请姊妹，一家大小可安然。

还有当代的故事。南京《扬子晚报》刊出了一篇太平天国与女书钱币相关的消息，这一消息被《江永县志·女书篇》收录，《人民日报》（海外版）发表了一篇名为《女书最早资料——太平天国女书铜币》的文章。

事件经过很简单：有民间钱币收藏爱好者在南京天宫古玩市场地摊上购得一枚有女书字的钱币，青铜材质，直径约 5.3 厘米，重约 60 克，钱币的一面有汉字楷书体"天国聖寶"四个字，另一面有汉字隶书体"炎壹"两字，汉字两边各用女书字写有"天下妇女"和"姐妹一家"共八个字。

南京太平天国历史博物馆张铁宝先生，针对这一消息，写出十三条质疑，并得出结论：此钱币有钱币之形，而无钱币之实，这钱币与太平天国无任何关系，它应该是民国年间某位懂女书的女子因个人喜欢，私自刻制自娱的一个半成品。另有推测：是20世纪90年代，有好事者，因女书研究热而伪刻。

还有好多故事，一环套一环地开花结果，真的像假的，假的正要开口说话，真的已经关门闭户，被喧嚣淹没……

而她们，不知道这些，她们只想知道：姊妹在远方的城市里，一切安然吗？

她忘记了回忆，曾经的生活，时间在村子里的模样，她都在忘记，贫穷压得她喘不过气来，女人的痛、忍耐，负载着昨天的重，在今天的流水里漂浮、沉沦。实实在在的物件，一口针，穿着长长的线，压在泛黄的《三朝书》里，打开书，它愕然地看着今天的女人，它在想，合上我视线的那个女人在哪里？她们是同一个人——她们站在今天的时光里说话。

过去的女人，在女书里歌唱，消水于平缓处，映照出村子里的瓦，浮出一首首女人的歌——过桥，看望邻村的姊妹……消水浮出一根草，一本发黄的《三朝书》……一些零星散落的女书字……

她牵着学步的孩子——女书字

一纸，一砚；一笔，一墨。

等老人入座。

女书字欢欣雀跃地隐形于老村，阁楼、大厅、楼梯；柜子、凳子、桌子；青砖、灰瓦，女书字匿身其间。

阳光耀目，明晃晃的白天，阴柔的伤感不会出现。老人喜欢晚上写女书，夜色、月光，村庄寂静、幽暗，灯在夜里照亮了整间屋子，房子成为山岭间最亮的发光体。猫安静地在竹椅上，轻微地打着呼噜，狗还在老人的小桌子底下转来转去。顽童一样可爱的女书字，本来是开心的，突然见到另一个女书字，两个字挨在一起，放声大哭起来。

一盏灯，一个人，缠绵中勾起无数伤心事。

何艳新老人，在女书的河流里，想念岁月里的姊妹，她遇见快乐的事，也不知为何，还是那么的感伤。黑夜隐藏起光影，泪水流动起来，悲伤地，一个个女书字浮出水面，活脱脱一群可爱的精灵，如愿以偿地穿过黑森林，共构女人世界。

女书字：流传于永州地区的江永、道县交界地带的十几个村落，仅在女性中流传，一种古老的文字，当地男人不识，名为女字、女书字，但习惯性地被笼统称为女书。其实，女书应当是女书习俗、文化的统称，而不应该特指女书字。

何艳新习惯用小学生使用的薄薄的作业本来写女书字。

女书字，长笔画，都很长，如窈窕女孩，清秀地落在纸上。短笔画，短暂一笔，突然停顿，她站在河岸上，看来往驶过的船只。竖的女书字，像一位位女性，站立成排——伸腰、靠墙、捶打酸痛的腰、扶起跌倒的孩子，简单几笔，各种女书字一竖排一竖排地往左边走，背景是白色和黑色。

右高左低的女书字，一个女性，伸手去拉学步的孩子。

一笔一画，没有写好的字，老人重新再写。何艳新老人现在视力不如从前，刚开始写，没问题，时间稍久，有些模糊，写到后面，格子都看不清楚了。

老人把写好的字，用手指着，一个个地读给你听，指随音移。

泪水在流淌中诉说自己的动情之伤，隐秘的女书字，记载了所受之苦，老人唱女书歌，写女书字，动情处，她都会流泪——女书字是女人一行行的眼泪。

女书最大的社会功能是心灵的倾诉和回应。

老人写给姊妹的信，不打草稿，直接写，准确地抒发当时的切身感受。

她坐在沙发上，戴着眼镜，想着女书的内容，有了上句，下句也就有了，五字一句，工工整整。想好了，写在纸上，轻轻地唱出来。

节奏婉转，温润圆融。

要老人唱任何女书歌，老人开口就唱。请她写女书字，她要稍微想想才可以写出来。

老人把某一段女书字当草稿来写时，显得更流畅和得心应手。

老人现在写字，手有点发抖。

每一笔，从上至下滑动，先写左边的点，再写右边的点，她调整纸的方向，左手压平、压稳纸，让纸背面的红色线条透过来，不至于让字排列歪斜。

以前写女书字，都是小字，没人写大字。现在，与汉字书法一样，对联、中堂、斗方都出来了。以前全是用硬笔写小小的女书字，后来，外婆也用小毛笔写小字，但不写大字。

女书，在阁楼上私密的空间完成，男人们看不到，只有女性知道。

老人一笔一画，写一个个女书字，单个的词和字，站在那里说话，互相打着招呼，太长时间没有见面了。

树林里的鸟儿唱着低低的歌，夜晚的水，微微泛起细细波纹，和着女书的节奏，夜泛着白光，远远近近地流过来、漂过去。

神思落在女书字上，她谨慎地，怀着敬畏，一笔一画地写。

女书字依旧深藏在老人的身体里，如同在阁楼里说过的话——依旧留在木纹里，左迁右回，她们似乎与现在的生活不发生任何关系，她们飘落在窗户的沉寂里，环绕在损坏的雕花里，只要某种声音，与她们产生感应，过去的声音，就会重新依序飘过来，就像这些女书字，只要老人一笔，她们就会一个个排成行，从老人的笔下，一笔笔现身。

老人坐在客厅正中的小桌上，写女书字，遇到不会写的，就与大女儿说土话，问这个汉字的土话怎么说，说出土话，那相对应的女书字就会跳过来，站在她前面，让她临摹。大女儿在河渊土生土长，个别土话她也不会讲了，她不会写女书字，也不会认女书，她出生在家里最苦最困难的时候，她是何艳新的第一个孩子。

有些忘记的女书字，老人通过与大女儿不断地说土话，把忘记的字给喊回来。

有些字，老人怎么喊也唤不醒。

"真的想不起来，甚至连土话也突然忘记说了，讲不出来了。"

写到"汉族"和"瑶族"两个词时，"族"的女书字老人想不起来，又想了想，笔在纸上画了画，她笑了。

"真想不起来了。"

远古的女性，用不同的方法造了数百个女书字。

造字的她们，为了记诵方便、实用、简单，把江永土话里的所有同音字，用一个女书字来表示，如"晖""辉""飞"等汉字，在女书字里就是同一个字。类似于汉字里的白字——同音不同字，在女书字里，同音就是同一个字，一个女书字可以表达几个、上十个汉字，一个女书字，表达了很多种意义。读女书作品，每个女书字必须上下文连起来读，才好理解，这种表音字简单有效。

"鹿"的形象大量出现在河渊村的民宅里，石头上的浮雕、木板上的雕刻、墙上的壁画，都有"鹿"。老人写到女书字"鹿"。

"女书'鹿'就用'路'来代替。"

女书字中，这种表音文字占了绝大部分。

有一小批女书字，造字的时候，也用了表意的手法，如"花"字，女书字的"花"，像一株小小的植物上开

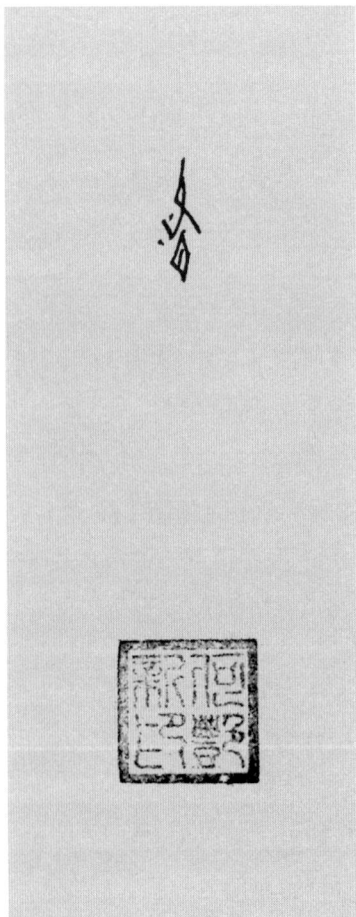

女书字「鹿」，何艳新书

了无数朵小花，很多的花瓣开满枝头。

"花是开在上面的，所以这五个小圆点，要'点'在上面，但现在有些人把'点'写到了下面，是不正确的。"

何艳新老人看着"花"上的花瓣，会意地与她们打着招呼。

女书字中这些表意字，与其他表音女书字一样，可以代替其他同音字，但字源是表意字。

还有一种女书字，根据推测，字源应当是从汉字演绎而来，通过对汉字的改造、变形、异变造出了部分女书字，与汉字长得相近的女书字有"火""唱""日"等数十个女书字。

女书字的生长环境、使用境遇，以及字源等，经常使人联想到日本文字和朝鲜文字。日本的平假名，从8世纪末到10世纪初慢慢成形，最早是一批没有机会学习汉字的日本宫廷贵族女性使用的文字，之后，在贵族男性和平民中流传。

江永女书，长久以来，为女性所专用。

汉字是表意字，同一个音节往往有许多不同的汉字，每一个字表示了不同的意义。女字是表音字，同一个音节只用一个字来写，这一个字表示了很多完全不同的意义，所以寥寥几百个女书字，通过各种组合，可以表达社会上出现的一切词语，包括新出现的词语，如计算机、核武器等字词，女书都能轻松表达。只要有音就有女书字。

女书字具体有多少个字？

没人知道。

何艳新老人估计，女书字最多八百个，可能还没那么多，她写不了那么多。她在中国台湾、北京，日本写下了大量歌本，翻译了很多"汉书"，学者们根据各种资料统计，何艳新掌握的女书字六百个不到。

那么八百多个女书字，甚至一千多个女书字，是怎么来的？

何艳新认识最早研究女书的各种人物，也熟悉大部分女书传人，有外婆的口传心授，何艳新老人形成了自己的综合判断：

"——最近三十年里，有些研究者，自己造了些新的女书字，甚至改了一些好像不好看的女书字，这两种女书字，都不是传统传下来的老字。"

造女书字、改女书字的时间，从 20 世纪 80 年代以后开始，现在的女书字演变出来了共约 1200 个字。

"哪有这么多，我外婆也没有八百个女书字，也只有七百多一点点个。"

老人坚持自己的记忆，少年时期，她与外婆、与其他"君子女"们经常在一起。

清华大学赵丽明主编的《中国女书合集》，收录了22 万个女书字，资料来源于传世的佚名经典作品，以及最后一代女书自然传人的作品，还有原生态自然文本、经典文本，引用赵丽明的话：

> "均为精通女书高手所书。可以正本清源，作品有：
> 传本佚名女书作品：356 个基本字，64 篇，34800 字。
> 高银仙女书作品写本：332 个基本字，180 篇，62100 字。
> 义年华女书作品写本：360 个基本字，80 篇，49700 字。
> 阳焕宜女书作品写本：301 个基本字，130 篇，36000 字。
> 何艳新女书作品写本：378 个基本字，197 篇，39600 字。"

现在能够看到的最早女书作品，写于清代末期，更早的文献资料，至今，没有被发现。

什么时间有了女书字？是谁，是一些什么样的人发明了女书字？没人知道。

女书最大的一个特点是：隐秘。她们就是为了隐藏，靠口传心授，靠姊妹们在一起歌唱，而让女书如河流，生生不息，无关名利，并有人死焚书的习俗。女书文化，始终没有走出江永那个小山圈，范围就没有出来。

老人伏在乡村的一张小桌子上，大她数倍的巨幅毛主席像贴在墙上。另一堵墙上，也是一幅巨大的塑料画，画了一个窗户，一只切了一半的苹果，在窗台上。四壁，这两幅塑料画最为艳丽，每幅三元钱。

现在结婚不用《三朝书》了，也不结拜姊妹了，姊妹们也不在一起过"斗牛"的节日了。女书退回到时间的后面，悄无声息地回到植物的身边。

再次要与何艳新老人告别了，老人拿出一把折扇，上书有信，她强调，这是写给此次同行的女性姊妹的——旧时，没有女书信是写给男性的。

信中，老人以姊妹相称。

"你没有份，因为你是男的。"

老人开朗地补充道。

老人的折扇信函，把认识的缘起，相处的情意，写了出来，五字一句，写得情义浓郁，老人内心的真诚直接袒露，离别、分别的伤感，笼罩着老人的小屋。

折扇最后一句：感谢多关心。

老人的心，始终敞开，如鸟飞翔，天空亮堂。

伤感、开心，一件件如桌、椅、凳，摆在朴实的屋子里，明明了了。

你站在女书外面，与老人流泪告别。

女书字「坐歌堂」，何艳新书

第三折　动情处、神秘处

伴红娘，不愿意离开

　　春天的风，柔和地爬上红花岭，顺着山的坡度一路往下俯冲，树尖波浪般倒向山村的方向，滑翔的风，用惯性，在平缓的田野上，一路小跑，寻找高出于地面的植物，爬上树尖，在上面待不了一秒钟，又嘻嘻哈哈地落下来，田地在等待农民的耕种。来不及等到阳光，雨随风来，植物被清洗得愈发青翠，浓浓的绿色，随雨水落在大地上。阁楼上的姑娘，看着树尖上的一片树叶，左右摇晃，在风的撮合下，更多的树叶开始摇摆，雨一串串地，晶莹透亮地打在树叶上，断了线，一片树叶把水滴送给下面的一片树叶。风携雨，雨打叶，树叶与树叶的摩擦，听着窗外的声音，静静地坐着，她越发感知到自己，是如何地爱着这个村庄，深爱着身边的一切——空茫的雨水，她成为一株植物，安静地生长在村庄里，她离不开这里。但过不了一个月，她必须离开，婚期快到了。她不愿意离开。

第二天，一大早，她还在梳头发，有姊妹来了，是本村的，她抱着自己的被褥，一边与母亲打着招呼，一边噔噔噔地上了楼，把被褥和一个包，往床上一放。两人在说笑间，又上来几个姊妹，其中一个是另外村里的，大伙开着新娘的玩笑。

她们在新娘的楼上打地铺，住下来。一住就是很多天，直到举行完婚礼，送新娘到了夫家，大家才离开。

白天，大部分姊妹陪新娘做女红，临时兴起，把自己的名字绣成一朵花纹，织进花带里，送给姊妹。姊妹们一起学写女书字。晚上，唱女书歌，你教我一首，她又唱一首。玩、聊天、打闹，直到凌晨，妈妈把消夜端上来，一人一碗粉条。吃饱了，大家才嬉嬉闹闹地入睡。

新娘即将出嫁，告别做闺女的日子，姊妹就将有自己的家庭，多陪陪，多在一起，看看月亮，说一些永远也说不完的话，姊妹们伴在新娘身边，短则半月，长则四十天，在江永，这叫伴红娘。

她们不喜欢出嫁。阳焕宜、何艳新等女书传人，都直言不讳地说，不喜欢自己的老公，家庭生活给她们带来的是漫长的痛苦和身心的不自由。

何艳新用女书歌，唱出未婚女子的生活如天堂般美好：

> 六月日头拿出晒，照起高山满岭红。
> 一对凤凰飞过海，拍翅高鸣上青天。

还有更直接的老歌，唱出自己不愿出嫁的心情。

姊妹们都到齐了，有的姊妹结了婚，有的还在家里做闺女，还有几个是已经选定了人家，她们六七个人，由一个主唱，其他人合唱：

> 红纸染蛋去报日，男家欢喜女家愁。
> 年庚落入他箱底，八百纹银赎不归。
> 一怨爷娘许错女，二怨先生做错媒。

越唱，新娘越伤心，越不想出嫁。

"新娘出嫁前三天，第一天叫'嘈屋'；第二天有'小歌堂'；第三天是'大歌堂'；第四天，新娘出门，离开娘家，到夫家。'哭嫁'，有三天三夜。"

嘈屋，久至无声，只有泪水在战栗

坐歌堂的前一天，新娘的主要亲戚都来了，母亲请了当地一位声誉好、生活条件不错的妇女讲些吉利的话，叫唱彩头。这次请的是自家的舅妈，舅妈家是附近几个村子里，令人羡慕的一个大家庭。今天，舅妈穿了身自己亲手缝的衣服，料子好，自不必说，让人赞不绝口的是她的针线活，缝得细密有致，尤其是胸口上那对小小的花，从深蓝色布面上跳出来，散发出轻盈的气息。

新娘站在阁楼楼梯最上面，舅妈坐在第三步的楼梯上开声、开唱——拖着长长的调子，一哭一唱。

第一声，声未落，新娘接声、接哭，一声未落，一声起，哭声从村子的各个地方——砍柴的山岭、泥泞的田埂、各种蔬菜的菜园、石头门槛、昏暗的厨房、煤油灯下的针线，细细丝丝地涌出来，让人动容，饱含泪水，到泪水成行，一行行流满屋子里的所有人，女书歌，姊妹们的贴心词语，满屋的人，在女书的歌声中流泪。

之后，新娘下楼，哭母亲，用女书歌哭诉难分难舍，而又不得不分、不得不舍的母女情。

新娘与妈妈共执一块长巾，妈妈拿这一头，新娘拿那一头，红色的长巾，与红装相得益彰，新娘的银饰都是妈妈送的，白色的银饰鸟，翅膀向上，羽毛丝丝缕缕，中间有三五根长而细的银丝，飞出翅膀，又落到身体两侧，银饰精灵般，各有形状，安守在新娘身边，看着她流泪，看着她哭颤的身体。

新娘和妈妈各持长巾一端，以布掩面、闭目、低头，相对而坐，距离就是长巾的长度。身边的人，在她们的世界里消失，只有黑暗中的自己，和黑暗中另一头的母亲，她听到了自己的抽噎声，听到了母亲的哭声。

歌未起，泪先流。分别的伤感，如旋涡，整屋子的人，都在擦拭自己的眼泪……

母亲，低声哭泣了很久、很久，久至无声，只有布在战栗。

突然，母亲把泪水截断，声音喷涌而出，压抑已久的各种情感，决堤而涌。声音凄婉，突凌云直上，突深坠悬崖——又止，回声亦飘然。

新娘深爱自己的外婆，喜欢把头埋进她黑色的袍子里，对于母亲，她好像才懂世事，才喜欢上母亲年轻的唠叨，她的哭声上涨，慢慢淹没了母亲。

两人心思全在分别上，往事和未来涌现于内心的视线里，沉浸于自己的喜乐哀怨中，她们只有声音相连，一和一唱，姊妹们的声音也不由自主地被卷进来，唤起所有人共同的、个人的悲苦和孤独之心。

母女，一唱一和，一问一应，唱得满屋的人，泪流不止，不住地用手去安慰母女。水，是母亲的眼泪，滴在青山之间：润物无声。

女儿在任何一条河边、溪边，洗衣、洗菜，都能浸染在母亲的泪水里……

长巾掩面的哭嫁，双手掩面而泣的女书歌，每一个女书字，如懂事的孩子，慢慢地走出曾经的阴影，站在温和、幽深的阳光里，贴切地述说着她们的苦，她们在坚硬的生活中，如何让一切柔软起来，发着光。

接下来，哭奶奶、哭亲戚、哭姊妹、哭朋友。

一唱一和，唱各自的苦，唱两人的感情。

"要一个个地哭，要哭三天。"

女人都不愿意出嫁，嫁到夫家后，做任何事情都要先问婆婆，得到允许才可以去做。煮饭要问婆婆，今天煮多少；走路多走了几步，步子不对；话说得不对，婆婆就会骂人。

那年，何艳新五十多岁，杨跃青先生想拍摄哭嫁的场景。村里，老老少少，来了十多位，聚在屋子里，你一句我一句地说着之前的风俗。

何艳新用布掩面，自己一个人进入了状态，第一个开唱：

娘啊，做女无奈离娘走。

这是哭嫁的起句，何艳新唱起来了，绣巾蒙面，而周围的老姊妹们还在嬉戏打闹，嘈杂声声，她放下掩面的布巾，泪已流出，她赶紧擦拭。

"我是最可怜的一个人，你叫我哭，我就哭起来了。终生大事由父母，自己无权配婚姻。我不愿意嫁，不喜欢我的老公。"

她说得很直接。

"我出嫁的时候，哭了一天一夜，一个晚上，没有睡觉。哭自己的可怜。"

出嫁就是过刀锋，身心的自由被突然砍断，而精神的飞翔，在女书的帮助下，再生出自由的翅膀。

另一次哭嫁的场景再现，在乱糟糟的人群中，何艳新已唱得泣不成声，用手一抹眼泪，坚持唱，在长调的旋律上，她抽泣有声，实在唱不下去了，何艳新掩面转身走开。自己过去的苦难，重新站在她的面前，她在苦难的泪水里沉浮、受挫，她还看见了妈妈、外婆，还有更老的女性的苦难，一大群，从黑暗中向她走来，每一个身影的动作，在坚韧的苦难中，不可抗拒地形成，泪水溅起花朵。

"如果你懂，你会哭得比我更伤心。"

何艳新重复地说。

离河渊村不远的另一个自然村落里，有唐治焕、唐年芝两姊妹，刚到记事的年龄，父亲去世，家里连棺材也买不起。

两位老人坐在破而旧的房子里，唱起了五十年前，妹妹出嫁，两姊妹对唱的哭嫁歌：

　　新娘：没空归家伴妹娘，
　　姐姐：不日他家好过日。

词少，音长，凄婉。长调，声腔点点滴滴，拉长、起升，又落悬崖，字字、音音，直达泪水的容器。

　　新娘：左手接过青龙伞，
　　姐姐：是我穷人没日空。

字与字之间的拖音很长，高到虚空的云层里，白茫茫的空，低到岩洞的细小水滴处，在洞顶凝聚、拉长、膨胀、脱离，水花四溅，碎碎地落在石头的水洼里——清凉透亮。两位年过七十的老人，二十八个字，唱了五分多钟，她们忘记了身边的人，忘记了时间已经过去了五十年——五十年来的风霜，涌向二十岁的艰辛年月。两股悲天之气，在两位老人的身体里激荡：

新娘：右手接过姐金坨，

姐姐：我是家操贫寒女。

新娘：在家恓惶如诉苦，

姐姐：家操贫寒跟驰做。

此刻的两位老人，不住地擦着昨天的泪水，她们低头，身体在抽噎。

新娘：不得搭福爷在世，

姐姐：种错红花油日发。

正当下午，屋里坐了些邻里乡亲，不停地默默擦泪。虽只是两人对唱，除了歌词之外，更多是姊妹发出的长吁短叹、凄然之声，一和一应，一应一答，虚虚实实，多声部交响，飘满房间，没有一个句子先行离开，全部拥挤在屋子里，唤醒记忆里的所有细节。

新娘：没有答福爷娘逗儿欢，

姐姐：嫁错女儿六十年。

古老的门开了……古老的门，关上了……

坐歌堂：小歌堂、大歌堂

"传统的老的坐歌堂，有专门的歌，也只唱坐歌堂的歌，现在有点乱了，在坐歌堂，也唱民歌。"

坐歌堂的歌，内容多样，有些也是即兴填的词。

坐歌堂的地点在河渊村大厅。江永每个村里，都有一个属于本村的祠堂，不像其他地方，祠堂属于某一姓氏，他们把祠堂称作大厅。

坐歌堂是婚庆活动的高潮，也是最热闹的。

坐歌堂的第一天叫"小歌堂"，第二天叫"大歌堂"。"小歌堂"是"大歌堂"的预演。

"小歌堂"这天，新娘装扮与平常无异，不着盛装，也不用祭拜天地祖宗。

从第二天的"大歌堂"开始，新娘才着盛装。

歌堂里有上位女、下位女的说法，坐在不同位子上的伴娘女性叫上位女和下位女。

大厅上摆了七张桌子，排成两行，中间一张，两边各三张，一起是八个人。

两个小孩，懵懵懂懂地坐在上面，女孩开始还拉着男孩的手，有点认真，有点羞涩，女孩七岁，大男孩子二岁，后来，两个人东张西望，看看、瞧瞧，手也松开了，感觉没人在注意，自己拿起桌上的糖果吃起来。

新娘，一身喜气地坐在正中，两边各有一伴娘。下面一张桌子叫对花仙，叫对娘。新娘就在中间"哭嫁"。一个个地哭，哭完座位女，就哭姊妹。

这次，伴娘年纪不大，小新娘五六岁，大家要求伴娘来起歌。小伴娘坚持说自己不会起歌，嬉闹中的唱歌女一再要求这位座位女起歌。

小伴娘没办法，她站起来唱，大意是：

"我现在因为年纪小，你们大姐的歌你们唱，不要我来起歌声，起得高来人不听，起得低来人不闻。开始出山的落阳鸟，不会拍翅不会掉。"

新娘旁坐着的是表妹，称为座位女，今天她迟到了两个小时才上位，有人唱，大意是问她：

"你来得这么晚，是因为请帖送早了呢？还是送迟了？"

座位女回唱：

"也不迟来也不早。"

坐歌堂什么都唱，各种问题，各种回答。

歌堂里，父亲带着新娘祭拜祖宗，众姊妹和亲戚一起祭拜。

今天的新娘着红装，头饰、肩饰、衣饰，叮叮当当，双膝跪在祖宗牌位前，右边是单膝跪地的父亲，着朴素的新衣。祖宗牌位用红纸包着，两杯酒，几碟菜。对神和祖宗的祭拜仪式庄严结束后，就是人间的活动开始——对歌。

对歌分两个阵营，一方是新娘和伴娘们，一方是新娘的姊婶和其他姊妹。

唱歌，是女书的重要内容，用本地土话来唱。歌词大部分是现编现唱，也有一部分歌是流传下来的老歌，早先创作好了的，一切按需要来对唱。

对歌内容有叙事、道情、盘歌三部分。

叙事，就是回忆大家在一起共同的生活记忆，以此，道出难舍之情。

道情，是对歌的高潮。姊婶、嫂嫂辈，在这一部分里，告诉新娘，要尊老爱幼，告诉新娘待人接物的一些礼节，如何勤俭持家，把规劝、忠告唱给新娘听。

新娘一一作答，以示自己铭记于心，让娘家人放心，长辈唱：

十指连心心连肉，女在娘家二十秋。
过门出嫁到婆家，敬老爱幼记心头。

新娘答唱歌：

婆家门前一条沟，连着娘家水长流。
出门不忘娘教女，点点滴滴怀里兜。

盘歌部分，可长可短，内容涉及方方面面，似杂乱无章。

姊妹唱：

想当新娘莫装愁，彩云要飘水要流。
云飘走了云容貌，水流唱有鸳鸯流。

坐歌堂的活动里，只唱女书歌，一般不会出现女书字的内容。

《三朝书》

霜雪寒天十二月

还有三本老一点的《三朝书》，这是何艳新留给女儿、孙女和媳妇的。

何艳新老人翻开第一本《三朝书》，尘光扑来，发黄的纸。一页页地翻动，昨天来到此刻。有字的，就有声音，有故事；无字的，空白页，是旧的时间。

《三朝书》有自己的简单格式，总的来说是自由地发挥。

翻开《三朝书》封面，第一页用红纸做扉页，封底之前的最后一页也是同样的红纸。发旧的红纸，提醒来的人，提醒主人：一切不会成为过去，过去的一切都是值得庆贺的，红，代表醒目的喜庆。

红纸翻过去，正文只有三张纸。

开篇，与写信一样，写《三朝书》的姊妹，要新娘在夫家安心，不要东想西想，要做个好媳妇，不要想娘家。

中间写新娘。

姐姐出嫁了，记得经常给妹妹写信。在这一部分里，她回忆姊妹之间在娘家的快乐日子，写新娘的心酸，写新娘的不易，旧事跳跃在文字里，这中间部分，也可以随意发挥地写。

后半部分，不写新娘了，说自己。

类似于我们之前是好姊妹，经常在一起，现在少了你这位新娘，借此诉说自己所遭受的苦难，诉自己的忧愁，说自己的可怜，从出生到懂事，经受的磨难。这个"自己"是指送《三朝书》的人，是位女性。

给新娘写《三朝书》的，是姊妹、婶姨，她们都可以给新娘写《三朝书》。《三朝书》就一本，不会你写一篇她写一篇的。在《三朝书》里的诉苦，不是诉说给新娘听，因为《三朝书》会由新娘夫家村寨里的妇女们来公开唱诵，是说给这些姊妹听的。最后这一部分，写的全是妹妹的可怜，想说什么就写什么，没有一定的规定，一笔一画——都是酸楚，歪斜的字，散发出美的动感。

《三朝书》女书字的留白处，画有一些女书吉祥图案，简单、回返的线条，像是希望姐姐回家的路。

文字页后面，留了一些空白页，她们就把平常一些刺绣、剪纸的花样夹在里面。把做女红的丝线、细小的针等工具，也放在《三朝书》里。出来做女红，把《三朝书》摆在身边。

第二本《三朝书》。

何艳新从一个挎肩包里掏出一把东西，从中翻出一个布面的红色本子。

"这是我留下来的《三朝书》。"

时间，慢慢地改变着《三朝书》的颜色，红色——老红色，蓝色——深浓的蓝。时光，渗在书的所有细微处，融在一起，有声音，静静地从每一个眼神里散漫出来。《三朝书》，有些残缺，才打开了一个角，翻动——时间的粉末扬起女性的心酸，女书字，一个个，在黑色的夜里，被少数女性唤醒，女书字落地生根，一个笔画，一组词，对应女性每一个敏感的生活节点。

《三朝书》，不落款，不盖印，只是书写，只是道出生活的艰难。

老人从山上，走到山底，影子消失在树林里，她看见的是自己的无力。

包不大，第三本《三朝书》偏长，老人第一次没有拿出来。第二次，包掉在桌子上。第三次，老人用了点力气，把书蛮横不讲理地拽了出来。

老人，翻开书，像翻开她自己。残败的书页左摇右晃，似乎会掉落出来。封面用老布缝制，如果不这样，里面的纸估计早已随风而去。老的《三朝书》，封面用绸布，现在的《三朝书》是一种展示，用布比较随意。

深蓝色的封面、封底。正文纸，薄如蝉翼，每页四行文字，竖写，字不像是写上去的，像刀刻，被时间侵蚀过。

之前，何艳新老人最后写过的两本《三朝书》，是给两个堂妹写的。以后，结婚不用《三朝书》了，新娘们都不再需要《三朝书》了。

等会儿就要去夫家了。

阁楼。

新娘坐在床上，姑妈从身上拿出从自家带来的一口粗的针，准备给新娘缝裤子。冬天，里面穿了棉裤，鼓鼓囊囊的，很难缝。年轻的姊妹们和同村的大一点的妇女，在旁边取笑新娘。

"不能让你的男人碰你哦！"

"万一撕破了怎么办！"

有更年轻的未婚姊妹怯怯地羞羞地问，没人回答。

姑妈反复叮嘱新娘，"贺三朝"之前，绝不能让你的男人解开你的裤子。河渊村，就因为新郎强行剪开新娘的裤子，两人撕扯，把新娘的大腿、下身划得鲜血淋漓。很多人出主意。

"宁死不屈。"

"多说好话，温柔地说'迟早是你的人'，给他撒娇。"

"晚上睡觉，不要睡得太死。"

姊妹们半真半假地说着，新娘听进去了，脑子里乱糟糟的。

到了夫家，同房的第一天，夜晚最后一盏煤油灯吹灭以后，黑夜重重地压过来，她睡在床上，动都不敢动，她担心会惊醒身边的男人，不知道他会如何。看他模样，还不错，毕竟没有摸准他的脾气，不敢惊扰到他。丈夫用手去拉她的裤子，新娘，低低哀求，用最大的力气抓紧裤头。

丈夫松手了，只一个来回，洞房之夜平静了，各自睡去。

她是幸运的。

第二天上午，要解手，新娘忍着，到中午，实在忍不住了，她把新郎的妹妹（没有出嫁的小姑娘）叫到新房里，请她帮忙用剪刀，把几个线头的死结剪开，之后，又请她帮忙缝上。

一天过去了，新娘不饿，因为注意力太紧张，哭得太厉害了，新娘累了，第一天很轻松地过去了。第二天中午，新娘感觉到了饥饿，想吃东西，妈妈叮嘱过，千万不要吃东西，一定要见到弟弟再吃。

熬到第三天，凌晨，她急切地盼望天早点亮，两天没有吃饭了。

五点钟，她起了床，洗漱好，天蒙蒙亮，这是来到夫家的第三天，也是"贺三朝"的日子。她爬到阁楼上，希望可以看见村口，她想着弟弟早点来。窗户上，除了看见对面的屋子和远处的山岭，什么也看不到。

天亮了，村子外面的山不再沉浸在青色的灰蒙中。

楼下，有说话的声音，是弟弟他们，很多人在说话。新娘开心啊。还有堂哥和姐姐们，五六个人，一担圆圆的竹篮，里面装了烟、水果、酒，他们来了，进到屋里，最为重要的是还有一本《三朝书》也搁在篮子里。妈妈在竹篮里放了一个圆盘，上面有一个圆圆的粑粑，上江圩人叫它"开口笑"，盘子里还有一双红筷子。在"开口笑"没来之前的两天，夫家会请新娘吃饭，没看见"开口笑"，没看到这"月亮粑粑"，新娘怎会吃饭！她一直饿着，等着这一天。

娘家体面不体面，就看"贺三朝"之日的竹篮里有没有《三朝书》。《三朝书》是对新娘美好的祝福。

新娘结拜的姊妹，给新娘写了一本《三朝书》，新娘之前听姊妹的口气，好像《三朝书》是写在手帕上的，现在，她看到的竟然是一本书。

半个月之前，新娘的结拜姊妹，找到何艳新的外婆，请她写本《三朝书》。那时候，没有女书传人这一说法，外婆会写女书字、会唱女书歌、会写《三朝书》、会做女书女红。请外婆写《三朝书》的人，当然很多，她们会给外婆一个红包，多少随意。在当地，像外婆这些会写、会认、会唱、会做的女书能人，相当于男人中的"秀才"。

外婆从箱子里找出一些红纸，一些布。

她们把新娘的情况，与自己的关系和自己的生活，细细地说给外婆听，外婆，根据她们说的，再创作，写成女书，一般是五个字或七个字一句，《三朝书》以七个字的居多。

这次，外婆对何艳新说，她想到了很多五个字一句的句子，她说，何艳新来写。

外婆低低地吟诵，何艳新用女书字一个个地写，写到姊妹离家，随母出嫁后，要做很多本不该由女孩子来干的活，经常受伤，经常无故挨打，外婆一边小声地唱，泪水一边成串地流，年少的何艳新，习惯了外婆的流泪……

"贺三朝"的小队伍来了，村里的大部分女性都被婆婆请来，还请了村子里两位认识女书字的人来念诵，打开《三朝书》，两位女书人声音像蜜蜂一样，旋律整齐而多韵部，细细密密，唱女书古歌有曲子，唱《三朝书》没有音调，只是比平常普通的说话音调、声音要拖长一点，调绵长、迂回。

女书里的"冬天",写作"寒天",因为江永土话就叫"寒天":

霜雪寒天十二月

《三朝书》把出嫁前的女孩子比作一朵花:

花到龙门开全色,步步高升满堂红。

读、唱、吟诵女书文字、《三朝书》、歌谣,主音是江永土话,所以,一经君子女的吟诵,大家就都知道了《三朝书》的内容。

何艳新认为《三朝书》只有上江圩这一小区域里有,至于出现在其他地方的《三朝书》,都是上江圩的女子随嫁而去的,像道县、广西等地,莫不如此。

《三朝书》,新娘会一辈子保存。

一本《三朝书》代表女性的悲苦。《三朝书》的另一个功能就是担当了部分《女训书》的角色,里面有一段内容是告诫新娘,应如何尽好一个媳妇的本分。

《三朝书》是女书得以传承的重要因素之一。

第一个镜头

20 世纪 80 年代末，旧的阁楼里，尘埃落定的木箱，颤颤巍巍的老人，捧出一些书本和扇面。

"这些女书是我出嫁，还有出嫁以后姊妹们送给我的。她们走了，我也快走了。"

屋子里还留有昨天的歌声，女红还戴在她的头上，她说：

"这些，是与姊妹一起做的。"

第二个镜头

"这是我娘手上传下来的，在我出嫁后'贺三朝'送给我的，我不认识上面的字。"

八十岁的老人说起几十年前的事情。

"娘家有一个姊妹会读《三朝书》，那天，她为我读，我听，大家都哭了。"

房子里，泪水无声地流动。

进门时，黯然无光，歌声起，声音的微光照亮屋子里的所有物件，木的洗脸架、靠墙的木椅子、小板凳、小四方桌，慢慢地泛起微光，水波般流动。

过去，很多人家里都有《三朝书》，现在的人，已不认识里面的字。

"现在，一本老的、上了一定年纪的《三朝书》，估价是一万元。"

很多人这样说。

不落夫家

贺完三朝，新娘随弟弟们一起回娘家，虽只三日，再回到自己的阁楼，她不想点灯，竟有陌生感，恍如隔世，到底发生了什么事情？她的心，发生着变化，她在娘家住一天。

第二天一大早，夫家来人了，接新娘回去。下午，新郎到村里那位给人看风水、懂五行八卦的人家，他把自己和新娘的出生年月日，还有时辰，报给算命先生——闭目、掐指，三分钟，睁目，说，五月初七，可以"出桥"，就是走路和出门的意思。

两个月过去了，五月初七这天，新娘目送老公的妹妹出门后，到河边去挑一担水回家。

路上，碰巧遇见胖大嫂从对面田埂走来，她装作很平常的样子，迎上去，那是回家的路，正准备交臂而过，胖大嫂突然笑嘻嘻地把一块石头，丢进她的水桶里，她哭笑不得，羞涩地，又回到河边挑水。这次她选择一条人不多的路，遇见有人来了，躲已经来不及，她只能假装没事，笑笑，侧身，没想到那人早有准备，从手里丢出一块石头，她哭的心都有了。

只能重新再来，有经验了，三五次之后，她终于把干干净净的水挑回来了。

第二天，新娘先到带她入洞房的司娘家。中午，司娘留新娘在家里吃饭。下午，新娘欣喜若狂地跑回娘家。

与姊妹屈指一算，新娘在夫家住了五十六天，有的新娘住得更短，也有更长的，再长，不会超过三个月。

新娘回到娘家后，要等到怀上身孕，才能搬回夫家长期居住。

有些新娘，为了不回夫家，就在娘家一直住着，住两三年才回夫家去的都有。平常只是逢年过节，新娘会去夫家小住一两天。

"不落夫家"，这种女书习俗，从何而来？议之不清。

"这是争取自由的最后一次抗争，我们在拖延做闺女的时间，与姊妹在一起的时间。"

远藤织枝、刘斐玟、吴龙玉、何艳新

　　古旧的房子里湮没了多少女人的故事？时间无声无息地吞噬了多少女人的岁月？以及长年累月的忍耐？她们怀揣苦难，每一步都沉重地踏在日复一日的村子里，她们承受着，她们拥有两个世界，两个夜晚，两个阁楼。

　　她们把另一个夜晚点亮，轰然之间，世间成为一道彩虹，连接起飞翔和着陆的方向，指向另一种美好，她们有"另一种生活"。她们在唯独有女人的空间里歌唱，她们写字记录，给女人看，让一个女人读懂另一个女人，她们暂时忘记了男人的目光，系住她们灵魂翅膀的，是女性之间的一种默契。

阁楼上，她们圆满、独一无二、没有烦闷。

她们奔跑、飞翔。

树林、山川、田地、房屋，随轻盈的心灵起飞。

与姊妹们在一起，世界里，没有雄性人群的君临，长辈的欺凌随暴风骤雨远去。

低低的，缠绵的，委婉的，哀怨的，凄凉的，轻轻的，只有自己的声音，女性，不是第一性，这里没有第二性，只有独一性。一起做女红，唱女书歌，吟诵只有她们才认识的女书字。

重要的，是姊妹们在一起。

姊妹结交，在江永女书流传地，是一种最古老的传统，是女书文化的核心。有了结交姊妹，才想到姊妹之间需要传言捎信问好，需要在一起歌唱——女书字、女书歌、折扇、《三朝书》等一切女书文化。

妹妹出嫁到大路下村，习惯喝那里的井水吗？她去田间放水，有人欺负吗？生活习惯吗？男人打她吗？婆婆故意刁难吗？

姐姐，用女书字，把想说的话，写到扇面上，一笔一画，七字一行，规规矩矩地写给自己的妹妹，问候，表情达意。托某位走亲戚的女性转交。

她如何找到自己心心相印的姊妹？

有些姊妹在一起时间久了，就自然成为姊妹。结交后的姊妹，没有绝交的，她们只有爱。

姊妹七个，一起做女红，一起唱女书歌，互相帮助，心与心很近，你的忧愁，她知道，她的遗憾，你也晓得。最亲密的女人、最亲近的女性、最懂的姊妹，走到一起，会有一种文字的仪式，有如村庄的牌楼，进了牌楼，就进了村子，到了家。仪式的文字——《结交书》。心投意合、有情有义的几位女性走到一起，成为终生的姊妹。仪式与内容不分彼此地让爱燃烧，想念。

有些《结交书》写在手帕上，有些写在扇面上，也有的写在纸上。《结交书》也离不开女书的主要特性——诉苦、诉可怜。

《结交书》是一本女性的书，内容有缘、有起、有结果。

结拜姊妹有时候是两个人，有时候三四个，像唐保贞、义年华她们就有七姊妹。姊妹之间，有些同村，有些是外地的，只要心性相投，地域不会成为阻隔。结拜成姊妹后，你来我往，互相有了依靠。

有成年后的女性结交姊妹的。有些并不写《结交书》，认了老同后，姊妹们你来我去。

认识刘斐玟，何艳新老人也不知道是哪一年的事情，只记得孙女莲梅还没有出生。当时，何艳新家中有六个孩子、两位老人，十个人吃饭。白天，她与丈夫在田里干农活，晚上回家洗衣、做饭，各种家务，一大堆、一大堆事情，怎么做也做不完。

1993年，或者是1994年，老人记不得具体年月了，她说，也许是1992年，她与同村的吴龙玉和台湾的刘斐玟正式结交姊妹，吴龙玉是从吴家村嫁到河渊村的，三姊妹正式写了《结交书》，也许，她们是女书历史中，最后写有《结交书》的三姊妹。

结交姊妹的见证者是虚空中的神，是女人之间的那份浓郁的情。

何艳新写完《结交书》，三姊妹读诵一遍，读诵的时候没有曲子，不唱，只是读，有点调调而已。她们声音细小、微弱，像在告诉身体里的自己，为她找到了一个灵魂的姊妹。她们的《结交书》写在一张纸上，一半是女书字，一半翻译成了汉字：

……楼中空寂寂，壁影成对双……

吴龙玉，经媒人介绍，1963年结婚。她和丈夫每天从早忙到晚，一个大家庭，十多口人吃饭，只有他们夫妇两人扛着这个大家，勉勉强强每天有口饭吃。

结交姊妹，是不需要告诉双方丈夫的。丈夫在潜意识里也认为结交姊妹是天经地义、顺理成章的事情，不会有什么说法。姊妹家里，相互间有什么事情，全家会互相帮助，大家彼此都不讲客气，丈夫对姊妹们也很好。

何艳新的丈夫去世后，田地虽种得没之前多了，但有些农活，终究是女人做不了的，吴龙玉的丈夫就来帮何艳新犁地、耙地，何艳新家的门坏了，他与吴龙玉一起，把门重新安装好。

吴龙玉也经常来帮何艳新煮饭、煮菜。

吴龙玉年轻时，学了很多女书歌，直到现在，都记得，都会唱，开口就来，声音安慰着自己和姊妹们疲惫的身体，声音在身体里缓缓流动，冲洗掉杂草、尘垢，身体也不知道在什么时候，轻松了，轻盈了，飘了起来，飞了起来，她们看见了彩虹，看见了花朵。

吴龙玉为姊妹们唱结拜歌：

> 日头出早照栏杆，男惜朝廷女惜芳。
> 男惜朝廷好百姓，女惜永明好讲芳。

她不会写女书字，也学不会。何艳新曾经几次教过她写、认女书字。她一直没有学会，没时间学，农活太多，是其中原因之一。后来，年纪大了，记忆力也不好了，就更学不了。

女书有自己的秩序，秩序是神安排的，老天布置的，山谷、河流、树林、小溪水，硕大的烟叶、发黄的稻谷、青绿的菜园，秩序在安排这一切。女书的秩序，让唐保贞、吴龙玉自由地歌唱，声音唤醒四季的各种颜色。璞玉般的即兴创作，蓄满了阳焕宜、何艳新的所有思维，落笔——女书字就准确地表达了女性*丝丝缕缕*的情愫。

何艳新把外婆留给她的手绢送给了姊妹刘斐玟，这是外婆结婚时的《三朝书》，也是外婆留给何艳新的唯一纪念品。她们共同承担了岁月最深处的那份暗色的孤独，何艳新，希望把自己心灵世界里珍藏的这份微弱之光，送给姊妹。

刘斐玟来河渊村调查，每次来的人并不多，三四个，都是台湾的，老人模模糊糊记得他们是台湾民族学院搞研究的教授。

到河渊村，刘斐玟就住在何艳新老人家里，那个时候生活设施很不方便，其实现在，也好不到哪里去。中国农村的大部分厕所不干净，洗澡更不方便。

刘斐玟在何艳新家住一天，第二天就到县城宾馆里去住一天——洗澡、洗头。冬天，在何艳新家住两天，再去宾馆洗澡、洗头。在何艳新家吃饭、聊天、喝茶等，都正常和方便，就洗澡和住宿成问题。

刘斐玟第二次到何艳新家，她把床直接铺在进门的小客厅里。晚上打开床，白天收起来。老人继续睡在里面那间小小的卧室。

那一次，刘斐玟连续住了四个月。

以后，每年，刘斐玟都会来江永，在何艳新老人家住两个月，短则几天。刘斐玟的先生也来过河渊村两次。

刘斐玟在美国写博士论文时期，生活单调，她把与何艳新、吴龙玉三个姊妹的合影放在电脑旁，写写文章，再看看照片上的姊妹，这是她用"拍立得"在河渊村拍的。

"当我觉得需要情感的触动的时候，我就把它拿起来看一下，然后我就得到一种力量。"

情感在不同的区域交集、碰撞、和合，照片上何艳新和吴龙玉穿的衣服是她们自己做的。那时候，老人家里没有装电话，手机肯定也是没有的，她们就通信，一个月好几封，每次，刘斐玟写得最多的是，提醒老人，保重身体，不要太累，为了姊妹们也要保养好自己的身体。

"她每封信，每次，都是很担心我。"

何艳新与姊妹刘斐玟走在一起，她突然说：

"你是一个妖精。"

老人说话的时候，有动作，笑容满面，手微向上指，整个人散发出喜爱之情。

"你的眼睛像那个……"

老人笑着，摇着头模仿。

"像那个画眉鸟。"

何艳新经常有很多类似的、突然的神来之思，她把瞬间亮在心里的那些词与物，不经调理，直接突兀地说出来，在别人还没有反应的时候，她的话题就跑到思路很远的地方去了。她唱歌、写女书作品，也是如此，思维如奔马，各种形容词，天马行空的对比、想象，随口而来，不假思索。

因为来得太突然和即兴，有些刚写完不久的诗句，她就背诵不了。

"记不住了。"

要她回忆几天前即兴写的一首女书歌，她认真地回忆，眼睛向侧看，想看见昨天之前的诗歌，想听见昨天之前的那首女书歌。终究——

"想不起来。"

"记不住了。"

身体往沙发上靠，离开桌子，之后，又坐回来。

她笑得很舒展，像与家里人在一起。

刘斐玟与何艳新两姊妹，经常视频，老人可以看见姊妹，但刘斐玟看不到老人，何艳新这里没有装视频。

何艳新老人最担心的是姊妹研究女书字的书，为何到现在都没有出版？有些人，做了三两年调查，就出版了很多书。老人担心她啊！

刘斐玟想出版何艳新的全部女书作品，她不像其他人，老的作品她不怎么要，就要老人自己新写的，她自己创作的女书作品。

刘斐玟要老人写了自己的传记。以前，女书文化里没有单独的《自传》，《三朝书》里有一部分说的是自己的可怜，相当于现在刘斐玟说的《自传》。

何艳新想念台湾的刘斐玟，她即兴唱诵起写给姊妹的一封信，缘起是，刘斐玟有一次来江永，没有告诉何艳新：

> 姊妹来到江永县，两人对面不相逢。
> 若是结交几姊妹，何不通知说分明。

1994年，远藤织枝遇见了何艳新。之后，远藤每年都会来江永，她们都会见面。

有一年，北京召开关于女书的大会，远藤织枝在电话里告诉主办方：

"我同意参加大会的唯一条件就是，县里必须也将何艳新邀请来。……对我来说，她是非常宝贵的，最后一位女书传人。在现在的所谓女书传人中，怀着与以前的女书传人同样感受去写女书的，她是最后一个，现在县里授予女书传人称号的传人，是先认识到女书的价值，在一种使命感下去学女书的，而何艳新是在无意识的情况下跟着外婆学习，这是不同的。"

2011年，日本，东京。

何艳新以女书传人的身份，再度被远藤织枝邀到日本。在机场，面对新闻媒体的镜头，恍然之间，何艳新老人已不再是深山乡村里的那位老太太。但她还是一样的笑，只是在镜头里，少了些细碎的可爱的动作。

日本横滨市。现代化的房间。何艳新老人着新衣，走上讲台。荧幕上打出四行字：

消失的文字
中国女书的最后传承者何艳新
横滨市中国书馆 2011 年 3 月 1 日
中国女书研究会

远藤织枝在交流会上有如下观点：

"勉强地将其作为同一种事物传承下去是行不通的，因为她们已经没有同样的感受了，只是停留在形式上，若将女书运用在观光上，就应该视作另外一宗新事物。女书在此消亡了，也是没有办法的，但女书曾经存在过的事实必须记载保存下来，以告知后人。"

远藤、斐玟、艳新三姊妹，三位女性，站在日本城市的河边，内心欢喜。何艳新用女书即兴表达：

姊妹相会言
提笔共商议

研究女文章

镜头一

　　若是姑娘似我心，八月神堂共一双。

　　我自心红自欢乐，难承姑娘真有心。
　　合意姑娘邀结交，天仙配成咱俩来。

　　常在井边口不渴，姐妹常伴心不烦。

姐姐从远方来看妹妹，姐姐要回家了。妹妹送姐姐：

　　送姐送到茶子山，摘个茶籽洗衣裳。
　　初一洗来初二浆，初三初四姐来穿。

姐姐接唱：

　　我想要来就要来，天好不怕回头晒，落雨不怕
踩湿鞋。
　　低头看在石板上，石板开花我才丢。

镜头二

一盏灯,姊妹们,围坐在黑夜里,幸福开花,心情放松。

结拜的姊妹,互送一条女书手帕给对方,以此为证。仪式之后,正式成为一生的好姊妹,似桃园三结义。随时有需要,都会出现在对方面前。更多的时日,她们有各种机会聚在一起,把苦说给对方听,得到情感的真实抚慰。

姊妹结交后,双方的家庭也会相互照顾。

如果,没有《结交书》这一仪式的物证,结交姊妹也很难流传。

两位老人,老到弯腰、拄杖,只能缓缓地摇动扇子。

她慢慢上楼,从这栋房屋的窗户,喊对门对窗的姊妹。

另一位老太太出现在窗口,两人都笑了,如满山的花,突迎一场春风:全开了。姐姐唱:

> 踏上楼梯叹口气,手拿花针做不拢。
> 黄土盖头女不服,脚踢棺头万事休。

歌,从上楼唱到身体的状况,指向她心灵的不满足,老人有何"不服"?

——"女不服"!她踢打自己的棺材,但"万事休",歌谣最终落在悲凉上。

老庚（老同）

在江永，孩子出生后，父母就四方托人，寻找与女儿同年同月同日出生的孩子，结交为姊妹，她们叫老庚。

"年纪生庚"四个字，是南方土话里的成语，指人出生的年月日，包括时辰，算八字需要这些，老庚由此而来。老同，就更好理解，同年同月同日之意。"老"字，是一个承载了中国南方农村文化的重要文字。

大家都认为，结交的女儿好养活。即使找不到同月同日出生的，父母也会找一个同年出生的孩子结交姊妹。

182

何艳新的妈妈是个行客，结交有四姊妹。

行客是结交姊妹中的一种，与其他结交姊妹一样，但多了另外一层含义：

先出嫁的姊妹，不能生孩子，要等到姊妹全部出嫁了，姊妹们才能生孩子。其余各种形式的结交姊妹之间没有这一说法，哪位姊妹先生孩子，哪位后生小孩，都可以，但行客不行——必须等姊妹全部出嫁后，她才能生小孩。

这一习俗比普通的结交姊妹来得更古远，后来的环境有了变化，这些女性间的规约，限制了姊妹们太多的行动，给身心带来了不自由的感觉。自由，是女书习俗产生的源头。因此，行客式的结交姊妹越到后来，就越少了。

在那么多的姊妹中，很少发现行客式的结交姊妹。

何艳新老人对行客这一说法，弄得也不是很清楚，她也全部是听外婆说的。

"你妈妈就是个行客。"

妈妈嫁到父亲家里三年，因为四妹迟迟没出嫁，妈妈就一直没有在河渊村长期定居，直到最后一个姊妹出嫁，妈妈才怀上了何艳新。

声音……起……

何艳新老人，声音如丝，细细地起，从地面，顺着野草的根，悄悄地舒展了一下身子，音乐飘在虚无中，飘在身体里，激荡着每一个细胞，继续伸展，冒出小小的头——声音：尖尖地起来，冒出地面，与草叶站在一起，摇曳，太虚幻了，阳光把白云照在天空的下面，声音，起来，来不及站稳，节奏在声音的影子里，飘荡，飘到空中，越来越远，消失了，又回来，又听到了，又升起、低落……

"现在气不长了，老了，唱不出来了。"

唱完，老人都会补充这么一句。

何艳新有意识地在拒绝唱新曲新调，她只想唱外婆教给她的那些歌，只想唱七十年前，外婆与姊妹们坐在一起唱过的歌，有很多歌，她并没有一遍遍地去学，而是童年的她，在外婆、姊妹们的歌声中奔跑，声音就跟着她，细细地，追着她跑，她松开外婆的衣襟，跑到另一个姊妹身边，她跑进旁边的小屋，她跑上楼，又急急地回到外婆的房间里。有几次，她没有跑，她听到了歌声里的哭泣声，看到了歌声里的泪水，一把折扇展开，五六折，如花，花瓣开在外婆的膝盖上，外婆的一只手握紧一个姊妹的手，两人，唱着折扇上的女书信。外婆在安慰姊妹，姊妹听外婆细细地读诵……

古老的歌谣，旋律，从未在何艳新老人身边消失过，只要轻轻提气，她们就排着队，一点点，从幽暗的树林里，提着灯笼，照亮着身边的路，随着歌唱时间的增加，亮越来越大，光越来越聚集，洁净的飞鸟，落在树枝上，月光倾泻，只要她继续歌唱，光就不灭。

这些歌，外婆唱过，外婆的伯母唱过，伯母的妈妈唱过，妈妈的外婆唱过。

喜欢外婆的声音。小时候，外婆的姊妹就说她的声音像极了外婆，其实，她们不知道，她从开口唱歌，就在模仿外婆，模仿外婆说话，模仿她唱歌的神态，每次唱歌，她的声音都在追一种旋律，高了，她就降一点，低了，她就升一点，慢慢地，她的声音，和在外婆的声音上，像天空中有一条河流，她汇集进了外婆的河流里，而不再是河堤外面的小水流，她不再孤单。尤其到了外婆的年龄，她理解了女书里细枝末梢的每一份感动，那不再是人世的悲苦，不是物质的贫乏，是人在时空里的无力……

何艳新望着外婆。

外婆每次唱歌，内容好像都不一样，有唱不完的歌。有一天，外婆的歌唱完了，她走了，何艳新再也见不到给予她生命光亮的人了。

她只能用女书歌来唤回最爱的人——虽然只是影子。老的女书歌，外婆教了不少给何艳新，姑姑也教她唱过一些，姑姑经常唱的一首歌：

一曲天上蛾眉月，二曲狮子滚绣球。

三曲伤心三结义，四曲童子拜观音。

女书作品五字、七字一句的诗歌形式，阅读的方式就是歌唱。

之前，女书歌中有"真风流"的字句，赞叹女子的风姿和气势，"风流"——被人所羡慕。后来，"风流"成了"作风"不好的代名词，当代有些女书歌者，就把"风流"改为"芳流"。何艳新老人不改，依旧自豪地唱"真风流"。

唱女书歌，与读女书字一样，都必须用江永土话，因为女书字的音就是根据她们的土话来写的，换了其他地方的音，字就不是那个字了。

上江圩很多村子里的老人都会唱女书歌，大部分人都忘记了歌词，何艳新老人也忘了一些，但对她来说，歌是唱不完的。何艳新曾经把唱过的女书歌，用女书字写下来，读给姊妹们听。

田广洞村有人家嫁女，外婆带何艳新一起去贺喜。她们一起唱歌，欢快、忧伤，曲调起伏跌宕。坐歌堂有坐歌堂的歌，不唱其他歌。坐歌堂的女书歌是很久以前传下来的，保存了很多古音、古方言。何艳新只唱老歌，她的情绪在老的曲调里飘荡。

如果是姊妹们在一起，想到什么女书歌，就唱什么。

结拜姊妹时唱的女书歌，是你唱我答。

女书字的书写与古汉语一样，竖写，从上至下，从右至左。这天晚上，何艳新老人心血来潮，她考虑到现在的书写都是从左往右，她竟然也从左往右地写起女书字来。女书字第一次排着队，从左往右走，字与字之间，一呼一吸，她们前后左右、上下打量，她们习惯吗？发出的声音、呼吸还那么顺畅吗？

老人也感觉到了别扭。

"不习惯，下次改回来，还是按老规矩来写。"

几张纸上，写满了女书字，内容是一周前，她唱过的女书歌。她用手指着女书字，她担心外地人听不懂，就用五分之二的西南官话，五分之一点五的普通话，五分之一点五的江永土话，混杂着读出来，一词，一指，一音，专心致志地读，她担心听歌的人不懂她唱的内容，不懂她写的女书字，她希望与人分享古歌的情韵。何艳新读一句，就抬一次头，她解释，用手比画出场景：

两边两行穿龙凤。

座位女，坐在新娘两边，穿的衣裙上都绣了龙凤，新娘坐在中间戴着凤冠——哭嫁。何艳新唱的和写的女书歌，包括这首哭嫁歌都是古歌，外婆教她的时候，也不知道这些歌已经流传了多久！

"女书里有高低音。"

何艳新指出当代女书人创作的女书作品，在处理高低音上存在很大问题。指出这些错误时，她声音平和，语音的后面，有些着急的成分，她担心，女书在她们这一代变形、变状。

《三朝书》大部分的内容是悲的、诉苦的。

女书歌，只有少部分是诉苦的内容，大部分女书歌没有悲，都是欢快的歌，云彩之上，一朵花；田地之间，一滴水，姊妹手牵手，都是她们歌唱的内容。行云流水是女书歌的节奏。

姊妹在一起，是最开心的事情。

吴龙玉，生活艰难、心情烦闷的时候会流泪，会哭，煮饭的时候都在哭，哭得没办法活了，她就唱女书歌，洗衣的时候唱，种菜的时候也唱，大山之间，她的声音，混合在翻出来的土壤里，散发出新鲜的泥土的气息、植物的味道，细微地，飘在她的身边。她怕她的男人，怕他骂，怕他打，她就一个人哭，一个人唱。时间久了，身边的豆荚棚、丝瓜藤、割了一茬又长出一茬的韭菜，成了她的知音，她不哭了，她只唱，唱到云朵，唱出色彩来；唱到风，唱出奔跑。

她在古歌谣里，每唱一次，就感觉多了一位知己，合着雨声，来到她的身边，安慰她，让她快乐起来，感觉那些痛，缥缥缈缈，被雨水稀释，流到很远的地方，留下一垄垄苍翠、旺盛的植物。

传统的女书歌谣中，有很多关于美好爱情的歌曲，何艳新唱《祝英台唱本》：

英台要到杭州去，要到杭州进学堂。
祝公听得高声骂，女儿说话不思量。
只有男子入书院，哪有女儿进学堂。

女书歌，声音一起，远古群山，现身当下，细丝幽深、婉转，在几十个村庄里如植物，繁茂生长。源头，似无法探究，其实，与土地、阳光、水相关，与村庄里变迁的人相牵连。

较老的女书歌中，其中有一首是唱花山庙的，一直口口相传。

何艳新听外婆与姊妹们唱这首歌，她听到的是林子里的各种鸟鸣，千变万化，她像置身于竹林，风过叶响。后来，年纪大了，她再唱，每每开口，老人都会流泪。

"可怜人才去庙里求神仙保佑。"

坐在何艳新身边的老人们，是附近村里的人，她们不会唱，但她们记得——"斗牛"节，几十上百位女性在一起，各种好吃的、好看的东西都有，她们一起唱歌，做些女红，童年的她们在歌声中奔跑、嬉戏。

声音没有消失，与她们一起来到现在。老人们诧异不已，何艳新唱着女书歌，听者流泪。

女书歌谣《花山庙》，拖音很长，拖音的地方也很多。

拖音，颤颤巍巍地流出心灵，灵魂的呻吟之声，能不落泪？这首歌，是老人喜欢的两首歌之一。

老人唱的花山庙，在河渊村，早已倒塌，现在建有两个小信号塔的地方，即花山庙老址所在，与河渊村塘庙相对，中间隔着一条进出河渊村的主公路。

另一首老歌是《龙眼塘》，唱的是两姊妹。

何艳新还唱了首老的女书歌，一个完整的民间故事，主角是一个小男孩，歌的大致内容是：三岁的小男孩，没了父母，与叔叔生活在一起。几年后，回到哥哥、嫂子家里，一起住。哥嫂不给他吃饱，穿得也不暖和。嫂子让他去放鸭，被老鹰咬了一只去。为此，哥哥打他，但打得比较轻，嫂子就实打实地打，打得很重。小男孩跑出了哥哥嫂嫂的家，出了湖南，就到了广西（江永与广西交界），有人收留了他，供他读书。后来他做了官。

一个典型的中国民间故事。

现在，何艳新几乎不唱女书歌了，大家都去外地打工了。

"在农村，一个人，自己唱，会被取笑的，像疯子。"

何艳新和孙女莲梅，坐在三哥的池塘边，面对三口小水塘，背靠小山，两棵古树，死了一棵，村民把枯死了的树干，归整了一下，放在另一棵活着的古树下，灰色的树干，如骨，气犹在，像祭祀，庄严沉重。她们身后树林里鸟鸣声声，时粗时细，远处的村子，鸡鸣狗吠声不断地冲出村子的寂静，沿山边的树林往上冲，好像想冲出群山，声音还在林子里，给树叶稀释掉。村里有人说话，声音模糊。

老人坐在枯死的古树主干上，莲梅坐在旁边。

她们细声开唱。

老人忘记了身边的人，带着孙女，去到曾经。

鸟鸣，偶尔几声，穿插在她们的歌声中，声调舒缓，上下，绵绵不断，风吹草木。

《四季歌》，后面有一个小调调，长长的忧伤，水滴，打湿了脸庞。

老人，身心依旧年轻，只是，这次，有点感冒。

"我就只唱，不哭了。"

老人唱一位新娘哭座位女，细微的情感，没有泪水，分别在即，舍不得好姊妹。

唱了几句，老人，唱不下去了。

"现在，我哭不出来了。"

声音在哭，只是泪水全无。

妹妹出嫁，姊妹万种不舍，老人和莲梅继续唱下一首：

> 堂屋中间有条藤，藤子开花十二层。
> 我娘养的金坨女，双吹双打送出门。
> 哥哥送到厅堂口，嫂嫂送到十字街。

画面感很强的女书歌。妹妹像条船，家里人，轻轻一推，妹妹在船上，随河流漂去，怎叫妹妹不伤心。老人一开声，就进入哭嫁的伤心情景中，年轻的莲梅，直到唱第三首歌，才心安气沉，被老人笼罩在浓郁的情感气息里。

何艳新，脸上横横竖竖地画满了皱纹，阳光照在额头上，填平了、淡化了岁月的刻印。莲梅，在树荫里，岁月醒过来，皮肤姣好。

老人与莲梅，一个声音苍老，生命的伤感，暮年的无力，浸润在老人的声音里。莲梅的声音带着青年的诸多期盼，跳脱如兔，怯怯地，清晨露珠，在树叶上来回滚动。她跟着奶奶的声音怯怯地走。

女书歌，后面还很长。唱到后面，有一段歌词，莲梅记不得了，就望着老人，听奶奶一个人唱。大女儿在远处的池塘边除草。

何艳新面对池塘、背对古树而坐，唱歌的过程中，她身体不由自主地转向对面山岭。

《十二月》，女书歌，在何艳新生命的呢喃中，葆有古风古韵，随风吹过硕大的烟叶地。

"以前唱歌，声音可以拖很长，现在短了，气没那么长了。"

"有些女书歌，要拖长，有'尾巴'才好听。"

《节气歌》里，中间没有歌词的地方，全是调调的声音，象声词喊回低谷中的灵魂，回到高地，看见生灵的渺小，看见植物静静地生长，枝繁叶茂。

老人唱歌用的是假音，谭盾说：

"老人的声音挺好听的。"

折扇·第三折

今天，老人有点感冒，刚吃了药，咽喉也不舒服，有些歌唱不上去，老人情绪低落，心情不在状态，声音走不上去。

莲梅在旁边，不断地说：

"大声点，大声点。"

"上不去。"

"到北京，我没事就唱给你听。"

莲梅从五岁开始，跟奶奶断断续续地学过很多歌，歌词有些都忘了，只记得调调。

每次唱歌前，说出歌名，莲梅会背几句歌词给奶奶听，对了歌词，她才有信心。奶奶看着前方，点头。

"酝酿一下就唱啊！"

莲梅转过头去，看着姑妈锄草的方向，望着远方，绿色的植物，和空茫的天空里，她看见了什么？听见了什么？她感受着，足有三分多钟，才转过身来，与奶奶唱起来，身心安静，如得神启。

中途，老人似乎明白了什么，她停下来，莲梅一个人唱，青春的声音在枯树的枝干上层层萦绕，像在窥视灰色的树骨，祭祀、行礼于前，歌声，呼朋唤友，在树林的风声中远去，又一阵风，把声音吹回来，终于消失在最后一棵古树的后面，只有最上面的一片叶子，看见了，她晃了晃身子，不动了，听成千上万的声音在歌唱。

"她声音不好听，声音粗，男孩子的声音。"

老人总爱批评自己的宝贝孙女。

莲梅说自己的声音，去不了最低的地方，高也高不到那个点上去。

其实，二十岁的莲梅，已经掌握了女书歌的精髓，声音也在一点点靠近老人，如同老人靠近外婆。

莲梅五岁开始，老人就教她唱女书歌，学写女书字，直到七岁上学读书，停止了女书学习。高中毕业后，老人继续教莲梅学习女书文化，与老人一样，虽然十二年没有接触女书，但在奶奶的提示下，之前所学的那些女书字，她一一记起。女书歌，也是如此，只要奶奶说歌名，她基本都能唱出来。

女书歌有各种各样的曲调。

音乐家谭盾在离江永不远，一个叫兰溪的地方，找到了与女书歌声调相应的声音，这里是勾蓝瑶的居住地。谭盾说：

"所有的女人都漂亮，整天吟诵着特别漂亮的音符。"

经过谭盾对比发现，兰溪老太太们唱的歌谣曲调，与女书歌旋律几乎一样。何艳新之前没有去过兰溪，后来去了两次，都是与谭盾一起去的，老人去一次，吐一次，晕车厉害。她不喜欢坐车，也坐不了车。再去，她担心晕车。

"希望你快点开，晕车时间短一点。"

老人到那里，看到的戏楼、房子等建筑物都是新建的，老的都没有了。

"只有一条小河，没什么好看的。"

对于老人来说，天天生活在山水画的风景中，再好的山水，也就不觉得稀奇。

上江圩土话加点城关口音

有字就有音。

女书音，不像女书字，自创体系。

女书字在前，而不识，也揣测不出任何意义来的。

而读诵、吟唱女书作品的女书音，只要是江永人，一听基本就能听明白。

在上江圩土话的基础上，稍微加点城关音调，形成圆润婉转的女书音。

她们吟诵、歌唱，浑然天成。一旦唱到动情处，你的声音、她的声音，交替混合，情感融会。于激情处，她们的口音里，免不了，流露出更多的上江圩土音来。

妹妹在折扇上用女书字给姐姐写了一封信，七字一行，为了读诵顺口，有节奏，妹妹把一些字调整了前后顺序，如果一个低音字放在前面，用上江圩土话就唱不出来，读得也不顺畅。

在女书盛传时期，高低音不是一个问题，大家都知道。现在，高低音成了困扰女书学习者的一个问题，不调整顺序地写出来，翻译成普通话，一点问题都没有，如果用江永土话来读诵、吟唱和拖音，就不行了。

远藤织枝在收集女书资料的时候，就把这些没有处理好高低音的资料排除在外。

妹妹用心写着书信，一笔一画，让姐姐知道妹妹在远方想念她，告诉姐姐，自己遇到的一些困惑。写好，她在女书字旁边，画了一朵小花。收笔，完毕，收拢扇面，托同村一位妇女带给姐姐。

道县与江永相连，但江永人听不懂道县土话，反之亦然，更有甚者，同县，乡与乡之间的土话，相互之间也不好听懂。

斗牛节

"叫姐姐回来，一定要叫她回来。"

"出嫁都快三年了！"

"那山花姐姐，还有宁子、开春，她们都会来吧！"

"我相信她们都会回来！"

"我希望每个人都回来，我们好好招待她们。"

刚过完春节，她就与村里的几位姊妹在阁楼上，聊起斗牛节的事情。

每年四月初八，河渊村里没有出嫁的姑娘们，邀请已经出嫁两三年的所有女性回村，来参加这个节日。

没有出嫁的村里的女孩子们，从各自家里带来菜、米、炊具，每个人抢着做饭菜，其余时间，拿出自己的女红作品，现场还做鞋子、绣花、打花带、插花、搓麻。

斗牛节里核心的内容是女书，会女书的姊妹自然而然地成为老师，教不会女书的女性认女书字、唱女书歌，把女书字变成好看的线条和图案，隐藏在绣花图案里。

何艳新有一双绣花鞋，不够手掌大，残酷的美学，尖细的鞋尖，看得让人心紧，即使是一双没人穿过的鞋子，摆在面前，恐惧也会萦绕在这鞋子周围。红丝、红布，绣的花，在鞋子的背景之上，丧失了本身的所有的美好，集结在这里的，只有阴森。

这双鞋子是何艳新去北京开会，出发前赶制出来的。之前，去长沙开会，她也赶制过一双，后来鞋子留在了那里。现在，如果不是为了开会，不是特殊场合的需要，她是不可能再做这样的鞋子的。

做鞋子，绣花，打花带，写女书字。参加斗牛节的全部是姊妹们，是女性，不会有一个男人出现在这里。

折
扇
／
第
三
折

　　河渊村之前有一座庙，在村口的山上，也叫花山庙，现在什么都没有了，长满了杂草。何艳新老人也没有见过，只是经常听外婆和妈妈说起，之前在花山庙赶庙会、唱诵女书的热闹场景。

　　想去看看老人怀念的神庙，那些节日里赶集一样的庙会，祭拜民间宗教里的神。

　　"庙，大部分连砖都不剩一块了。"

除儒家供奉的神庙之外，其余民间神庙都是女书庙堂。在江永，在上江圩，旧时建的庙堂，都没有了，都给破了，只有关于庙堂的女书歌，留了下来。

老人喜欢的歌中，有两首《花山庙》的歌，每首都很长。

其中一首唱了一个故事，讲的是两姊妹，母亲去世，爸爸又另娶了一个老婆，随继母过来的，还有一个儿子。爸爸偏心，不怎么照顾和理会自己的两个女儿，姊妹俩，很痛苦，就去花山庙，把自己的生活之苦说给菩萨听。

"这首女书歌，很长，很悲。"

每一位歌者，边唱，边流泪。

起句：

　　奉请诸神
　　一二从头起

江永一带现有三两个庙，近年建的，修得简单。其中一个，就位于大姐家附近——道县新车乡龙眼塘娘娘庙，当地人简单地称之为龙眼塘。

老人从口袋里掏出手机，给大姐打电话，说明天去她家吃饭，吃了饭，就去龙眼塘。

多年前，从山东来了位女书爱好者，想去看龙眼塘，当时路没修好，只有小道，好在有人带路，左弯右拐地还是找到了，路上草多，蚊子多。

"那次走得要死。走路还是有一定的距离的。"

道县龙眼塘与上江圩桐口村相距五公里。

中午在大姐家吃饭。下午，离开大姐家这边的小山系，从一座小山脚出发，斜斜地望着远处的另一座山走去，中间是一大片田野。

大部分是石头山，低矮的灌木林遮掩了石头的凌厉，总有些突兀的石块，灰色，硬硬地在山包的某一个角上，穿透出来，大块石头，被刀劈了一样，高高地不让绿色植物沾染上它的灰。

都庞岭，有很多这样的山。

在田间、村子里穿行，靠近对面山岭，群岭相连，层叠不断，岭这边，群山最里面，走到一座独立的小山前，四周田地环绕，它独独地冒出地面，像从群山峻岭中滚落下来的一块石头，脱离山体，自成小山一座。山中多岩洞，有泉自洞中流出，即便久旱无雨，水亦不增不减，日夜涓流成溪，依山脚环流，至庙堂前，水势更陡，水流向农田、村庄，生生息息。

小溪上，十多块木板紧靠在一起，搭成桥，两端深陷在土里，过小溪，一小段干净的土路，两边长满杂草。

龙眼塘，依山而建，庙堂外貌，尤其是屋顶，与当地老式民宅式样相差无几。

屋脊正中突起一字横岭，庙宇有三间民宅宽，无暗房，就一敞开的大开间，木圆柱六根，各有石礅，柱上有梁，支撑整个房屋。前后屋顶坡度不缓，盖青瓦。正中、左右两边，共有墙三堵，正前方用木栅栏竖立成墙，有三个地方自然空成了门，供人进出。

漆成红色的栅栏，与庙堂前空地上的红色鞭炮灰屑，两种同样的红，一个躺在土地上，一个立在屋子里看着土地慢慢地被染红。庙堂有多长，鞭炮的粉末就有多长，厚厚几层。

想起唐保贞的房子，也是三堵墙的房子，只是这里更加亮堂、干净、宽大。

三堵墙、屋顶，构成一大间殿堂，屋子里全部都是木结构。

神像五尊，三尊形体较大，小神像两尊，造像时间不超过十五年，摆放在正中靠后墙的位置。

龙眼塘娘娘庙，供奉的两尊主神是两姊妹。这里的人们世代都在讲述着同样的故事：姊妹俩，善良、孝顺。一日口渴，来岩洞边喝水，身体不能动了，两姊妹坐化成仙。

菩萨姐姐脾气大点，性格强于菩萨妹妹，塑像比妹妹的也略大，置于前。姊妹俩的塑像，着装艳丽，大红大紫。村里的一位老人，给姊妹俩织了两件毛衣，一红一蓝，织好后，点燃三炷香，烧了九丁纸钱，跪下，轻轻地磕了三个头，要姊妹俩、父亲，保佑自己的孩子在外面打工顺利，多挣些钱回来，建个房子，她又想到，能够带回一个孝顺媳妇，也是她所求的。她又多磕了一个头，站起来，老人最后想了想，请保佑他们身体健康。老人从塑料袋里，拿出毛衣，敬献给姊妹俩御寒，毛衣披在她们胸前，衣袖在后面松松地打了一个结。她转到神像前，再给所有的神像磕了一次头，才放心地离开庙，回到村里。

姊妹俩，坐在椅子上，腿上放了几双鞋子和几件衣服。

姊妹俩一前一后地坐在庙堂正中，另有一尊男性神像，体积不及姊妹俩一半大，这是她们的父亲，虽与妹妹坐成一排，因为体积小，又偏后，位置就显得低了很多。

姊妹俩和另一尊小神像，村民都给她们披上了各种颜色的衣服。只有父亲的神像没有披衣——神像本身的素颜装扮，两手自然垂落双膝。

众神像后面墙上，一条龙，踏云而来，朝姊妹的方向飞。一神兽，似麒麟：像鱼、像马、像羊、像龙、像鸟，四足、一尾、一头、两角，黑眼睛，张开的嘴不大。两边是花草。图案整体偏女性，气质柔和。

神像两边有神龟，上面摆放了各种小孩子的鞋，有自家用针制作的，有从集上买来的新鞋——求子、求福之意。

神像的基座由二十块红砖砌成。平常时日，拉起一长红布帘子，神像隐藏在后面，只有节日，红帘才会拉开。

砖和水泥砌的神龛，摆了些塑料鲜花等贡品，色彩雅丽。案台低处，昨天刚放的五枝鲜花——村子里，一位十一二岁的小女孩，走亲戚回家，野花开得可爱，摘些放在娘娘庙的神像前，她们在那里挺孤独的，离村子远，鲜花会让她们开心点。她进到庙里，有点莫名地怕，也不知道怕什么，把花放下，尽量离神像近点，又不敢太近，放下就跑出庙堂，她心中明白，自己做了件小小的好事。

送花最多的是村里年纪较大的女性，只要看见花，只要正好路过娘娘庙，即便稍微绕点路，也会把花端端正正地放在神像前，许个愿，有心事的会跪下来，祈求保佑。

她的孩子和父母都在深圳打工，她和老伴两个住在村子里，种田种地，不像往年，没吃没穿的，现在什么都不愁了，与之前生活相比，她都不敢想象能够过上现在这样的好日子。她来这里，默默地与两位菩萨说说话，心灵深处有点依赖的感觉，像母亲和家中的姐妹一样，她们又是护佑村子的神，无论村民走到哪里，她们都会护佑的。她也摘了几枝花，还带来了一个空酒瓶，在前面溪里灌满了水，花插在酒瓶里，放在神像旁。

村里的男人，其实来得更多，他们站在庙前一起聊天说话，用随身带的锄头、弯刀，给庙前庙后除除草，砍掉些挡路的树枝。

庙堂正中的地上，一堆的香灰、纸钱的灰烬，还有在冒烟的。

殿堂一角，一大块石头，从山里长了进来，建庙的时候，农民有意识地挑了这么一块地，把石头的一大半砌进了屋的一个角落。每个庙堂里都有一块天然生长在那里的石头。

庙堂上梁之时，在梁正中画符箓，长长的红布缠裹，一圈又一圈，符箓两端各有一行字，右边梁上写有：龍母廟正作子山午向正針。左边写有：公元一九九四年農曆癸酉仲冬月下浣三十日辰時上梁。

庙堂左右两边，有门洞、石门槛、门礅，没有门扇，外面的山、田地正好放进来，随季节变换颜色。

右边，有长木凳三条，每条可坐六七人不等。

这座重修的庙堂里，不会出现女书字，女书字是女性姊妹之间传递情感的一种方式。

姊妹菩萨、姊妹神像、娘娘庙、姑婆庙是女书文化最重要最神秘的一部分。女书字、女书歌、《三朝书》、折扇、手帕、《结交书》是女书文化中的动情部分，一起构成女书社会的不同符号，行使着各自的功能。

村中男男女女，老老少少，无不敬畏姊妹菩萨，逢年过节，必来祭拜。

虽有父亲的神像在旁，她们到底是同胞姊妹？还是结交姊妹？不重要。重要的是女性在时间里，在幽暗的生活中，她们就靠姊妹情感相系的微光，照亮生活的每一步。每一步，她们的神思都在游荡。冥冥中的虚无世界、老天世界，也有姊妹神仙、菩萨的护佑，让山里的女性，始终——有光（微光、幽光）相伴。

与溪水距约百米，一巨石，似被刀劈，成峭壁。紧挨其壁，就是龙眼坛庙堂，岩石顶上，数十株松树，苍郁挺拔成林，为下面的庙堂遮阴、护法，增加了不少威严。远观，是庙堂向天扎起来的一束头发。女子爱美。

　　大树在风中摇曳，鸟鸣和着溪水的流动，虫子的声音，穿过阳光而来，清清脆脆，间有浑重的低音，进入庙堂，陪着神仙姊妹。

　　神庙的位置，正好建在山的余脉上，山的最后一次起伏，消失在庙堂后墙，站在溪水边，放眼远望，去数公里，只有远处有一栋新楼房，其余，看不见一栋房子，全是田，再远，就是连绵山岭。

　　右转，往另一个方向走，绕过小山，就是村庄，相距不足一里路，大片的田地。

　　有当地农民过来，与何艳新老人和大姐说话。

　　莲梅，走出庙堂，走过那条小溪。

　　以前——山上、山下，都有庙。

花
山
庙
，
山
形
如
花

女书，仅深藏于女性中间，妇女们代代相传，如地下的河流，自成水系，不为外人所知。女书最早出现在史料中，已经到了1931年，这一记载与花山庙有关。那年，政府在一份名为《湖南各县调查笔记》中记载：

　　每岁五月，各乡妇女，焚香膜拜，持歌扇同声高唱，以追悼之。其歌扇所书蝇头细字，似蒙古文，全县男子能识此种字者，余未之见。

扇中之字，可断定是女书字。

花山庙、龙眼塘等神庙所在地，是女书文化的核心地带，女书流传到的地区，庙里供奉的主神，都是两姊妹，都是未婚女子。

与女书相关的所有地方，都去亲身感受，体会曾经的感觉，去哪里，你都会请何艳新老人一起去。老人根据所在位置一一安排好时间、路线，几十个地方，她条理清晰，从容面对，慢慢地走，随意地看。

过去来到身边。

大部分花山庙，只剩一个名字在一座座山上了，老人指着对面的山，那就是花山庙所在地，现在连砖头都看不到了，听她妈妈说过。

现在还有一个花山庙在县城的另一边。

"你们现在去，我在家给你们做饭，正好回来就有饭吃。"

老人这一次没有同行，身体有点不舒服。

从河渊村出发，穿江永县城，过一小村，允山镇到了，沿途打听。

"花山庙怎么走？"

大公路旁，忽略了往左边走的一条小路。集镇上，向一些年纪大一点的老人打听。

掉头，往回走两公里，位于社下村，离县城仅三公里。

右边一条不宽的水泥路，通向前面的村子，两边都是房子，路上不断地堆有沙砾、木材，很难通行，后来才知道，去花山庙可以绕村而过，往前，继续问路，继续往山里走。

到一无人处，正在修路，到处堆满了小石子，想再找人问路，已经无人可问，身后远处田里有插秧的人，有些惊异，因为，出门前，何艳新反复叮嘱莲梅：

"找不到花山庙，你就问插秧的人。"

那时还嘲笑老人，问其他人不行吗？必须是插秧的人？

而现在，一里路之内，见到的，就只有三两个插秧的人。

莲梅往回走，问到了。

"就在前面的山下。"

知了，不间歇地叫着，中午十一点的太阳，直直地，不断地泻落到巨大的容器里，空间拥挤着明晃晃的阳光，温度也在一点点增高，有点晕眩。

四周全是山，山空出来的平地就是田，是村子，长出了房子和稻谷。

神庙应该就在平地与山的过渡地带。

往前走，田地不见了，进了一座座小山的包围圈。

神庙在山下？

这么多山，哪一座？

抬头，张望，苍翠的树林，一声不吭地看着贸然的闯入者。

正在寻找接近无望的时候，就在身旁十几米远的一座小山下，有一水泥碑，用白色瓷片镶嵌有"2009 年 8 月 14 日"字样，上面写了几百位村民的捐款数目。

到了神庙的下面，竟然也没有发现神庙，可见其隐秘。

往山上走不了几步，丛林掩映，隐秘处，天然的一块石头上刻有端庄大气的三个字"花山庙"。

建有神庙的这座山，树林浓密，草木旺盛，枝叶盛满了阳光，偶有遗漏，光照在地上，就会有一大片野花漫地生长。虫虫蚁蚁，在树丛里飞，在小路上爬，到处是虫鸣鸟叫，好不热闹。

从山脚开始，天然石头形成的小路，导引往上，脚下是石头，两边自然散落堆积成两人高的石墙，前面，两块大石头，从中间裂开，成一条路，不宽，继续供人上行，路窄，仅一人能行，继续往上，抬头远看，疑无路，近前，路随石转，石头多了起来，两边石头高耸，中间的凹地石路，勉强容人拾阶而上，竟有数棵参天大树生长于石阶之间，各种灌木杂草，恣意生长于石林里，形成苍郁之像。

石阶窄窄地引出一条长长的路来，阳光在两边的巨石上斑斑驳驳，落叶，铺满石阶，偶有小土堆，便长满了密密麻麻的小草。

不断有石头相迎，路侧身，从旁经过，往上不远，便可窥见树叶间神庙一角。

树木一簇簇地在岩石缝隙中生长，再往上，就没有露出地面的石头了——风化后的尘土，掩盖了里面的石头，树木生长为林。

一个月以前的某个夜晚，庙里神像被误当为古董被人窃走。现在，花山庙里没有了姊妹立体神像，只留神龛，上面空无一物，无形无相的神，"神迹"清晰可见。立于前，依旧有肃穆、庄严感。气息依在。

一张画，垂挂在帷帘拉开的墙上。画像代替了立体神像。

画中两姊妹就是本处花山庙供奉的神：山水之中，有花，有树，两姊妹一前一后，跪坐溪水边。两姊妹，古代女子装束，衣着绚丽，但颜色深沉，不显虚华。画像散发出高雅之气，姊妹脸色姣好，长发盘扎，没有远不可及，或严厉，或诡异的气息，她们就是村子里的两姊妹形象，手中拿一束红花，妹妹的手搭在姐姐肩膀上，两人身穿白色长裤、长裙，腰间系黄、红彩带。

姊妹十八九岁模样。《永州府志》(清道光年间)记载：花山庙，永明(现江永)县西七里，相传唐时谭姓二女，采花仙去，香火极盛。

记载的就是此座花山庙，谭姓二女，即是画中人，此地与县城相距约七里路程。

所有的传说，都发生在很久以前，姊妹俩有一天，进到一个山洞里喝水，喝了之后，就不能动了，也就是人们常说的坐化成仙。

几双鞋子供奉在神龛侧面，两面圆的镜子，中间有瓶，插了几根绿色的树枝。神龛下，有一小半圆浅洞，似壁炉，洞中供有一个小杯子，红色灯芯数根。

神龛前，大堆香、纸钱的灰烬，高度，即将超过神龛。

神庙右边，一排突出来的石头，像给山人、神仙留的长凳，神庙建在石头的中间，有意把一长溜石头留砌在墙内。所有的姊妹神像庙宇，都会把墙砌在一块长条石上，一半在庙宇里，一半在墙外。

神庙左边墙上写有"解签处"三字。墙上写有女书字，占了大半堵墙，题为"承传女书歌"，之前所有的神庙，不会出现女书字。这是后来，为了宣传女书文化，新添写上去了一段女书字，翻译成汉字就是：

娘守空房隔天女
守到如今不成人
上无倚来下无靠

何艳新老人发现一个女书字写错了，"无靠"的"靠"字。何艳新背对这些女书书法，像是在对虚空说，又像是自言自语：

"反正他写得……是很漂亮，像花一样，有些难看的字他就改变了。"

有些女书学者和传人，对于极个别视觉似乎不好看的女书字进行了一点笔画的挪位。

花山庙的墙上有吕洞宾、铁拐李、何仙姑等中国民间神仙图数张。

另一幅"姊妹图"的神像直接画在中间一堵墙上，形貌与之前的纸本画像有细微区别：妹妹长发，扎成一束，垂落于腰；妹妹偏瘦，姐姐圆润。

壁画内侧写有"心诚则灵，有求必应"。

旁边圆木柱，红纸对联。上联：昔日上天言好事；下联：今朝下界降福来。

花山庙的布局与龙眼塘基本一样，都是一间大殿，花山庙稍大些，神像前，木墙式屏风，起到遮挡神像的作用，龙眼塘神庙仅用一块红布拉在神像前做遮挡。

每一个娘娘庙都是女书活动的重要场所。

每年二月初一，女性们请会写女书的人把自己想写的内容写在折扇上，内容大部分是做姑娘多么的好，嫁到婆家后是如何的苦。她们每人一扇，扇上写了自己的各种苦难，开心的事当然也写。大家一起诵读，读完你的读她的。

1779 年，蒋云宽（清嘉庆四年的进士）在《近游杂缀》中写道："层岭之麓又有花山，山形如花，故名。唐时谭氏二女入山采药蜕化，土人山巅如祠。山多岩石，

折扇·第三折

石隙透一小径，天然梯级，竹树翳蔽，云雾蓊蔚。每岁五月间士女多赛词矣。"

这篇游记记载的就是此座花山庙，所描述的景致与现在几乎没有差别。

花山仙子，是江永传说中的非宗教女神，都庞岭下很早就建有花山庙。每年"端午后五日"，花山庙庙会，为期三天，当地女性，无论是否婚嫁，她们成群结队，赶往花山庙，朝拜祭祀花山女神，她们把各种愿望和急需解决的问题，用女书字写在纸片、折扇或手帕上，到姑婆庙（花山庙、龙眼塘，当地人都叫姑婆庙，或娘娘庙，也有人认为，姑婆在江永土话里，其实就是观音）。用当地方言，也就是女书歌，把心愿唱诵给仙子听，也有不唱的，直接烧，祭祀活动结束后，妇女们就一起唱女书歌。

结拜姊妹，是姊妹神仙之源。

结交姊妹是女书文化的根本。

每个村庄里，都有她们大大小小的庙宇，敬奉着她们的神仙。家中有事，男人女人到庙里，神像前，跪下，烧香，烧写有女书字的纸片，内容就是她们想求神保佑的事情。

村口一位新婚女子，两年都没生孩子，她找到邻村的老人，把女书字写在纸上，从集市里买了双小鞋子，从大哥家拿了双比较新的跑鞋，到花山庙，烧香，恭恭敬敬地把鞋子摆在神龛旁的石头上。西南官话里，鞋子与孩子同音。

何艳新唱《花山庙》女书歌：

楼中移正诗书砚，写信一封到鬼神。
奉请姑婆仔细看，一二从头听我音。

曾经的神仙姊妹，着红衣，戴彩冠，脸上化妆，与老戏里的公主形象无异，神像坐在椅子里，旁边有孔子、董永、雷神等雕像。现在，都看不到了。娘娘庙里过去有戏台、龙母祠、过厅三座大殿，"大跃进"时代，把庙里的石块拆去修了水库，"文化大革命"期间，把庙的墙也拆了。

这些活动"破四旧"也一起给破了。

花山庙旁边，立着几块老石碑，时间侵蚀，字几乎被磨平，只剩下凌乱有序的笔画，一横，一点，七零八落，有人考证，其中一块四方残碑，是乾隆十七年重修立的。不远处，一间低矮红砖瓦房——守庙人的住房，这平常日子，回家干农活去了。

庙四周，到处是树、杂草、石头。

花山庙，"山形如花"，很形象，站在附近的小山上，花山庙的任何一个角度，感觉自己就站在某一片花瓣之上。庙四周，众山又形成一片片花瓣。花山庙所在的花瓣上，树林尤为浓密，苍苍翠翠。其他花瓣，多是石头上长出浅浅的灌木，植物不深。远不及花山庙，走进去，走出来，恍如一座小森林，也许是当地人对神灵的敬畏，才不敢在此滥砍滥伐。

离花山庙不远，两个小山包上，各长有树两棵，爬满了藤蔓，双双立在进山的路口。

河渊村堂庙

河渊村留下的老庙叫堂庙，堂庙对面山上的老庙叫花山庙，倒塌起码是八十年以前的事情，何艳新老人没有见过，长她一辈的人经常说起花山庙的繁华历史。

老人们说到堂庙里的石像，开始说是神像，后来突然说是鬼，交谈中，石像又变成了护佑村民的神，再聊，是求子得福的菩萨，村里有人说是神仙，有人说是仙子。神、仙、鬼、怪、菩萨竟然于他们难以区分清楚。

堂庙在紧挨着村子的小山上。从何艳新老人家出发，左转十几步，右转，直行六十米，右转，左转，右边回来，左边过去，穿过来，在老村子里弯弯曲曲如水，往前流动，伴着两边的房子，穿行而过的人，成为河流上的船，而老房子，成了一座座岛屿，河水绕开，又依靠着房子，穿村过林。外村人，要不了转五个弯，便会迷糊，不要说找到堂庙，连出村都难。

这一次，千劝万求，何艳新老人总笑呵呵地拒绝。

"我不能去，我这次不能去。"

她要孙女莲梅带路。出门前，她还犹豫是否送我们出门，她在屋子里站了一小会儿，还是走出门，送了几步，眼睛盯着虚空，再三叮嘱。

"在那里，到了那儿，不要乱说话，很灵的。"

老人停了一下，转身，面对莲梅。

"你们不要乱说话，很灵的。"

重复了五六句。最后一句，有点自说自话的味道了。

以前，村子里每年都唱戏。开唱之前，唱戏的人，去庙里请神像，求得神的护佑。

即便是河渊与田广洞两村村民打群架，河渊村村民出发前，一定是要请神护佑的，请了，敬了，再去打，肯定胜，一旦没请，或没来得及请，因为大家都群情亢奋，看不见自己的心情，只看见仇恨，就一股脑地往前冲，结果败了。

穿过老村，站在最后一户人家的围墙后面，就到了堂庙所在的山下。

离开主路，往石头山上走，灌木繁密，进得林子，回头，山上一角有不少大树。经过这里很多次，竟没发现堂庙。其实，只要弯腰，钻过一小片树林，就可以看见香灰和鞭炮屑。

河渊村堂庙，以山为庙。庙——无墙、无柱，与中国传统宗教里的最高信仰一样：无形无相。没人为搭建的房子，没有砌起来的砖台神龛，环视，没一处有建造的痕迹。神，莅临之地，就是岩石、植物，山势自然形成斜坡——斜插进去、对外敞开的浅浅山洞，为殿堂。

上面的巨壁岩石，为神像遮风挡雨。下面的石头，是神像——有形有相，显示神迹之地。茂密的树林，突兀交错的岩石，构成了堂庙的居所。

河渊村有个传统，不同年代，不同时期，隔三五年，村民都会请艺人，雕刻些神像请到这里。隔一条路的花山庙，虽在一百年前就倒塌了，但是否可以猜测，花山庙的神像会被村里人，搬来至此呢？

很多年以来，岩石下的堂庙里，按村里老规矩，次第摆放了数十近百尊神像。石像不高，每尊保持在 30 ~ 50 厘米内，有不同的手姿，或大拇指压中指、无名指，食指和小拇指向上指……现在的雕像，讲究没有了。

后来，时间绕到另一个角度，神像慢慢地、慢慢地，一尊尊地消失，没有了。

有些老神像，给"破"了，砸成了石块、石末，留下的小部分，陆陆续续地被人偷走了。

堂庙里，散落了一些风化了、破损了的残片石像，模模糊糊，可以揣测出，这块石头是神像的腰、胳膊；另外一块是腿；偶见有面部的神像，五官已模糊。有些头部没了，有些整个上半身不见了。

老石像的残体，线条拙朴，柔和，可爱。

细细数了数，十八尊神像的残部堆在一起，依稀可辨：坐着的神，手从膝盖处垂落的神，左手搭在右手手腕上的神。更多的，无从辨认，只留有粗粗的、大致的线条的神，风化得只有粗略的外形的神。

庙里现在的五尊神像，是村民请人新雕的，刚放在这里两年不到。送神像的村民，没见过老堂庙，现在菩萨摆放的次序不对，黑脸的神像放到了第三的位置，其实是第四个；白脸的相公，坐在最前面，现在坐到中间来了；还有一个小神像，也错位了。

神像，衣着传统，低眉、合嘴，不卑，戴文官帽，双手合拢，面部表情沉稳、庄重，体型虽小，但有浩然之气，担心被人再偷去，用水泥粘在石头上，旁边有大树数棵。

"不知道是谁买来的，也不知道是请谁雕刻的神像，放在这里。"

有村民更是破天荒地请来一尊工厂里生产的瓷佛观音像，放在最外面的一块石头上。

何艳新老人说，堂庙里的主神叫"凤姑"，女性，很漂亮。

与河渊村相距不远的位于田广洞村的鬼崽岭，近年，中央电视台、湖南电视台等各大媒体，还有一些学术机构、研究部门，对鬼崽岭的石像，从地下河流、山体结构，到上下五千年的文明历程，进行各种考证、研究，角度找了无数，也没有分析出一个结果来，他们独独忘了一个视角：田广洞村鬼崽岭的鬼崽，与它的老冤家河渊村堂庙里的鬼崽石像，长相一样，形貌一样，身高大小一样，摆放、分布的方式也一样，也是无庙堂建筑物，只是散落在某一个地方。如果以河渊村堂庙为佐证，是可以推出鬼崽岭石像的来由和历史的，可以找到石像出现的理由。

不用回去多久，三五年以前，河渊村堂庙里，到处都是神像。村民说，这些神像被道县的人陆陆续续偷去了，放在了鬼崽岭上。

说这话的，是位年轻人，他没有与田广洞村民发生过群斗事件，但他的叔叔辈、爷爷辈，挥舞过锄头，参与了群斗。年轻人的语气里，仇恨没有，但过去的怨恨基因是在的。

两个村，以前，经常群斗，后来，经济水平提高了，大家已经不在意农田里微薄的收入，都出门打工，群斗随之彻底消失。像出现把这个村的神像偷放到自己村子里去的行为，推理出来，也在情理之中。

在河渊村，这些石像也有人称之为鬼崽。

鞭炮的红色屑末，铺满一地。

堂庙护佑着一村人的生活。

何艳新老人的大儿子身体不好，在东莞治病，每天需要两千多元的治疗费用，花了七八万元，也不见好。

老人在河渊堂庙里，许愿，祈求村里的神灵，护佑她的村民健康，让大儿子身体好起来。

后来，大儿子身体真的好了，老人来还愿，也不知道老人，当时说了些什么，转身，还没有离开堂庙，准备下石阶，她摔倒了，伤了脚，没出血，伞遗弃在堂庙里，老人也不敢再去取，还嘱咐家人，伞不要了，让它留在那里。

后来，一直在——石头上那把落满树叶的雨伞。

"现在我从那里过路都怕。"

老人也不肯说，当时是许了一个怎样的愿。

河渊村的神与人有很多相通、相似的脾气和性格。

一人经过堂庙，是邻村的，刚从河渊村喝喜酒回家，坐在堂庙下面的石头上，一小口、一小口地品酒，微醉，身体轻微摇晃，他只顾着自己喝了，忘记敬身边的神，没有提"她"，他应该说一句：敬请神像菩萨饮酒。他不仅没说，饮酒者竟然说了句：我自己喝，不给你喝，也没有问题啊。

话刚说完，虚空中，突如其来的一记耳光，打歪了他的脸。

饮酒者马上清醒过来，怎么回事？酒随汗流出，酒也醒了。他赶紧在村子里买了一只公鸡，在堂庙，给神赔礼。杀鸡敬血，唠唠叨叨说了很多道歉的话。

"脸就正回来了，不歪了。"

老人加了句。

"那时候，真的很灵。"

何艳新老人读小学时，她的老师，经过村口，上到山上，看堂庙的石雕神像，看完后，老师站在上面，要学生先走，他在那里解了一个小手，解完手，他的眼睛前面全黑了，什么都看不见了，老师想摸下山，都不行。一个好好的人，突然看不见，有多着急啊。老师坐在那里。何艳新赶紧回家，告诉妈妈。妈妈连忙从家里捉了一只鸡，在堂庙里杀了，与老师一起，向神赔了很多不是，老师才慢慢看见了东西，恢复了视线，才下了山。

老人又说了句。

"那时候，很灵。"

现在过春节，是堂庙最热闹的时候，外出打工的人全部回村了，他们杀鸡、敬酒，端来饭菜，来庙里焚香、祭拜，放鞭炮，祈福。

春节十多天，堂庙香火不断。

鬼崽岭

从河渊村出发，约二十分钟车程，到道县田广洞村，路像鱼一样地游进村子里，两边密密地长满了房子，从村尾出来，路往左，拐进上山的小道，坡上又有一个小岔路口，继续选择左边小路，弯弯拐拐，草叶低垂，虫鸣鸟叫，风低低地吹过每一片树叶，不断地传来风的尖叫声，有风不小心掉进树林的小陷阱里——没有树叶，空出一个地方来。风直直地从树叶上掉下来，草叶来不及抬头观望，就被风踩着头，随着惯性的节奏，风急速淌过地面的草叶尖尖，草丛起伏，风找个机会，又倏忽而上，扬长而去，天空，传来它得意的声调。

山上的路不好走，好在土地硬，沙石路，路往右拐，到了小山包的平顶上。车不能开进鬼崽岭，只能在小山丘上停下，然后，步行。

面前，一道山岭，由低往高，长势缓慢。

随山丘往下走，一片水域，浅，不深，水的前面，又是一大片水域，再下面，就是田广洞村大片大片的农田。

岭下的水潭，位于鬼崽岭正前方，与树林，仅一步之遥。站在穿过水潭的过道上，停下来。风在四周的山岭上来了又去，去了又回，发出各种叫声。风的嘈杂声里，又静得出奇，这里几只鸟叫，那里又是虫鸣，像大提琴在呜咽，又像一支孤独的笛子，吹出自己的旋律，想要唤醒些什么，表达些什么。水里各种看不见的生物让水产生波纹，冒出气泡，发出声响。水潭，四周，气氛诡异，在幽暗树林的配合下，变得有些恐怖。

小路，穿行于水潭。水清亮，金黄的树尖，轻点水面。中间路上，一断口，水从中落下，流到下面的水潭。水清澈见底，水流，无论干旱、水涝，长年不断。

下午的阳光猛烈，大地、天空之物，如曝光过度的照片，白晃晃地失真，削弱了细节的大量棱角。炎热的白天，约八百平方米的水域，竟然照旧充满了诡异，如果是夜晚，难以想象其恐怖的程度，没人暗示，也不知道水域的神秘故事，也不知道过了这水域，对面就是鬼崽的密集之地，而你们都真真切切地感受到了鬼影的气场。

水不深，清而澈，各种鱼，大的、小的、微小的，清闲游动。

水潭到处冒着水泡。

康熙年间，这里立有一碑，上写：水源处诸禁。

言简意赅，不多说，什么都禁，砍伐、狩猎、开荒、捕鱼。

来回走了几遭，在水边站了站，感觉还是异常，站在池塘边说话，你说一句，池塘里就会冒出一串水泡出来，慢慢地，嘀嘀咕咕，一长串，这里冒了，那里又出来了。

在回答些什么？在问些什么？

大声说话、跺脚、降雨、下雹子，水潭里冒出来的水泡泡更多，当地人说，动作过大，都会唤醒水池下的鬼崽。

鬼崽所在的山为龙头山，多岩洞，风过，带动树木、草叶，经过洞穴，如吹箫吹笛，形成人喊马嘶的壮观听觉盛宴。

道县、江永的人，对这一小山岭，都敬而远之。

"大片古树那里，就是鬼崽岭。"

上了岸，站在水潭边，莲梅才如是说。

2008年，湖南大雪灾，方圆几百米山岭上的树全断了，偏这鬼崽岭的古树，岿然不动——证明鬼崽岭非同一般。

村里的人都说，这些鬼崽，是自己从庙里跑到岭上去的。

"是一些很原始的东西。"

"很灵验的。"

她们眼神迷离，似在陶醉，带几分自豪，里面更多是不可思、不可量的诡异。她声调、神情看不出有什么具体的变化，但你已经感觉到了变化。

"鬼崽，是庙里的东西，不能拿回家的。"

"晚上，鬼崽成兵，在田野上说话。"

村民对鬼崽，敬若神明，遇大事、小事，求子、消灾、祛病，逢年过节，村民必来这里，烧纸钱，焚香三炷，隆重的，会带一只活鸡来，杀鸡敬血。

把神像说成鬼崽，"崽"在南方山区，有"小"的意思，主要成分是褒义，你在家排行最小，就是"满崽子"，骂人也会用到这字，"兔崽子"，并没有恶毒之意，有时候甚至是昵称。"鬼崽子"也是人们常说到的一个词，是一个带点娇惯、灵活、聪明称谓的词语。是因为神像形体太小，而称之为"崽"？反正，这样的称呼并无恶意。

土路，在杂草的簇拥下，小心地、低低地消失在苍郁、色泽丰富的树林。

莲梅，一个人，走了进去，在阴暗和阳光的界限，她停下来，四处张望。

虽没有门，但有守护的老人，收了十元门票，给了你们一小挂鞭炮，和几丁冥钱、三炷香。

鬼崽集中区域，是大片树林，用铁丝网围了起来。十多尊鬼崽石像堆在一起，形成一个祭台，祭拜时留下大量鞭炮、香烛、纸钱的灰烬，积了一层又一层，红鞭炮屑末，蓝烟，绿树，形成一幅树林油画。

莲梅蹲下来，把冥钱对折，三张一丁，正好九折纸、九炷香，想来守护的老人是预先就数好了的。

小小的祭台不久前才有，村里的老人捡了些石像，堆放在一块比较大的石板上，一尊稍大的石像放中间，旁边近十尊小像。石像都是坐姿，神情各异，一个石像倒立在地，几乎就是傩戏的面具形状。

大石像，眉目、五官清晰，倒也慈祥。石像风化得太厉害，只有轮廓，但其姿其势，威力在的。

古树繁多，天空高处，树苍，叶茂，低处的灌木成林，密不透风，死死地守护着沉没在土里的无以数计的石像，不愿意让人看到，土埋了一层又一层，石像堆了一层又一层。

绕行一周，一些石像露出地面，散落于各处，有些石像斜倒在杂草堆里。有些只看见脑袋，专家和研究者的资料表明，地上、地下有近万尊石像，是国内发现的最大的石雕群。

鬼崽岭，有一块清光绪年间石碑，是一位名为徐咏的贡生撰写的碑文，题为《栎头源坛神记》，上书："自土中出，具类人形，高者不满三尺，小者略有数寸，千形万状，不可胜记，或曰，此阴兵也，夜从山下经过，闻鸡鸣而化石，能祸福人生死。"

远古的文明信息，过去的信息，今天的模样，混在这里，没有了时间的顺序，它们只是存在着。这些30～80厘米不等的鬼崽石像，大部分用石灰岩雕刻而成，少部分是砂岩。

鬼崽有文官像、武官像、士兵像和孕妇像。鬼崽各个不同，有的慈祥可亲；有的狰狞恐怖；有的怒气冲冲、横眉冷对；有的石像，戴尖帽，表情诡异；有的类似于傩戏的面具。雕刻人物造型用的是阳雕手法，处理面部表情用的是阴刻。石像线条与石块原来的凸凹结合，整体形成一定的节奏。

看着这些石像，它们莫名地挤进人的心里，形成一种情绪。

年代比较早的石像，密布石筋，是几千年以前的产物；有些石像面部扁平，可以推断为秦汉时期所造；有些鬼崽身着铠甲，是唐朝武士所穿；有些是南宋捕头的装扮。

鬼崽造像，手姿有像道教的手势语。一个石像后刻有"祈福"两字。专家根据某些迹象和证据，会给出一个个的推断。多大的论断，多小的证据，村民听不到，他们认定：小鬼，是从庙里跑出来的。

历朝历代，村民们把象征祈福消灾的石像放到鬼崽岭，成为一种风俗。

石像怎么放到鬼崽岭去？有两种仪式。

一种是私密的仪式。谁家有事，主人不会张扬，趁赶集的日子，到雕刻石像的人家里，与手艺人说说，请一尊石像，希望是个文官像，手艺人明白。

十天后，约定时间到了，主人去取，回到村里，也到了晚上。鬼崽岭是一个偏僻的地方，一般人没事情不会去。趁夜色，主人家里两三个人，把石像抬到鬼崽岭，主人把预先准备好的香、纸钱，敬上，三跪九磕，把石像浅浅地埋在鬼崽岭，与众多的鬼崽放在一起，然后，许愿，跪拜。请了鬼崽放在鬼崽岭的人，不会与任何人说，谁放了一个鬼崽在岭上，大家也不甚明了，也不会就这事情去弄明白，弄明白了对谁都不好。从起愿到行动，始终是一个秘密的仪式，像暗语。这也是田广洞村特定的一种祭祀仪式，也是对自然和生灵的敬畏。

另外一种仪式，就是大张旗鼓地请神、送神。由几位身强体壮的村人抬着石像，男女老少们像过节一样地簇拥着，鸣炮、烧纸，出了村，往鬼崽岭方向走，上山后，先把神像放在迎圣祠里歇脚。唐宋时期，田广洞村换了主人，老的村民因为战争，退到了更深的山里，从山东来了一批汉人，他们在鬼崽岭不远处新建了迎圣祠。歇脚，是一种大仪式，全村人在这里唱三天三夜的戏，热火朝天之后，再把石像从迎圣祠请出，送到鬼崽岭。

二十多年前，一场莫名的大火，彻底毁掉了迎圣祠，墙上的画，依稀可辨，是帝王出行图。田广洞村的村民，换了多少代不同信仰、不同宗祠的主人，没人知道，但对鬼崽岭的敬畏和仪式，流传了下来。

　　河渊村的人都说，鬼崽岭的石像是从河渊村偷去的。

　　"河渊村堂庙里的石像被偷去了，烧香的炉都被偷了。"

　　"再去偷回来。"

　　"那些鬼很灵的。"

　　老人说。

女书字「神」，何艳新书

女书字「结姊妹」，何艳新书

第四折　君子女

第十章　外婆的田广洞

田广洞村，道县管辖地。河渊村，属江永县管辖。从河渊村祠堂到田广洞村口，步行约半小时，车程二十分钟。出河渊村，顺山梁走势，在谷地绕行，不远，右转入山凹处，不远处即田广洞村。

外婆去世后，何艳新来得少了，平常一年来一回，看看舅舅、舅妈，后来，他们也去世了，老人去得就更少了。

田广洞村与河渊村一样，大片大片的新楼房，堆砌在一起，把老房子藏在最里面。

田广洞村，现在依稀可以辨认出初建时的规模。

政府给河渊村新修的门楼和水泥路

村民大门上的木雕

几近遗弃的老屋

老人与孩子还住在河渊老村里

2015 年，河渊村的一个下午，石头小巷、女孩和狗

何艳新参加女书会议（图片提供者：何艳新）

政府在甫尾村修建的女书园，四个女书大字汉译为：江永女书

永州道县新车乡龙眼塘娘娘庙，何艳新的大女儿就嫁在邻村

何艳新 2002 年写下的《三朝书》

废弃的老屋里结满蛛网

何艳新与孙女何莲梅在河渊村老树下、池塘边唱女书歌

河渊村老巷子里的孩子和何艳新老人的背影

感谢老师多关心

采访河渊苦地方

艳新老人真高兴

不比四边有名人

——何艳新

何艳新即兴写下的女书字，感谢作家的采访和关心

约八百年前，修建田广洞村，按照五行八卦来安排祠堂、水域、房屋、楼宇、门厅、牌楼的位置，五条路、五扇门，进出田广洞，完完整整的一个八卦图。

何艳新老人，今天穿了件短袖对襟小上衣，灰色，左下角绣了白色小花二朵半，绿叶数片，一根黄色的小树枝斜斜地挂在花叶上。细线黑白相混的小格子裤。一双老式布鞋。

老人担心回家晚，天凉，手中多拿了件薄外套。

外婆村子里的年轻人，几乎都不认识何艳新老人，只有少数的几个平辈人还健在。

外婆有三个孩子，何艳新的妈妈是姐姐，还有一个弟弟和一个妹妹。现在只有一个表弟在村里，一两年才走动一次。他们都没听过女书歌，四十多岁，更没有参加过与女书相关的活动。

何艳新老人，在六十年后的今天，她与童年一起，从坎卦方向的大路进村。往里走，直直地走，转弯，左边的高墙，经过的大门是伯外公家。往前十多米，右边的高墙，她站在大门前，不走了，呆呆地，看着门。

外婆、外公，去世十多年啦，只有墙还在，只有石头、房子在，她们的脚步声和影子还在眼前经过。她的影子记得这些墙直直地通向村里、村外。一个人、几百个人，在现在——随下午的阳光进得巷子，站在每一扇门口。

"外婆家。"

门楣上书有"蘭馨"两字，三层砖的上面，有草，随阳光微微往下，倾泻。墙，一脸的老相。

老人站在屋外，发呆，没有说话，一个字也没有，看着，又像在听，神，离开了身体，在物质之外的空间，她看见外婆与几个妇女走出门，说着话，去水塘边那户人家吟诵女书，她跟上去，跑了几步，她说话了，没人听，外婆只是要她快点跟上，把手向后伸，牵着她，她抓住了外婆的手，感受到生命的美好，和生活的暖意。

几分钟之后，老人的话多了，语句都不长，碎言碎语，神神道道的，正对大门，她还是一直站着，手不去推门，脚不往里迈。来来回回的影子堵在门口，老人伤心，凝滞不前。

老人先绕着房子走了一圈，没有立刻进屋。

屋后面，巷子——乱石、杂木横陈。后门不大，门楣上亦有字，完全模糊，只有断了的笔画，时间如水，物体给什么颜色，水就是什么颜色。门的时间是黑色，门——黑了，字的时间是黑色，字——黑了。可以猜测出"安""居"两字，中间的一个字，随时间的流动，随物体的下坠，完全湮没在黑色中。以前，何艳新经常从这里进出，后门简单，没前门气派，门框无大木、大石头。就眼前所能见的，还有转角之后的另一条小巷，左右两边的房子，都是同宗族的，一个大家族，后来，外婆辈的子女们，分家而居。

木门框、石门框，少说也有四百多年的历史。老人斜斜地站在外婆家门口，转身，眼神有些慌乱，心感受到了什么？——敏感的老人！

　　她用影子提醒屋里的生灵，提醒时刻不停的变幻者，提醒她的童年、少年——一个人来了，有人来了。

　　房屋六间，整体建构工整、规矩，方方正正，有棱有角，门楣上字的上面，有凤凰，深蓝色的羽毛，黄色的身体，色彩艳丽，腾云纹，流动的线条清晰，中间是太阳。

　　房子老了，人去了。

　　房子空了，人老了。

　　推开外婆家的门，她没往里走，退了两步。

　　门坏了，废弃的竹篮挂在进门的屋中央，像旗帜，一个象征，这里已经被"荒"全面收缴、占领，里面堆满了柴。

　　屋子里的墙壁都是木板，屋子里全是木。木柱支撑房屋，巨大的木雕，肩起屋顶落下来的重量，一直担着，有说有笑，显得轻松，只要下面的木柱不松动，她不会出一点问题。她每天东张西望，与天井边的屋檐说说话，与对面的石墙打打趣，说得无聊了，她就对着黑暗中的蛛网吹口气，排泄一下无聊的情绪，实在没对话者，抬头看房顶，暗自嘀咕，那么重的东西，压在自己身上，竟然能够一直不松动，她开始佩服自己。后来，想起那位匠人，凿出一块块鱼鳞片来，尾巴往上甩，托住上面的重量。

还没来得及想起匠人的模样，思维里便出现了那个坐在天井旁，坐在木椅上写女书字的老太太，字，像一根根从树上落下来的枝条，随着笔的移动，留了一纸的树枝：素朴、简单，没有连笔字，每一个笔画，都会说话，似乎她们来自同一家族。

女书字完整地排列成行之前，阳光照在植物上，花开了，满山的香，从花瓣间飘散。木的窗花，透光。鸟，飞离窗棂，张开翅膀，扑哧扑哧地落在地上，随着光的移动，鸟变换着位置，变化着身体的姿势，落在《三朝书》上，四周女书字簇拥，鸟，栖息于间。外婆最喜欢鸟，自由地飞，干净整洁。更老的人都说，鸟是她们祖上的恩人，没有鸟的帮助，她们的香火留不下来。也有人说，她们是鸟的化身。

鸟，是她们最喜爱的生灵。

鸟来了，各种各样的鸟，长翅膀的，翘着尾巴，站在不高的枝丫间，有一声、没一句地叫唤着。喜鹊，喜欢站在树的最高处，它急急地飞来，临近树枝的最顶端，速度慢下来，找准了降落地，慢慢地，尝试着接近。弱弱的树尖尖，只能快速地扑闪翅膀，把身体的重量转移到翅膀和空气中去，尽量减少对树枝的突然用力，负荷少点。鸟，站稳了，像风一样，随着树尖前后摇晃，微微上下起伏。

屋前、屋后，各种各样的鸟，飞过天空，在阁楼里，天井旁，可以听见各种鸟鸣，或尖细，或悠长，有些戛然而止，有些有节奏，所有的鸟鸣，就是一个管弦乐团。

女书造字之时，鸟飞进她的梦，在黑色的时空里，从左飞向右，划出一道长长的亮光，她们早上起来，把鸟的身形、小爪，和细长的鸣叫声，留在笔画里。她们崇拜、敬畏飞鸟。她们就是植物、动物，大地众生灵中的一员，不分彼此，每一棵植物的低垂，都是大地的感恩，每一滴露珠的悬挂，都是美好的祝福。鸟的每一次展翅，都飞翔起她们的梦，鸟是她们永远的图腾。甲骨文、古埃及文化、玛雅文化的年代、古百越文字的演变，女书从远古来，有多远？有多古老？这不重要，她们从不去想这些问题，就像昨天，邻村聪慧的女子，才发明了女书字，她们在今天唱着折扇上姊妹写来的思念歌。

两个木柱中间的墙壁上，贴满了 20 世纪 80 年代的画像，数十张翁美玲像，虽已残缺，也是青春激扬的见证。

房子没人住。旧了。房子完好。

精致的木雕，站在屋顶，看着屋子的变化，蛛丝牵挂在梁柱之间，木柱粗壮，木框方正结实。

站在天井旁的厅里，三面的房门都关着，两间屋子，门上挂了两把生锈的大锁。不愿意让人进去，有些破败是不想被人看见的。它们沉默地说话，看到有人进来，就用眼神交换神情，有些东西躲了起来。既然被遗弃，就不想被人怜悯和看见。

一栋新楼房第三层的屋角，伸进天井视线，灰色的水泥墙，塑钢窗，张扬着新生命的力量，天井本来想说一句话，它看了看屋子的眼神，把话咽回到天井的底部。

长方形的天井，长方形的天空，长方形的蓝天白云，照在黑色的瓦片上，还是黑色的。

之前，坐在天井旁，往上望，只有空茫，飘过的云，蓝天。雷雨天，雨水从无际涯的天空之上，直直地砸下来，如果有风，雨水斜飞。老人，喜欢听雨水的声音，虽然悲伤，如女书。

木头的骨关节，发出粗重的响动。

一大堆从山上砍下来的树枝压在木头上，这些木头，大部分是屋子的一部分，松散后，就搬来堆积在这，几十捆，百余根木头，堆在地上。一捆枯干的竹子，立在旁边，像哨兵，不允许木头自杀或出走，线条的时间不在了，它们相互形成联盟，哨兵的职责——不允许人类靠近，拒绝接近。

屋子里，门、窗、壁失去了生机，散落下来，收集在一起，与木、柴、树枝焕发另一种生机，与房屋一起，一口口地呼吸。

整栋房子，时间融化在木头里的颜色，水流不息，汩汩地浸染着每一个空间。干了的毛巾挂在门的旁边，与木头同色。

一扇门，实在控制不了上面的框，一头掉落在地面，门还靠着晃动的框，下面露出巨大的三角形空地，透出里屋的暗。

天井的小院里：掉了几根木头的窗户；挂在木柱上的竹编箢箕，望着天井的外面；沉在屋顶暗处的木雕。光线浓浓淡淡地牵扯着，三者形成一种默契，慢慢老去，慢慢演绎另一种存在。

房间快倒了——没人住。屋顶、瓦都在，梁与柱，估计快撑不住了。

老人急促地走出房子，像去追赶某一段时间——再不去，就走远了，追不回来啦！她追到巷子里，到另一个巷子，口中不断地重复：

"以前这里都是老房子，这里，这里，那里，那里，这些都是，老房子。"

"——现在的房子都老了。"

"老房子"与"老了"，两个"老"字，深深地扎在老人年轻的记忆里，太不一样的内涵。

以前——来到了现在；

现在——回到了从前。

以前告别了现在，现在孕育着以前。

老人惶然……

现在的房子，对于老人，有时候，没有一点感觉，好像从未与这些房子有过任何关系——女书字摇头，在老人的女书自传里，她记录了这段经历。

看着砖、墙、石头，老人站在村子的外面。

几块新的红砖砌在石板路旁。

邻居的房屋倒了几间，七十多年啦，老房子与老人一样，老去了。

"我住的那会儿，房子还是很好的。"

老人的语气里，充盈着自豪。说完，她突然转身就走，像说起一位去世的朋友。急急转身，仓促离开。

这里的房子，大部分已成平地，长满了杂草。有些房子倒了三面墙，剩一堵墙还在硬撑着，它们看着自己的同类：土崩瓦解。

现在，它们观望，无可奈何地怀念，它们也看到了自己的未来。

还存一丝希望，与人一样，谁不靠希望活着。女书里，充满生活的苦，吟诵时悲痛欲绝的泪水，似乎会抢走生命里所有的呼吸，似乎生活的苦会遏制呼吸。声音停息，她们静下来，生活的苦痛，随着山洪的爆发，植物磅礴，大地重生。

老人想去曾经巍峨的门楼看看，外婆她们经常在那儿唱女书歌。此刻，她心中没底，不知道今天的门楼在不在，不知道门楼成了什么模样。

没变的是石板路，石板的石阶。

在外婆的老村子里，高墙的古巷之内，转弯、抹角、上台阶。

她看看左边的门，里面没人，到前边，又是一户人家，转头看看，继续往前，很多次回头，村子里，都是陌生人。

"倒了。"

"那些地方都倒了。"

老人停住了，不断地说。

门楼倒了。

轰然一声，老人心里的记忆大厦，几近绝望，能把美好留下来一点点吗？即便一点点，一点点，老人泪水纵横，淹没山丘沟壑。

只剩六根木柱子，孤绝地迎风，像祭祀，像仪式，刻满了奇怪的文字，所在的位置，是老村子最宽敞处，撑起来的长方形瓦顶，如凉亭，前后无墙，左右两边是两户人家的墙，是进出村子的另一条通道。

木柱下各有石礅，至于长条凳或木条，印记都没有。墙两边放了些板车拖厢、打禾机、犁铧等大件农具。

不再有人来这里闲坐聊天，说唱、学写女书了。

都在告别，告别吧，告别不用说，她们已经告别了，只是没来得及说出珍重！

女书与木房子一样，以另一形式存在，用另外一种方式在告别。

木楼两边长长的墙壁上，写满了红色标语，被风雨腐蚀得"锈"迹斑斑，不远处的拱门上有四个大字：奋发图强。

老人，一个人，站在宽阔的门楼前，瘦瘦的，有点张皇失措。她听到了阁楼里，嗡嗡嘤嘤一起读诵《三朝书》的声音，她身体微颤。

高大的墙壁上，大片大片，甚至整堵墙——都是黑色，大片渲染，想混淆、覆盖过去的某些声音，每一个伸出去的黑色印记，是她们阵痛中的挣扎、呼号，声音激起了她们的动作。

白色的石灰七零八落地混浊成黑色，看着、听着，女人们所受的苦，突兀地被时光冲荡出一个个眼睛的黑洞。屋子里死气沉沉，想看看外面的气象。

电线是老村庄新增设的输血管，东一根、西一根地拉进村子里，从一户人家的大门上方，凿一个洞，伸进去，从那片掉了瓦的屋檐下，探头探脑地溜出来。

原本是飞檐走兽，如今，只剩一些老骨头，一些"尖酸"木头，细小而刻薄地祈祷虚空：让大地回收这一切，让天空重新照耀，让万物生长。

女书接受大自然的流变。

今天的女书字，一个个爬出小纸片，成斗大的字，悬挂于堂，接受另一种形式的表彰。她们与男人一样，可以进学堂，可以出国留学，可以攻读博士学位。

外婆的女书文化，已经湮没、死亡，以新的方式在流传，体内的女书字，呼吸的女音，传递中的折扇、《三朝书》、手帕，其神其体不会，也不应该改变。

　　拿起一根树枝，递给老人，她站在墙边的小块土地上，歪歪斜斜地写下三行女书字，她们用女书字自身的光芒取暖，照亮一条新的道路。

　　村庄的主人们，像些败家子，一个个仓皇地钻进新贵的裤裆里——好像不忘记自己的祖宗，就不能很好地生活！

　　弃婴，是一种罪。那遗弃村庄、遗弃自家的河流、遗弃祖宗的精神呢？

　　而现实是：竟然还在质问曾经养育过自己的土地，你还能给我什么？

　　带着自己的孩子，去到异地他乡！

　　——都是一种罪过！

　　临时长起来的绿色藤蔓，密密麻麻地爬满了墙，另一种生命，短时间的替代品，年轻的藤蔓，无头无绪，像好奇的孩子，到处都是，爬到对面墙上，爬上屋顶，爬进了窗户，在屋子里，有些根能够度过南方的冬天，一茬茬地看着房子崩塌，用年轻来祭奠衰老，由它们来送别祖宗的别具匠心的大作品。

　　古色古香的外墙，门楣上的横匾，有历史渊源的字与词，消失了，其中一行金黄色的字是20世纪"土地改革"后写上去的：农业学大寨。老字被铲除了，有刀划过的道道印痕，字两边，保留了建房时的老物件：古老的蓝色花瓶，开黄花，浮雕，分立两边。

屋子里传来说书的广播声，门虚掩，一位老人的大半个身子，坐在房子的黑暗里，椅子也老了，家具都老了，时光都是老的，黑色灌满了房间，阳光照在门口的一株野草上，摸摸它的头，算是打过招呼，不愿意再进去，转身离开，往上流动，爬上封火墙，它知道，在村子里，再高的新楼房，也没有高过这堵旧式封火墙的。

封火墙立在几栋新楼房里面，最高处的两个窗户，像眼睛，在说话，低低地说，风告诉了它，山那边的变化。它牵着老房子的手，坚硬地挺直身子，丝毫不亚于新楼，它有独一无二的高贵气质。

花花绿绿的新房，长方形，直上直下，左右两边都是直线，空出一个洞来，就是窗户，新楼房除了高矮区别之外，每栋都长得一样，无美可审。

村里村外，成了一个大的基建场所，凌乱地堆着建房用的红砖、水泥、木材、石头。

村子里，只有五六岁大小的孩子，骑着小自行车在路上跌跌撞撞，像在寻找什么。一块老的碎瓦当，一块腐朽了的木雕块，时不时地出现在她的视线里，捡起来，听了听，与钢筋、沙子的声音不一样，她放在自己的后车架上，拖着，在新修的水泥路上跑，要不了多久，这些物件与塑料垃圾一起，掉在路边，被雨水冲走、掩埋。

村里的孩子们也上幼稚园了，之后，小学、初中，之后，长大了，去爸爸妈妈的城市打工。

老人的三个孙子，离开学校后，都去外省打工了。还有五个孙子在村子里读书。村里的中老年人聚在牌馆里打牌，打五毛钱、一块钱，输赢不多。上午八点半，茶馆开门，陆陆续续地来了一桌人、两桌人，一天四五桌人是有的，你走我替上。只有一些极个别的——孤独的老人——一个人，坐在屋子里，听时间如水滴落，如沙漏无声，如风来了，又去，留下一地的枯枝落叶。

她曾经喜欢看书，现在眼睛不行了，书也就不看了，闭目养神，也不太爱说话，话说多了，年轻人不喜欢听，孩子们在家里，不是玩电脑游戏就是看手机，她对于这些，完全陌生，她固执地认为，这不是正常人应该有的生活，不是好生活，孩子们的性情也变了。昨天，她实在看不惯，孙子在那台电脑前待了一个上午，中午扒了两口饭，下午又趴在电脑前，她说了几句，去看看书，出去转转，给你爸爸妈妈打个电话，她还想说什么时，孩子，已摔门出去了，拿走了他妈妈留下的手机。

不玩电脑就看手机。

老人，不说了，静静地坐在黑暗的屋子里，想着世界，变了。想着人心、人性，变了。

没有她们曾经那般快活。

村里的壮年男人们，都在省外打工。

村口，何艳新遇到一位远房亲戚，两人停下来，站在路中间，大声说话，她热情地把老人请到家里。

亲戚家的客厅，正对着村里的主干道，门与马路相距不到十米。

亲戚，五十多岁，热情写在行动上，进门就从里屋拿出几个拳头大小的凉薯，小巧，清爽可口，自家地里种的。又拿出两个塑料袋，里面装的也是吃的。

她们坐在客厅里，用田广洞土话热情交谈。

客厅不宽，里面放了一担姜。姜是这里随处可见的特产，味道与全世界任何地方的姜都不一样，放在坛子里腌着吃，炒菜吃，味道会让所有人惊讶，让所有人意外。这一带，方圆数十公里的特色食品，除了姜，还有芋头。可以说，没有任何地方的芋头和姜有这里的好吃。

亲戚家的姜装在竹篮里，不是用手挎的那种。竹篮足有大半个人高，紧紧密密地编织出了一个有边沿的底部，四根竹子编织的杆往上，形成桥梁式样，供扁担来挑，主要起到护栏的作用，竹篮有多高，里面的姜就可以堆多高。

姜一头粉红，另一头与普通姜无异，只是比平常的姜要长很多，不是圆滚滚的那种姜。

姜，长得与女书字几乎一样：细长、斜斜的，形体、气质与女书字相似。

亲戚拿出一个大蛇皮袋，估计可以装六七十斤姜。她准备给何艳新老人装十斤二十斤姜。亲戚一个个地从竹篮里拿出来，放进袋子里，一个就是一大串，一大串、一大串地往里装。

当何艳新知道是给自己的，赶紧起身，走过去，又一大串、一大串地放回到竹篮里。

亲戚一个个放进去，老人又一个个拿出来。

两个人情绪激动，声音大，像吵架。一个真心想送给老人吃，她知道老人年纪大了，没有种姜。而老人知道亲戚这些姜是挑去赶场，卖钱的。无数番争执后，老人只同意拿两串，约两斤，回家。

亲戚的男人回来了，与所有瑶族男人一样，身后挎一把长长的弯刀，刀尖和一截弯刃露在衬衣下面，大部分隐藏在衣服里，挂刀的盒子系在腰带上。他站在客厅的洗脸架前洗手。洗脸架是上辈传下来，也是屋子里唯一的老物件。虽陈旧，但有古风。上面的镜子，摔坏了，只剩背板，放脸盆的地方，伸出三根木头，向上斜斜地弯，像某只温柔的兽爪，托举、怀抱之状极其可爱。

客厅一角，钉了两个长钉子，一根小竹竿上，搭了三块毛巾。

房子是楼房，但简陋。

何艳新老人的表弟闻讯而来，一起去外婆家族的另一栋老房子看看。

在巷子的最里面，窄巷，容两人通过。

这是一栋被守护的老屋，虽旧，可收拾得干净、整洁，人不在此居住了，但她们每天都来打扫，所以，无残败之象。

天井、院子的墙上，有 "凤梧鹤松" 的石刻牌匾，傲视整个屋子。屋里堆了柴、不用的家具。厅堂正中贴了两幅画，右边是金光闪烁的毛泽东塑料画像，左边是寿星神像，两幅画无缝相贴在墙正中。

天井两边门窗上的雕花，各具神气，或简单、灵巧，或有繁复之美。吐水的鱼，欲飞出的鸟。一只微笑的小狮子，左脚踏在略高于地面的一朵花枝上，右后脚搁在后面最高处的一块石头上，行走在山中，头侧向左，舌头吐出，微笑让嘴角两边整体上扬，脸颊肉嘟嘟的两团，因在高处，眼帘微垂、突出，头上毛发像冠，好一张生动的脸，尾巴翘成三朵云纹，憨厚而不失其威严。

另一窗板上，用浮雕的方式，鸟五只，鱼三条。有些鱼只露出半个身子在水外；鸟数只，贴水而飞，成行。与之并排的另一木板上，浮出一片荷叶，青蛙蹲伏其间，头向上，有花无数。

屋顶的木梁上一条硕大的鲤鱼——扎进浪花里的鱼，通过吐出来的水顶住上面的横梁，不仅有强烈的实用功能，而且，美丽动人，一切，妙不可言。

河渊与田广洞，田地相连，仅隔一条窄窄的土路。

夏天，遇大旱，必少水，而禾苗需要大量浇灌。两村村民，多为争水而斗。开始，是三四个村民发生口角争执，当地人，平常说话，嗓门本来就大，语气本来就硬朗，说不上几句，就动手，因为双方人数几乎一样，没有胜败方，各自有伤痛。天已晚，双方各自回村，找队长，找族长，去德高望重的老者家，大家只有一个目的，明天干一场，打败他们，给我们村子里的田地放水。说得最多的一句：

"老子的田，放水都不行了，都干成这样了。"

田地较宽敞处，以溪为界。

田广洞的人，站在他们的田里。

按照昨天晚上大家商议的对策，河渊村的人，站在岭上。每个人手上都操有家伙，扁担、砍刀、锄头、耙子、铁棍、钢钎、木棍，还有三两支打猎的枪，河渊村村民从岭上冲下去，一场混战，两支没有战斗经验的队伍，混在一起。

两村除了争水，还争山，田广洞说岭的这一块是他们的，河渊村有人站出来说，这块山，从我爷爷开始，就一直是我们在这里使用。

抢水、争山，矛盾的开始。两个村，一打，就是两三年。

几百年以来，两个村习惯了打斗，稍有苗头，就抄家伙。

村与村的打斗，并不影响单个人与人的关系。

河渊村何艳新老人的温柔之乡，就是田广洞村的外婆家，在打斗期间，她还是经常去外婆家，后来，一直在那里生活，村民对她也特别友善。

折扇／第四折

第十一章　义年华在桐口村

　　水纹从池塘的左角树枝下，扩散开，微微荡漾，涟漪，浮动着水底深层的绿，天空凹上去的空，泛成茫茫的白色，美如花，她们，一代代女人，在不自觉中承担起传承的责任，有些事，她们有意识地在做，有些在不知不觉中完成。如义年华，一生苦命，在生命的最后几年，她把自己的全部，贡献给女书，她希望通过自己大量的书写，给后来者留一些证据，可以借鉴的物证。时间在燃烧着她生命的绳索，越来越短，她用女书作品来对抗燃烧的虚无。

　　义年华、唐保贞、胡慈珠、高银仙、阳焕宜等七姊妹，穿越了无数风雨，五十多岁，她们才结拜为姊妹，她们是女书文化中最生动、最民间的女书姊妹。平日，她们你来我往，走动得很勤，感情深厚。

何艳新与七位老人有各种不同的交集。阳焕宜就嫁在河渊，同村，私交甚好；唐保贞的女儿也嫁在河渊……

江永，老书上称为永明，得名于境内流经的河——永明河，当地人多叫它消水，或淹水。消水，自江永最高峰天步峰发源，多弯，多拐，河道由窄，渐宽，由急变缓。河，长年有水，春夏涨水，可行船。镇设于江边，故名上江圩镇。永明河，由南斜流向北，纵贯整个上江圩镇，最后，经桐口，流入道县的桐溪尾村，是湘江的二级支流河。

桐口，江永县上江圩镇最北角的一个村子，河渊和桐口，处在上江圩一南一北，是镇内相距最远的两个村，亦都与道县相邻。

女书老人们都说女书创造者是一个叫盘巧的姑娘，桐口人，至于盘巧姑娘是哪个朝代哪个世纪的人，没人说得分明。

桐口，背靠葱郁的都庞岭，消水河从村前流过，是一座千年以上的自然村落。

现在，再来到桐口，因为——义年华。

女书作为自然生长在江永的"植物系谱"之一，诗人育邦称之为"植物性"。义年华，就是一株生动、感人的植物，具备"植物性"的所有特征。

刚到村口，何艳新就与村里的一位老人聊起天来，东拉西扯地，有共同的亲戚和熟人。村里的老人主动带何艳新进村，去义年华的家。

桐口这个老村子，近二十年来，与其他老村庄的命运一样，都在躲着大路，它们莫非是在躲着众人的眼光？还是大路和今天的新鲜事，天生就畏惧这些饱含传统文化的巨大基因？还是，无意识在起作用？

从大公路，转小公路，再是新路，拐上小路，新的房子不断地往外叠加、扩张、延伸，从依山而建的老村，到现在蔓延向农田，或呈辐射状，或整体推进。没人往山上挤，都往人多的地方堆。迎着新楼房，像迎着风，一阵紧似一阵，风浪层层涌来。随路穿过无数栋新楼，小路向上，拐着弯，路还在往里艰难地走，小心地绕过、躲过新房子的冲击。

新村子的后面，离开小路，上到一个大土坪，到了风所不能及的山谷，有小山、巨石、古树为屏障。老村子突然就蹲在前面：老态、整洁，蹲坐在这里，不为等待。

老村口，几棵大树，稍作遮挡，几百年的历史安坐于此，远山环抱。压在土里的鹅卵石磨得光滑、圆润，石头组合成无数个四方形，约八十厘米宽的方队。

上四级长石阶，过通道，上面是石头砌出来的一块坪。

人气最旺的地方，是前面缓坡旁的房子——老村子前的第一栋房子，像村子的传达室，大门敞开，是棋牌室，棋是没有的，只有麻将牌，一屋子的中老年人，黑压压地在里面，牌与牌发出的碰撞声，与烟一起飘出房子；屋外，三五岁的小男孩、小女孩十多个，坐在石头上玩自己的脚，从石头缝里抠出泥巴来玩，为了一把残破的塑料手枪，几个男孩子，抢得哭哭啼啼，没人理会。新村子新房子那边还是蛮热闹的，而老村子仅仅是这一间房子热闹，有些人气，后面的房子，后面的小巷里，几乎看不到一个人。

老房子远远地站立，三个方向都是老的，只有身后一栋两层楼，是最近十年砌的，地基和第一层用的是七八百年前的老石头。

上三级石阶，到了祠堂前。

祠堂地坪宽大，卵石紧密地压进土里，村里举行祭祀、婚庆等活动，在这里舞狮、做法事。出门回来的村民，都要经过祠堂，既然经过，就会找个地方，坐下来，休息，落落脚，与人闲聊几句。出去打工的人回村，就与坐在这里的人说说外面的变化。赶集回来的人，告诉他们，谁昨天去世了，另一个人回答，难怪，今天上午鞭炮声不断。

上江圩这一带的老村子，都是祠堂在比较靠前，甚至是最前面的位置。

全木结构的亭子、老祠堂等建筑物，呆呆地站在面前，地面整齐、洁净，发亮、敦实的石头，房子高大、精致、考究。

顺着石头路走，一点点进村。

散漫行走，老村子接受了你的气息，逐渐地引你为知己，向你展开它的每一面。

石阶引导，转身，绕过房屋，门，虚掩。

门楼前，四根高大的拴马桩，光绪年间进士卢秉教所授。

入礼堂门，正墙高大异常，震慑力十足。

进大门，过高高的门槛，里面，三进式院子，过道屋顶上的木吊顶，用八块木板，合围，拢成屋顶，每块木板上有彩绘：人物、花、鸟、字构成，色彩清亮。这上升的八卦图，在屋顶四周合围之后，往下落成一个空间，用八块木板拢一个八卦图，再做出水浪往上涌的立体图形，二十九道水浪纹木刻，漆成暗红色，向中间喷涌，屋顶还在继续往中间聚集，从天花板往下落，像水滴。圆托起的中心上，还有一小点，远观难见，近视，是朵莲花。

桐口村里有各种形式的八卦、太极图，先人们并没有按照常见的图案来雕刻、来画，而是在契合八卦、太极本质的意义——变，来构造各种图案，各种形式。村子里大大小小有几百个八卦、太极图，各个不同，石头、木头、竹子、砖、瓦，什么材质都有，根据物体的不同形状，来诠释阴阳的思想，还有一些图案是洛书和河图的形状特征，这些图构建的位置，有的在屋顶，有的在门框上，有在地上的，有在石磴上的，每幅图本身，也被变化得似是而非——其质不变。

桐口的八卦、太极图，具有很高的思想性，非一般人的常规理解，给人留出了巨大的想象空间。

有一幅雕刻在石头上的太极图，精致细微。八卦的双层圆圈内，六根波浪形线条，正反方向同时起伏交替，环成一周，十二根线条相连不断，似断，实连一周，形成无始无终之相。每根线长短变化，根据波浪的起伏决定，正反方向形走的波浪，契合阴阳，波长阳盛；波矮阴藏，小波小浪。于天地之间，起伏变化，八卦里游动的"阴阳鱼"，如鱼在池，清晰明了，鱼的摆动，自然、顺章、合理，左边的"阳鱼"，深红色、老红，红到浓郁，多少年了，没人知道，色泽没变。右边的"阴鱼"，黑沉到乌，有不多见的"凹"进去的"嘴巴"形状出现在图案中。两条鱼眼睛上有小小的"伞"形纹路。整个太极图外，枝繁叶茂，线条雕刻收放自如。线段、图案都在暗合老子去私欲、无为而无不为的思想。何况，图案本身，物灵且美。

祠堂大院，屋顶、靠瓦的整堵墙上，彩色的草叶图，色泽惊艳，像彩带，缠绕这墙的最高处，越靠近瓦的彩绘，色彩越光鲜，瓦保护不到的地方，日光、风雨就肆无忌惮地腐蚀，齐整整、硬生生地划出一条分界线来，画只剩下轻微的印痕。

一栋朴素的民宅前，六扇门安安静静地合着，门上镶嵌了六块小木板，上面雕刻有花、草、鸟。草从不同的角度向另一个空的方向生长，一笔一叶：远方的风让叶迂回；花果令枝叶低垂；鸟栖息在枝叶间，低飞于花朵之下。有两块油漆颜色没有了，只有木刻的线条。

　　下午，阳光无所事事地照看着每一块石头，灰色的老村庄，水一样漫延在山脚，形成巨大的一个建筑群，随阳光，而行，前一秒钟还走在不宽的巷子里，突然，宽敞了，奢华得让人震惊，在上江圩，第一次看见这样的斗拱——无所顾忌地，长成一簇花，向外张扬，毫不吝啬地、激扬地开在沉睡的村子里。红色，像炸开一样，在灰色调里爆破，不理会身边的灰色，不顾忌老人暮年的迟缓，一味地在阳光的炙热下，宣扬着自己的光芒。晚上，纯真地窥视夜空中隐晦的星星。四层斗拱，弧度夸张地大，线条奔放，向上开放，见之，心生欢喜，红色的漆，不顾下面木板、木雕、万寿纹、花草浮雕的颜面，斗拱独自生辉，包括飞檐上的瓦，都重重地喘着老年人的气味，独斗拱还正青春。

　　斗拱分三组七个，"品"字形排列，最大的一组三个，位于正门最上端，顶上一排，三个大斗拱，直接与屋顶接触，托起。下面左右两排，位于侧门门楣。

阳光照得见的地方，斗拱红得发亮，最里面的斗拱，红色在暗处，也喜笑颜开。

最底部一个五层大"斗"，稳稳地、方方正正地立在梁柱上，开出八个小"拱"，每个小"拱"，通过略小于下面的"斗"，再托起一个更大线条的"拱"，依次往上，越往上，伸在"斗"上的横木更长，开在上面的"花瓣"更大。

四"斗"三"拱"，花开"六瓣"。

最上面的"斗"含着"拱"，咬着上面的桁。斗拱外露，支起屋檐的重量，把力如水往下扩散、集聚，又一点点落到最底部的梁柱上。

飞檐下的木板、瓜柱都黑了，像深陷在某种记忆的沼泽里，已经腐蚀，斗拱依旧灿烂地笑着，它们高高地立在门楣之上，屋顶像遮阳的伞。

斗拱环绕，中间一牌匾，刻"鸣凤"二字，笔法浑厚、庄重、有力，可惜的是，"破四旧"时期，有人用钝刀和砖摩擦这块字匾，想把字给擦掉，当时，字是彻底模糊了，看不清一个笔画，几十年后，"凤"字竟奇迹般地飘出破损的尘埃，像破土而出的小竹笋，这里探出一笔，那里冒出一画，每一笔竟然都显现了出来。"凤"字，如凤般，栖息在这里。大部分人称这里为"鸣凤祠"，建于北宋年间。

是女书的歌声唤醒受伤的凤，凤想念飞鸟一样的女书字。

女书歌飘来，天空只剩这斗拱，撑起一角飞檐。斗拱像眼睛，眺望，它们在看什么？它们看见了什么？它们又听到了什么？

她们熟悉义年华的歌，村子天黑早，人们关门也早，义年华在家的阁楼上，给村里的姐妹们剪后天结婚要用的喜鹊、凤凰、花草。她与四个姊妹围坐在煤油灯的周围，大家说着笑着，不知道从什么时候开始，大家没有了声音，只有义年华的剪刀，如船划过水的纸面，嗞嗞嗞的声音，旁边的小妹，模仿义年华的凤，折纸，剪刀掉头，最后几个步骤，反复在试，屋子里只有纸的声响。

沉默久了，屋子里的夜晚，更深了。

义年华，哼起了女书歌，开始只是调调，几个字，后来，声音稍微大了一点点，五个人都听得分明，几分钟后，姊妹们一个个慢慢地加入进来，散落这山中的小溪水，都流落在一个节奏上，细小的声音，似无似有，似有似无，高高低低，一会儿是义年华一个人的声音，一会儿是所有溪水的声音，她们汇合在同一座山的同一区域，一场暴雨，溪水从岩石上直接往下落，三五条小瀑布，挂在小小的坡度上，淅淅沥沥，或在岩石和杂草间汩汩而流，她们不会汇成河流，她们的心紧紧地依靠在一起，溪水的声音就是一种合唱。她们不时地相视对望，微笑，不时，各自闭上眼睛，轻吟浅唱。

唱完一首，没有停顿，义年华接着哼唱起第二首，姊妹们一个个参与进来，唱到伤心处，不时有某一个人的抽噎声出现在声音的河流里，泪水，伤心，点亮了黑暗里的黑，她们的泪水，洗涤着沧海里的心。

斗拱、瓦当、青砖，沉沉地听着，月种心田，心情，竟已疏朗。

义年华，每天都会路过这斗拱，孤苦、难受的时候，她走出门，往左，五步路，就是斗拱大门，坐下来，哼唱一首首女书歌。远在河渊、甫尾等村子里的姊妹，来桐口，坐在这里，说些心底里的话，唱些心底的女书歌。

可爱的孩子们，在老村子里跑来跑去。几百年的老房子，几百年的石头路，在纯净的孩子们的笑声中，延续着自己的光华。老村子，被孩子们记住，也被孩子们遗忘，她们一出生，两个完全不一样的世界，反反复复地出现在她们的意识里：

一个是红砖砌起来的，一栋栋独立的，外表高大，铝合金大窗户的红砖水泥楼房，屋子里空空荡荡，房外面就是新修的马路，各种汽车、摩托车，飞驰而过，自行车、手推土车，还有牛、狗，都在上面走。她们一日三餐，睡觉，生活都在这里。

另一个世界，是孩子经常与奶奶一起住的老村子。孩子们大部分出生在老房子里，睁开眼睛，阳光照进屋子，房间里的暗，若有若无的光线，留在孩子记忆的底片里。房间里土的地面，软软的，摔在上面也不疼，屋子里到处都是发黑的东西。两三岁，孩子们就住进了新楼房，他们还是喜欢到老村子里玩，每天一起床，出来撒野，都往老村子里赶，直奔奶奶的老房子。奶奶喜欢孩子，孩子也最爱奶奶，要不了多久，孩子们就三个、几个地在祠堂前的空地玩起来。高高的青色的砖——砌成的老屋，对立成窄窄的石头巷，巷子很深，没有尽头，转个弯，前面转角之后，还是巷子。这些高墙和坚硬的石头，在保护他们的同时，里面的黑和暗，也让孩子们有些莫名的惊恐，没有进去过的房子，他们是不进去的，只站在门口，一句话也不说，看着里面，没有动静，远处的一声鸡叫，让他们转身就跑。孩子们还是最喜欢坐在奶奶家的门口，啃着一根甘蔗。

村里的老人，领着何艳新，在村子里到处转，讲义年华在村子里的故事。边讲边看各式各样的老房子，门楣上有"祥雲集""和風"等牌匾，字体硕大，深沉到敬重。

桐口的石刻很多，线条繁复，门槛、门礅、天井，雕有各种图案，周边的装饰纹，细致。浮雕石刻多为花草、鸟兽，异兽也会猛不丁地出现在石头的某一面。

村里的一位中年女子，娘家是河渊村的，见到何艳新老人，特别开心，一定要请她去家里喝茶。

门开了，六扇门，只有中间两扇是常开常关的，另外四扇门常年紧闭，遮挂了东西，掩盖了上面的雕刻，近些年，有人趁着夜色，趁着没人，偷这些小的老物件。

每扇门上，都有一只兽，浮雕。雕刻笔法夸张，肯定是一个爱开玩笑的搞怪老艺人雕的，每一笔，都不按常规来走，弧度饱满到憨厚，溢出小兽的身体、眼神，更是搞怪，每只兽的动作，都是平常所没见过的。

一扇门上刻的是麒麟，龙角往前冲，龙须往后飘，做龙回头的姿势，大大的眼睛挂在龙须上，传神地看着后面，它没有把后面的追物放在眼里，披着鳞甲的后背和大腿，马蹄前后各踏云彩一朵，长尾，翘出身体几倍高；

一扇为狮；

一扇有羊两只，鱼一尾；

一扇门上有马两匹；

另外一扇，鸳鸯两只。

刻风古朴而至拙，显愚笨，无论是鱼还是兽，都肥，比例失调，整体：天真、可爱、朴素、自然、搞怪。

老村子里，俯首都是老物件。

何艳新老人，蹲下身来，揭开盖在门磴上的三合木板，看石头上雕刻的两只小兔子。

有人说，到了。

青砖、石块，引路，门牌号还在：上江圩镇桐口村

55 号——乂年华家到了。

她拉开门，随手带上门，不必上锁，木门发出吱吱呀呀的声音，不要想象，乂年华一直就在这儿，匾额上的大字依旧清晰：祥徵三凤。

乂年华家门楼高大、坚实，气宇轩昂。门板厚实，果然是大户人家。屋檐下以石灰为背景，画有一整幅细致的彩绘：摇曳的花草、鸣叫的凤。

镂空的花鸟门窗，枝繁叶茂，有鸟伫立，都是石头刻的。

转身之间，所见，都是墙，青砖灰瓦，飞檐、花栏、楼阁。

她颠沛流离的生活遭遇，就在这豪门生活的门槛上进进出出。外表的虚华，掩饰不住她生活的贫困。

没有她离去的感觉，似乎，她出了远门，未被遇见。

何艳新和村子里的老人，背靠乂年华家的墙，站在巷子里。

乂年华家门口的巷子不宽，石头路，每一步都很讲究，铺成不同单元，每个单元大致由两条一米多长的石块合围，两端是稍短的石块，形成一个规矩的长方形，中间由三到四块石头组成，有几块破损，依次铺成。

墙上不像其他房子，搭有临时的电线，房屋保持着几百年来的风范、气骨，不容侵犯。

离正门不远的墙里砌进去了一块石碑：泰山石敢当。

镇鬼辟邪。

　　"义年华还有一处房子在后面。"

　　简单的门框上，左右两边各有一太极八卦图，左边那个完完整整，中心是太极，之外八方为八卦图，整体雕刻在一块八角的木头上。右边的八卦图上下裂开。

　　家里进出的大门，原来不是正对着大巷子开的，而是在右侧墙，对着旁边的小巷，大的石门框里砌满了砖，门楣也是石头雕砌。建这房屋的时候，风水先生，把正门侧开，是一种藏。藏起来的文化，不张扬，不显。后来，房子多了，进出不方便，就在大巷子这里开了一扇比较简单的门。

　　门都关上了，未得进入义年华家中。但可闻义年华出门、关门的声响，可以看见她在巷子里匆匆走过的影子，灰布衣，略胖。她知道姊妹会来，她去祠堂那里等，与村子里的几个远房亲戚姑嫂说说话。

　　义年华，1907 年出生于上江圩棠下村。祖父义顺朝，官宦后代。外公，是秀才。义年华，随两位老人读过书，会讲官话，与外界交流无障碍，不像大部分村里的老人，只会说、只会听本村的土话。

　　四岁，义年华父亲去世。外公、外婆把她从棠下村接回白水村。

十四岁，她又回到棠下村。义年华这段经历，与何艳新竟然一模一样。

十四岁之后，义年华回到祖父身边，回到一个大家庭，比想象的要开心得多，大家对少女时期的义年华特别喜爱。她从婶娘那儿学会了女书。

十七岁，义年华嫁到桐口，夫妻恩爱，只有婆婆，不知为何，视她为眼中钉，她的每一个地方，婆婆左看不顺眼，右看也不顺眼，经常无端责骂义年华。婆婆曾用当地最恶毒的方式来诅咒义年华：婆婆，跪在地上，咬土三口，诅咒义年华，不得有好日子过，不得好死。

义年华心痛，而无奈，好在有丈夫的疼爱，度过了一段不错的日子。婆婆不可思议的行为和过分的伤害，义年华也曾在给姊妹们的折扇里，偶尔提及，诉说心中之苦。每每，在折扇上写完给姊妹的女书信，义年华，已是泪眼模糊。

义年华生有一儿三女，儿子长到三岁，口内起疳花，死了，那时，死在这病上的幼童很多。不久，刚生下十天的第三个女儿，也去世了。不久，丈夫也死了。

老人回忆喜欢用民国年份。

民国三十三年（1944年），9月12日，日本军队在道县杀死平民百姓2850人，打伤535人，三天后，日军到永明（今天的江永、江华），又杀害普通老百姓2945人，打伤5583人。

9 月 17 日—10 月 26 日，39 天内，日军在江华沧江镇杀害老百姓 3234 人，打伤 7288 人，烧毁房屋 900 多间。

9 月 18 日—20 日，日军在道县万家庄，杀害村民 75 人，烧了 90 多间房屋。

9 月 21 日，日军在道县小河村，杀死村民 97 人。

9 月，日军在永明水美、凉亭等乡镇，先奸后杀 8 名妇女。

这些事情都发生在义年华身边，出门，路上到处是逃难的人，走不动的老人坐在板车上，家里有几头牛的，卖掉一头，留两头，一头拉车，车上被子、锅碗瓢盆，乱七八糟地堆着，用稻草搓成的绳子胡乱地捆着、绑着。一头牛身上直接放些摔不坏的东西。没有牛的，就人扛些用得着的东西。

日军进来的速度太快了，死人的消息不断传出，太近了，义年华村子里的人根本来不及收拾东西，就直接拿几件衣服往山里逃，山上岩洞多。义年华带着两个女儿，与村里的其他妇女一起逃进山上的一个洞里。村里人熟悉哪些山上的洞最大，哪些最不容易被人发现。

进了山洞，大家都没有带粮食。义年华丈夫的弟弟，就给她们每天送一次饭。第三天，弟弟和村子里的其他青壮年一起被日本兵抓走。之后，没了音讯。

两个女儿长大成人，相继出嫁。

义年华不顾女儿的反对，改嫁到离桐口不远的黄甲岭白马村，与丈夫过了两年安稳的日子。

丈夫，又死了。在白马村，义年华没有生养孩子。

义年华在生存道路上，生活凄凉，身体被一件件事情的风沙吹打得体无完肤。好在有女书，构筑了她坚强的精神堡垒，精神世界里的灯，照亮一个个长夜，火焰不熄，物转而星移，但身边的姊妹们一直在她身边，安慰她，温暖着她，给她活着的希望。细小歪斜的女书字，如人，在她们的世界里跳跃生辉。

义年华手巧心细，写出来的女书字，像一个个可爱的小女孩，斜斜地歪歪地立在纸张上，说出自己的故事，而义年华的故事继续艰难前行。

晚年的义年华，把她苦的生活，创作出女书作品，同时，也开始了她广泛传播女书的历程。

风雨不断，社会再起波澜，又来了一阵更大的风，一群青年，几十号人，以正义的名义，冲进她家里，把她的大部分女书作品集中焚烧……女书氛围随着时间的进程，在慢慢消失，越来越深地藏进女书传人的内心，燃烧着她们孤单的灵魂。

空荡荡的巷子里，每一扇门都关上了，看见的都是砖、路、房子、墙和天空，石子路孤寂地往前爬去，爬上远处的墙、窗户，追上了长方形的天空。

暗涌在义年华身体里的，是精神的强烈的召唤。

她改嫁两次，三位丈夫都先她而去。

1983 年，暮年的她，回到桐口，与同第一任丈夫生养的女儿一起生活，她已经成了一位不受欢迎的人，族里的人，认为她丢了所有人的脸而看不起她。

她习惯于看见黑色的风卷起她的幸福，去到无踪无迹的地方。她习惯于从头开始，习惯风来，让风吹，雨来，让它把身体淋湿。

20 世纪 90 年代初，她与外孙女老四一起，在桐口村办了一所女书学校。晚上，义务教村里的女性们学习女书，大家只要手头得闲，能够把事情推开，就跑来学习，现在还有很多人，会些女书，都是从这学校学的。带何艳新来的这位老人的妹妹，曾经就在这女书学校里，学了很长一段时间的女书。

晚年的义年华，生活贫困到零度，仅供活命，全身生疮，生不如死。

在她最后的岁月里，她像受到了天启一般，她知道物质世界不会再垂怜她这个女人，她果断地，在女书并不流传的时候，把自己的生命，全部投在女书的创作中。

借女书的灯，她看见了世界的宽阔，无边无际，她与自己的七姊妹交心，互相安慰。凭借超乎常人的记忆、灵巧的心，和非同于常人的坚强意志，她写下了大量女书作品。

义年华是一位用最卑微的行动来完成最高尚思想的人，她是一位不自觉的艺术家。义年华心灵手巧，乡里邻居结婚、生小孩，各种红喜事，都会去找她剪纸，灵性的开花植物，可爱的憨娃，衣带飘飘的仙女，每每把剪了的红纸，展开的那一刻，就会有一个灵动的小生灵诞生。在她手心相握的剪刀里，有千万种柔情的美，随时呼之即出。

她接触大自然的每一件事情都会产生感应，蝴蝶落在花丛中的某一朵花苞上，微微含而未放的花瓣，她感觉到声声轻微的呼吸，她看见了，生活的不易，转身之处，是香浓浓的真实。

婚姻生活，早期虽顺心顺意，终归，时光太短，留下大段大段孤苦的个人生活。悲痛的河流里，风急浪险，女书世界里的姊妹拉着她的手，姊妹们在黑暗中，使得她有勇气，一个人，每天推开门，点燃深夜里的煤油灯。

义年华配合所有来考察女书的学者、文化人、爱好者，只要与女书相关，她就快乐地去做。她想让自己的声音，想让女书的气息如水、如河，流动起来。

义年华在女书中经常提到的鸣凤阁，是桐口老村一栋古旧建筑。

鸣凤阁，与村里的房子拉开了一段距离，四周田地环绕，看着身边的田地春绿秋黄，冬天被大雪覆盖，远眺群山，一面朝向村子，扎扎实实是村庄的守护者。鸣凤阁，当地人叫它"八卦楼"，也有人叫成"八国楼"，这与土话、官话相混有关系，"卦"与"国"有点同音。

为何艳新带路的老人，最后把她带进自己家里。

"去喝杯茶。"

木门推开，上面挂了一把锁。

何艳新坐在老人家门口，招呼大家都坐。光照在门上，照在她们身上。大家吃甘蔗，何艳新老人牙齿没有了，笑哈哈地看大家吃，莲梅问，想不想吃。老人说，不想吃。

"她想吃，又吃不了，所以问她想不想吃，她干脆就说不想吃。"

莲梅说。

"不想吃。"

老人只是笑。

大姐坐在门外的院子里，村子里的另一位中年妇女站在里面的门口，莲梅在里屋。

村里的这位老人，陪了你们整整一个下午，临走，老人感觉到家里了，要走了，总要给点什么。她看见莲梅喜欢吃西瓜子，就抓了一把，放进莲梅上衣口袋里，放了一把，又拿出一把。

自家种的西瓜。

这位老人，一直住在老宅子里，不愿意离开，她习惯了木的房子，木的家具，石头的院子。

她送何艳新老人出村，随手把两扇木门合拢，发出吱呀的声音，像去到远古，或声音来自一个古老的年代。

从后村的小路，出老村。

新村子里，马路边，到处堆满了建房、修路用的东西，大堆的长竹竿，用来搭脚手架；空心砖、红砖。这一家的摊在这里，那一家的直接堆在马路边上。

那位刚认识的中年妇女热情地带老人去看她家正在新建的楼房，高大，门窗空着。

这几年，两种生活的节点落在一个细微的事物上——门窗。

老房子的门窗坏了，老房子用石头、青砖和土墙，坚持硬挺地立在后面；而新房子的门窗，大部分先空着，等打工赚了钱回来，再安装，新房的红砖坚硬地、蛮横无理地耸成三层、四层，一种新生活。

江永农村，一起房子就是三四层，高大威猛，好像不起这么高，就不正常。

"为什么要起这么多层？"

"一个孩子一层，有两三个孩子啊。"

老房子，老人们心底里喜欢，像自己的身体一样，虽然有时候恨她不争气，跑不了，走不了远路。

中年人、青年人，对于老房子，只有索取，希望从那里得到些什么，贴补到新房子上面来，把老玩意儿卖了，换来一车车的水泥和沙石。

江永农村家家养狗，没有狗猫，没有鸡鸭，没有牛的农户，家是不完整的。小狗与小孩，对任何事情都充满了惊奇和想试试的心情。莲梅蹲在一只刚出生十多天的小狗旁边，另外四只小狗，也摇摇晃晃地走了过来。

最后送何艳新老人、大姐、何莲梅出桐口村的，是五六只快满月的、可爱的、憨态可掬的、胖胖的小狗狗。

植
物
性
，
唐
保
贞

　　唐保贞不会写女书字，也不认得汉字，她女书歌唱
得好，远近闻名。

　　她的歌声不会再有了，真真切切地消失了，她是从
哪里离开的？

　　她不会再回来了，因为，她不留恋这个世界。

　　进了村子，问高银仙家在哪里。

　　没人不知道。

　　问唐保贞家在哪里。

279

问村子里的农民，问女书园里的工作人员，这个告诉你，唐保贞没住在这儿；那个人说，唐保贞？住得比较远吧？再问，有人会说，唐保贞？她的房子好像没有了。

何艳新老人否定了所有人的回答，在她的记忆里，高银仙家对面就是唐保贞家，隔得很近，具体在哪，她也记不得了。

在高银仙家附近，来来回回地找，何艳新老人转了几个圈。

"就在附近啊，很近很近的地方。"

老人自己找，一个人，自言自语，说着土话，在高银仙家门前的小巷子里，来来回回地走，找不见。之后，她穿过高银仙家，到墙的另一边，她站在那里，不动了，停下来，站在那里——没有说话。

你走过去，与老人站在一起，你也不能说话了，你认识，这就是唐保贞的家——高银仙家隔壁，一堵墙，两片天。五六位同来的寻访者，都过来了，站成一排，没人说话。——面对的不是房子，而是贫寒、苦难、雪雨、战栗的坟墓和墓碑，你们肃穆而立，祭祀一个生命的歌者。

站在唐保贞生活过的屋子里，与站在义年华家的感受完全不一样。

晚年的唐保贞，一直在生病，病痛常年游荡在她的身体里。房子只有三面墙，另一面，空着，向大地敞开——好像是为了报复，为了给仇家看家里的破败之象。几根木条支成一个并不重的屋顶，木棒支起一个篷，向着田野，迎风，看雨。天热，房间里热。天冷，屋子里同样的冷。

唐保贞坐在靠墙的最里面，徒劳地躲着南方的寒气，她的徒劳，源于自然的本性，屋外，大片大片植物，扎进土壤里，往深里长，躲避冰雪的寒。从屋里，远方的远方，山之前，还是山。群山之间，唐保贞没有像阳焕宜那样，像一株行走的植物，在树林里受到层层保护。

唐保贞，一只小兽，出生就被人类设置的老虎套夹伤，她不断地寻求生路，而世界，投掷给她的是冷箭和刀枪，小兽的命运，可想而知，岁月悠长，她亦忧伤——伤害太多。

老年的她，坐在不能称之为房子的屋里，桌子、椅子、床、餐具都有，这些物件，在唐保贞这儿，仅仅只能用一个个名词来说出它们。一目了然，这些都是垃圾。垃圾散在屋子的各个角落，她，则拥坐在垃圾堆成山的床边，一个被诅咒的五步距离的半圆，老人，在里面，已经走不出这深重的诅咒。

披着一头散乱的白色、灰色混杂，参差不齐的头发，头发——打折、回弯、捆绑。一件旧式长袍松松垮垮地穿在身上，多年前，长袍对抵御寒冷已失去了一切意志，所有功效已灰飞烟灭，生命枯黄，不知所向，只剩躯壳被老人不断地紧护在身上，暖和在云端，看着，被南方的北风，吹到很远、不可见的茫茫之地。

老人，坐着，身边凌乱地堆满了衣服、鞋帽、被褥等杂物。

衣服只剩一个形象：灰色的旧，旧得发黑，多年来，不能下水清洗，水会把衣服流成碎片。

唐保贞随手从身边的一堆衣服下面，准确地抽出一叠照片：曾经的姊妹，奇迹般地，都幸福地像花瓣一样，绽放在她面前，她们都活在影像里，每天，唐保贞都会拿出结交姊妹的这些照片，这是她活着唯一的粮食。

"这是我们七姊妹，这是高银仙，这是年华，人家七十岁就不在了……我没有死，是受苦来，受难来。"

说话，停顿，休息，长段的停顿，是生命的间断。无力，不再有希望，填充着无力的呼吸。她声音颤巍，像呻吟。姊妹们去世前，她们经常在一起唱歌，互相安慰。

唐保贞会唱很多女书歌，在旧时的歌声中，兴奋又忧伤，没有剧痛和孤独到冷的绝望。现在，唐保贞，满脑子都被死亡的念头占领。

她裹过足，干不了重活，后来，又成了寡妇。

丈夫，赌光了家里所有的钱，包括唐保贞的嫁妆，也一件不留地在家中慢慢地消失，几年后，家里，成了空房，没任何东西可以拿去赌了……

一个上午，丈夫骂骂咧咧地走出家门，报名当兵去了，从此，全无了音讯。有人说，他一上战场，对天放了几枪，就倒在战壕里。有回来的邻居说，他是条汉子，一个人冲得最快，冲进一堆的日本兵里，死得很悲壮。各种说法都有，结果是一样的：当兵时间很短，就死了。

唐保贞，一个人上山用弯刀砍柴，扛下山。小脚负重走路，何其艰、何其难？只有唐保贞眼眶里打转的泪珠知道。

田里要追肥，她大担大担地挑粪，肩膀沉重，小脚深陷进泥巴里。

"都是我做，确实没有吃的，我向邻村蒋跃权借了十二担谷，两年还不起，他天天来要，还要铐我，你铐我也没有啊，又要送我去监狱。"

说到蒋跃权三个字，唐保贞节奏变慢，情感复杂，有内疚，有歉意，有无奈。她不停地说——

"好苦……难啊！"

坐在垃圾堆似的屋子里，她把身上的旧大衣裹了又裹。

"实在太冷了。"

唐保贞说话如唱歌，有声有调，长调突起，断调戛然而止，只是拖出来的调调凄苦——深含人生苦难。

她每每说完一句、半句，就紧一紧裹在身体上的被褥——一床开了花、掉了絮的被子。她靠在土墙上，脑袋耷拉了下来。斗志和歌唱都没有了，飘扬的声音再也不会从屋子里传出。

283

唐保贞娘家在上江圩夏湾，后嫁到白巡村，十九岁那年，丈夫病故，第二年，丈夫的弟弟说过继一个儿子给她，让她不要再嫁。唐保贞把族长、坊老，以及亲戚里比较有声望的几位前辈，个个叫齐了来。

"收养儿子也是不妥，我才二十岁，还是情愿改嫁。"

改嫁，与"女不二夫"的过去的习俗是相对抗的。

唐保贞，改嫁到甫尾村，与高银仙成为隔墙邻居。

改嫁后的生活，唐保贞，只是在延续其苦难罢了。

结交的七姊妹中，唐保贞排行第七。丈夫去世后，四姐胡慈珠写了封女书信来慰问她。一段源自意大利学者在 20 世纪 90 年代的采访录音中，唐保贞老人回忆起胡慈珠写给她的这封女书信：

> 身坐娘房透夜想，想起我身的妹娘。
> 把笔写书双流泪，丢下妹娘冷凄凄。
> 不怪丈夫缘分浅，落地两声注定来。
> 你夫二月落阴府，孤立轻轻呼唤人。

情绪失控中的唐保贞，夜风来袭之时，独自一人，在家里，打开折扇，一遍遍地诵唱四姐写来的女书信，悲凉透身的心灵里，有了丝丝暖意，她看到了黑夜的大海里，远处的灯塔……她听到解冻的身体里，土地松动，冰融化成水，嫩芽顶起一块小小的湿土。

对江永地区流传的民间故事、具有浓郁生活气息的女书歌谣、流传在上江圩一带的女书抄本，唐保贞非常熟悉，大部分都能唱出来。

唐保贞把姊妹高银仙的字绣出来，也很漂亮，姊妹们很喜欢。

晚年，唐保贞更是度日如年，她只想生命的火焰，早点熄灭。太苦了，病、贫穷、孤独，日日夜夜折磨着她。

门外大片竹林环绕，河水从屋前流过。不息的流水，大自然的丝丝生机，是否让唐保贞得以残喘生存？

站在唐保贞的房子前，里面堆放了各种废弃的竹篱笆，成捆成捆的树枝、柴火，堆在里面。

陪莲梅来的年轻女孩，着白色上衣，大纽扣，背双肩包，黑发，扎成一束，齐刘海。何艳新老人，白发，略显凌乱，满脸皱纹，穿暗紫色薄棉衣，左上角绣了四朵小花。她们站在唐保贞只具外形的房子前。一言不发。

现在的房子，与唐保贞生前居住的模样，大致一样，现在，比之前还略为好些。

屋子里开始长草了。

转到屋子的正面，看不出屋里的凄凉，正面墙粉刷过，像一栋不错的房子。木门上的支架，散架了，还在支撑着，不知道的人，以为房子只是年久失修，而成此破败景象，殊不知，唐保贞生前所居，就是如此。

唐保贞蜷缩在角落里烤火的记忆——永久保存：房子、老人，裹着寒冷、破败、呻吟之声……光，与之前一样，只能照在木柱上，进不了屋子。

　　要不了几年，唐保贞家的墙，就会倒塌，成为废墟。

　　高银仙的女书是跟何艳新的外婆学的。

　　高银仙的房子在进村后不远的路口，墙上挂有一牌，用女书字和汉字写着：高银仙故居。

　　高银仙，1902年出生于江永上江圩高家村，少女时期便随本村姊妹学习、接触女书，参与女书的各种活动和节日。21岁，高银仙嫁到甫尾村，用女书交朋结友。高银仙女书功底深厚，一生创作了大量女书作品，晚年，她接待了大批国内外研究女书的专家和学者。

门关着，何艳新老人站在门外，带路的小姑娘，敲门，用土话喊，"伯母，伯母。"没人来开门。

里面有人居住，大门拆走了，两扇一米高的小门，左边门页由六块短木板组成，右边门页由五块高一点的木板拼成，两扇门页合在一起，挡住了下面，不让小鸡小狗随意进出，大门框相当厚实，上面露出十分之三的位置。

何艳新老人站在略高于人的门外，踮脚，往里看：一个天井，阳光分布在一个角上，阴影占去了院子的大半。洗菜、洗衣服的盆子、桶子，无序地放在摇水井旁。院子两边是两层高的房子，往后走，是另一户人家。

老人敲着外面的小门，发出奇怪的声响。有人走出来，开门。

20世纪80年代，对女书有了少量的相关报道，高银仙、唐保贞，像突然出现在当代社会里的"神秘道姑"：黑帽、灰衣，会写一些无人认识的古文字，唱着古调的歌谣。

其实，她们一直在的。

高银仙的房间为木头房，阴暗，楼上开有一小洞，为窗，三两块土砖的空间构成，两扇小木板窗页，位于屋角，齐胯高。类似于今天吧台的一条小高板凳，放在窗户下面，高银仙经常坐在这里，看屋外的风雨，听鸟鸣风啸。写女书字的时候，高银仙会把小木桌子挪到窗户这里来，光照在小木桌上，照着这些活泼的小女孩般的女书字，她用女书字描摹着自己的生活，每个字，就是一幅画。床斜对着窗户。

高银仙早已离去。桌子、箱子、椅子，依旧停在她生前的位置，它们知道主人不会回来了，它们沉默地守在老旧的时光里。

高银仙的后人，象征性地陪大家到房子四周转了转。

高银仙这一支的女书传承人有三位，年纪最大的是孙女胡美月，长期在女书园工作，孙媳妇也会女书，还有一位在谭盾的女书音乐中坐船吟唱的年轻女书传人胡欣。

屋外，大片竹林，远远地延伸，不见其尾，竹林成钩月，怀抱着高银仙、唐保贞等村民的房子。

河水穿村而过，潺潺声里有月光，有白天的小喧嚣，小河两岸，树林茂盛。

甫尾虽被命名为女书村，但村里的祠堂，倒是较小，屋宇不大，飞檐也没有飞起来。

高银仙的后人推开门，走进了家门，没再与大家打招呼，她一个人，进了院子，左转，不见了。

出了高银仙老人家，何艳新在外面的小巷里来回走了几步，看了看几家的门牌，女书记忆太多，她又在自言自语了。

阳
焕
宜
，
最
阳
光
的
笑

何艳新与一位美国人，一起去看阳焕宜。

阳焕宜要何艳新给她带一支圆珠笔。

到了她家，阳焕宜说，你送了我一支笔，我这里有
四个皮蛋，送给你吃。

"你自己留着吃吧！"

说话间，阳焕宜从床上坐起来，颤颤巍巍地伸出手。

"你要做什么？"

她不说话，慢慢地取下头上的帽子，要送给何艳新。

何艳新说，我现在都不戴帽子了，不需要，你留着。

阳焕宜知道何艳新编织的花带好看，就要何艳新给自己编一条，说，想来做裤腰带用。

阳焕宜选了四个好吃的橘子给何艳新，是自家橘园里的。

临走时，阳焕宜的儿媳妇告诉何艳新，不要给婆婆织花带了，人如果死了，花花绿绿的花带不好随土。何艳新把阳焕宜的儿子叫到一边，说，你妈妈估计过不了几天，就会去世。何艳新感觉，阳焕宜不是想送这个，就想送那个东西给她，是想留个纪念。

她儿子当时不相信，说，她已经病了很久了，大半年，一直这样。

没有三天，阳焕宜老人去世了。

阳焕宜的第一个夫家，在上江圩新宅陈家，没几个月，丈夫上岭砍柴，被毒蛇咬死，在陈家，阳焕宜没有生养孩子。

后来，她改嫁到了何艳新所在的河渊村，生了好几个孩子，有几个死了，现在是三个孩子——两个儿子、一个女儿。

阳焕宜嫁到河渊村后，与何艳新相识，俩人成为很好的姊妹。后来，阳焕宜到铜山岭农场与儿子一起生活。

只要有人去看阳焕宜，她就会用女书字写信给何艳新，问她身体好不好，还问何艳新，有没有想她。

阳焕宜老人，走到了碑的上面，她那张经典的、充满阳光的照片，被碑留住，镶嵌于正上方，左右两边刻有女书字"女书"二字。

这只是一块说明性的碑，立在阳焕宜生前居住的房子前。

房子，比想象中的任何一间房子都要小，就一间，孤零零地立在其他房子旁边。一门进出。进门左边的一张床，占了房间的三分之二。床上，堆满了各种折叠起来的棉被。

屋里堆满了稻草，她的儿媳妇，匆匆忙忙地跑进来，神情里满是抱歉，她把稻草抱走，扫干净地面，屋子是水泥地，房间方正，也算洁净。毕竟老人已经去世快十年了，来的人也一年比一年少，越来越少，房子一直为老人空着，也算难得。

一个几十厘米的小窗户，把田野、山林间的绿色和水，满满地迎进来。

墙角，有阳焕宜用过的拐杖、凳子等一些小物件。拐杖顶部刻有人面像，面部呈黄色，脖子位置系了一块红绸布，布在动，拐杖上的人像，还在等待阳焕宜老人的手来相握。

小屋，阳焕宜最后几年才住进来，之前，住在旁边那排房子最后面的一间，与儿女们住在一起。后来，阳焕宜坚持住外面这单间，她喜欢这一单独的小房，独立、清净、方正、整洁，不与任何房间相连。夜里，有风、有雨，房间里一切安稳，老人，一个人感受雨砸在平顶屋面的声响，老人喜欢这种宁静。小房子里，她住了几年，就过世了。

阳焕宜在照片上，继续读女书、写女书字，与姊妹们一起唱女书歌。

人不在了，意义也在发生着变化。

小房屋顶可以晒东西，老房子在旁边一字排开，1963年修建的，原先农场用来喂猪，后来，改成了宿舍，阳焕宜的儿子说，先关猪，再关人。

这独立的小房，与大片橘子树生长在一起，同在果林，一条土路，从阳焕宜的门外出发，伸向不远处，橘园下面的几个池塘，是阳焕宜的儿子用挖土机挖出来的，上面一个大池塘，水域面积约一亩三分地，下边两个池塘稍小点。老人是林场职工，从橘园到池塘，花了八百元一亩从单位买下来的，期限二十年。

阳焕宜的家，背靠群山。山脚下，几十间房，一字长蛇阵地直直排开。前面是果园和两三亩水田，再前面就是缓慢地向上登攀的山，群山环抱，层层叠叠。

山、水，给长寿基因创造了很好的条件。阳焕宜的儿子说，等我老了，估计也会像母亲一样——脚凉，睡不暖和。阳焕宜最后几年，每晚都要用热水泡脚，要用热水袋放在脚边睡觉，不然脚太凉。

阳焕宜儿子今年七十九岁，马上八十了，1937年出生，看上去，也不过六十岁的模样，有五个孩子。大儿子在上江圩，儿媳妇在江永三中教书。

阳焕宜的碑立在大家每天出入的房门前。儿子、媳妇、孙子、重孙，只要在家，每天进进出出，奶奶就站在旁边看着，满意地笑着，儿子满脸爱意地看着母亲的照片。

阳焕宜的儿子，站在母亲的石碑前，不断地从果树上扯掉一些不好的枝叶，拉下来，摸一摸，看一看，像自家养的羊和狗一样。

果树，种了十多年了。

过去住过的那间灰色的房子，静寂黯然，看不见生命迹象，进到里屋，黑色中，阳光照亮一线灰尘，生命流动在屋子里：桌子、茶几、稻草、风车，各自暗含生机，以自己的速度和形式，生长、存在。

阳焕宜迈进另一间屋子，门槛单薄而高，她用力提脚。走到最里头屋子，在自己的棺木前停下，盯着看，像看她自己，也像是在看身外之物。她唱起来，女书歌大部分歌谣是女性即兴唱诵的：

前世焦枯命轻女，四边千遍不如人。

清早起来无米煮，站在桌边眼泪出。

想起将身好可怜……

"不唱了，不能唱了，可怜，你懂不懂，唱得我全身发抖。"

　　她突然不唱了，从唱之前的安静状态，即刻转入激动的情绪中。她连声道：

　　"不唱了，不能唱了。"

　　她的身体，被过去沉重的记忆击中，压得喘不过气来，这位出生于 1909 年的老人，她发抖的身体，最后爽爽朗朗地笑起来，转身——背手、弯腰，走出房子，随古老的青石板小巷，拐一个弯，消失在另一栋房屋后面。

　　阳焕宜从小坚持不裹足，她喜欢山上的瑶族女孩，不裹足，山林田野间放肆地嬉戏、吵闹，像经常出现在她梦中的神仙姐姐——自由、奔放、活泼。她与身边每一个人善良相处。裹足，是捆绑自由的第一步，她坚决不从，捆绑上了，后面的梦就全部扼杀了，梦想强烈地冲击着、支撑着她。脚是她的翅膀，她是林子上空的鸟，捆绑起了翅膀，如何能飞！她以死相逼，逃过了一次次裹足的仪式。

　　"我和我丈夫一辈子都没有什么感情！"

　　"就是没有感情嘛！"

　　阳焕宜再三强调。过去到底发生了什么？事件不会湮没在悄无声息的时间里。

　　"没有感情，那生活好吗？"

　　阳焕宜把激动的情绪按捺于内心，她说。

"好？有啥可好。"

她像是在质问不平的造物主，像是到了现在，就可以讨伐那没有良心的丈夫一样。

"他整天出去赌钱，家产都让他赌光了。"

说到这儿，她把声音压低，追问起自己——

"好不好，上哪儿好去？"

自言自语，她看着自己的影子，她看不见自己的眼泪。她也不知道漫长的日子是如何度过的，带着孩子，她的生活泡在苦海里。

"没得吃，大米都让他赌光了，孩子也挨饿。"

那又能如何，丈夫把能作为赌注的全赌上了。

她把孩子背在背上，给其他人家舂米，一下又一下，木头、石头、大米，她用身体的力踩着，放回去，感觉自己如稻谷，被木头砸，而前方的路，被石头堵得死死的。她绝望了，天黑得透不过气来。梦里梦外，她都在推开压在身上的石头，实在不行了，女书字歪歪斜斜地，如歌，痛苦的生活，飘到旋律上，她不停地唱，下地种田、拉车、挖水沟、种菜、牵牛回家，她都在唱：

> 添笔修书劝妹娘，薄书来迟请谅宽。
> 夫死阴司休得处，一家事情独自当。

今天，有人借鉴女书文化的形式为当代城市人治病。

初听，感觉荒谬，去了现场，虽然主持人一个女书字都不会写，但女书文化中人与人之间的互相倾诉、信任、帮助、寄托等形式和内容，真还是治病的药。情感的散发，双方的感应，都是治愈城市病的一剂好药。

女书，让阳焕宜从痛苦中，从孤独中，找到一盏盏灯。她是女书文化最后的持灯者之一。先天赋予的才华，让她手中的灯，在女性的黑夜里，耀目，长亮不熄。

老人弯着腰，裹暗红色头巾，拄着从山上砍来的老树枝拐杖，踩着一块块青石板，绕过一个个墙角，两边的高墙给她以安慰，巷子里散落了一些稻草，像从石头缝里长出来的草一样自然，有些石头遗弃在路边、在角落里。孩子们跟在老人身后打闹，老人有时候像块石头，没有看见孩子，没有听见孩子的嬉闹声，有些，孩子们最细微的追骂，她听到了自己童年的声音。

女书唤醒了她精神世界里的每一位精灵，她显得与众不同，阳焕宜是位出名的君子女。

她像一株移动的稀有植物，清爽一身，精干，有神气，气质温文尔雅，戴一顶老式帽子，露出头顶，布帽只护住额头的位置，帽子正中缝有一颗玉花，是块老石头，她穿的瑶族服装，是自己缝制的。

老人说话清亮、干脆，字正腔圆。

"我十六岁才学女书，村里有两三个女书很好的人，义凤教我的，隔几日她来、我去，得管人家饭，还要打红包，就是为了唱歌、记歌词、写《三朝书》。"

> 他家亦有清明节，不如在家做女时。
> 做女风流真风流，做媳风流眼泪流。

说到用女书来交流的年头，老年的阳焕宜整个身体都像开了花一样的幸福。

"那是我一生中最快乐的时期。"

> 五月热天热炎炎，你在高楼绣色全。
> 六月日长好耍乐，一对鸳鸯不成行。

结拜姊妹，阳焕宜的姊妹们齐声低唱《十二月老同歌》：

> 正月信念日好过，两位不陪心不欢。
> 二月时来百树开，百树发芽正是香。

阳焕宜用回忆的方式唱起她们在一起时的歌谣。

她从衣柜中翻出一些女书物件，打开，在屋顶的瓦上晒《三朝书》和一些姊妹写给她的折扇。

风吹过，阳光吹过，书页飘零。

2004年，阳焕宜去世。

十一年过去。

儿孙大了，三个池塘用水泥固化了一下，其余，一切，还是阳焕宜生前的样子——远处的青山、身边的果园、房子。

山村静静地，呼吸着。

每一棵果树都听过阳焕宜的女书歌，池塘里的水都熟悉阳焕宜的影子。

凭吊，想抓住一点飞逝而过的东西，想留住点什么。

一块石碑，留不住她的声音。

门关了，碑在。

老人在门里？还是在门外？还是在虚空里看见有人进了她的家门？出了她的家？

碑上，挂了一把刚清洗过的拖把，还在滴水，阳焕宜的儿媳妇连忙跑过来，把拖把拿走，其实，这也是碑或者是女书的主要作用之一——为生活提供方便。

阳焕宜的儿子，从池塘边走回来。

感谢旺盛的植物，陪着老人，让女书字的眼神里充满了绿色的阳光，倾诉的疼痛里，有这些绿色滋养。

铜山岭农场，这里是群山的一个呼吸点。

女书字「男人」，何艳新书

女书字「母亲」，何艳新书

第五折　眼泪之书

谭盾从千万种精微的声音中，找到了女书的古音古调，用今天的竖琴来应和出昨天的律动——声音，从远古，来到现在。

"从她们的女书里面，我听到了我自己的音乐。"

谭盾的手势，停在古典里，慢慢地向前移动，悠扬的声音，从过去而来。

瑶家女子声音脆甜，大提琴听到了召唤，狠狠地追上去，悲泪含情，一起爬上山坡，两个身影、三个身影，无数个声音的影子，站起来，和着曲调：远古的江永方言，呜咽的大提琴声——在一起了。

"其实，我是想找到古老的声音，铺出一条现代的路，找到未来的声音。"

谭盾在江永上江圩的村子里，寻找，她们留下的声音。

"在山里边，你可以听见很多很多你想象不到的东西，走到这里看到牛啊，走到那里听到水鸟鸣叫，一会儿听到狗叫啦，什么东西都能听到。"

她从一栋土砖房子里，走出来，提着木桶，下了石阶，与洗衣服的女人们打招呼，她加快了点脚步的节奏，下到石头围砌的水池边。

木棒捶衣，一声声，一下下。

谭盾合着木击衣服的声音，脚踩在乐点上跳跃——寻找声音，制造声音。

"到后来，真的是想寻找自己家乡的声音的时候，寻找自己成长的历程的时候，我突然发现，我成长的这个土地，湖南的这些风水其实与我的音乐有很多很多至关重要的联系。所以，我后来就回到湖南，开始寻找这些女书的痕迹。"

谭盾静静地蹲在上江圩镇的一条小溪旁，两边的杂草掩盖了水面，石头、流水——声声。

谭盾用钢琴的音符去应和女书音，首先是复制——用琴键复制——声音复制声音——文字就是对女书人、音乐人、大自然、女书音、女书字的一种复制。

"其实我在采集这些民间音乐的时候，我的配器，我的结构已经开始了，就像中药师抓药，抓点风，抓点小提琴，抓点叶子，然后放在一起。"

谭盾说话之初，用普通话咬字还是比较准的，说到后面，说到动情处，湖南话的口音就抬头、浸淫着说出来的每一个字——湖南口音较重。

谭盾是位智慧的音乐家，湖南的历史文化、欧美的色彩，促使音乐作品上升、展翅，腾飞的气力是——各色文化的共构。在空中翱翔所展现的，谭盾借助乐器，构成——与生命不断地发生碰撞、纠结、安慰、奔涌的声音。

东京、江永、上海，谭盾寻找风吹过水面的颜色，寻找女书里的泪水，东西方器乐的共鸣点，与乐手，一起寻找，用各种可能表达着女书音。

谭盾听到了各种声音——最后找到竖琴，一种最女性的乐器。

琴，轻轻地斜靠在他的肩膀上，双手环抱，上端的弧度，弯，如女性的波浪，弦，沿音阶上下排列。琴柱、挂弦板、共鸣箱、底座、弦，他试探性地拨动第一个音，拨动第二个音，沉重地喊来第三个音，三声和鸣，声音回荡，如水滴，落在池塘里，脆声扬起，又消失，竟不知藏身何处，水滴如泪，忧伤而无悲痛，亦为女书核心。谭盾心中有了，但不是全部，把乐谱交给音乐家，心灵的遭遇，灵魂的认知。渐渐地，竖琴看见了老人坚忍的影子，走过暗黑的房间，琴声与女书中的泪水相见，忧郁的旋律飘扬……

谭盾给出了自己的思考——用音乐回答一切问题。

"到后来我就觉得怎么这么多眼泪，是眼泪、眼泪、眼泪，那到底眼泪是什么东西？所以我就发现到最后乐章的时候，我不能完结，因为我不知道眼泪到底是什么东西？"

谭盾迷失在大片的眼泪中，苍苍茫茫，空空茫茫，几千万女性的泪水，迷在其中，不想说话，一个结，结在某一个不知道的地方。

"我最开始感觉到女书就是眼泪之书，所以我最开始的取名叫'眼泪之书'，后来我又觉得可以更加丰富一点。"

谭盾隐藏起自己，轻轻地，咬牙忍着，淡淡地，燃烧一根寒夜里的火柴，带着女性的千年记忆、老人的土话，点燃女书和竖琴，燃烧掉形式，最终，虚无缥缈的音乐唤回女性的心灵之声——女书。

谭盾在钢琴上按动琴键，在竖琴上拨动琴弦，回忆、唤醒那悠长的女书之声——准确完美表达。

谭盾的身体一张一弛、一前一后，双手，从胸腔出发，向前冲，收回，又戛然而止，双手带动身体和眼神：起伏、流动——谭盾用一切可能的方式，把自己想要的音乐传达给音乐家，演奏者从各个角度采集谭盾的信息点，狠狠地，把手中的竖琴甩进远古的山林，感应女书时间深邃处——

除了泪水，还有千般的生动活泼。

谭盾的《女书》乐章、视频编辑目录：

母亲的歌

穿戴歌

哭嫁歌

女书村

高银仙故居一间屋

培元桥

一条河

桃花

何艳新思念的歌

一条深巷

一对老同

A 洗菜、洗心

B 秘扇

乐章之间隐含各种逻辑关系。

"秘扇"展开的是明清月朗的生活，褶皱收敛起女性的层层秘密，音乐、文字都在试探、张望女书的源头。

"母亲的歌"，母亲的母亲……母亲的……母亲，人类高山如水，有泪之水。吟唱那长天的舒朗之风，即使是历史的厮杀声里，母性的柔情亦在流动。

"穿戴歌""哭嫁歌"，和风细雨，柔情细婉的姊妹情、母女情。

谭盾的竖琴，哀婉、婉转，时而低吟，时而高扬地飞洒泪水，时而欢快奔放。竖琴——丝丝，弹、勾、滑，缓慢节奏向上滑过，涌出女性的酸楚悲凉。

谭盾——在此时，用竖琴——把过去与未来连接。

梦想、现实、理想。

在江永上江圩河渊村、夏湾村的水池边，山、田、地、天空、时间、云彩、花朵相互流动，时间成为视觉上的根根丝弦。女书的声音，从谭盾的微电影中流出，音乐池里的交响乐队，在谭盾的引导下，接住女书音曲调，一起起伏、缥缈、应和、感应。

谭盾与演奏家，一点、一顿，达到所想要的。

竖琴手，一个人，一遍遍地在练习，在找寻。

5月22日。谭盾版《女书》演出日。

谭盾终于要引导出五年的爱人，把这一大美，具体地呈现于世。

走上前台的两分钟，谭盾喝了一口水，闭上眼睛——一秒钟，双手合十，推门走出房间，与竖琴手见面，两人哼起音乐的调调，一起上，一起下，也算相互鼓励吧。

谭盾与竖琴家一起出场，其他乐手都已坐在音乐池里等待，观众已落座等待。

掌声在迟疑了一秒钟后，突然暴风骤雨般响起。

谭盾站在指挥台上，轻轻摆手，推开过去的门，把今天带进去，唤起一些低鸣的声音，进入一条巨大的隧道，去到从前。

大自然的声音，让世界宽阔了，里面蕴藏着各种植物、动物，及神秘之物。

竖琴，一拨一拉，滑动——声音干脆、沉重……

女书古音，从新娘闺房中传出，远古的东方影像，在西方的交响乐里浮出镜像的湖面，石头相击。

竖琴声音清脆起来，青春不思量地冲冠而来，石子，像竹林。

在女书古音的哭泣声中，谭盾指挥乐队步步相随，两者合一，二成三，三成万物。

舞池、银幕上的影像，成一舞台，大屏幕，恍如人在幻境之中。昨天的清寒、美好，今天的思考，相互交错。

女儿泣声而出，震惊全场。

混合之后。

清亮亮的水滴声，浸染了整个舞池。

滴

水

江永年轻女孩胡欣低吟女书歌出场，如电影《刘三姐》的开场，河水之上，高山之远，传来悠悠长长的歌声。

之前，谭盾在上江圩潇水河，一条小船上，指挥胡欣一个人清唱，随流水声，随鸟鸣，随叶——飘落的声音，青山绿水。此刻，胡欣的声音飘出昨日的影像，谭盾指挥乐队随胡欣的高音而上，低音而落，让她的身影飘走，声音留下。

交响乐队的声音融在女书的声音里，在河流里漂，一起流动。

在江永，谭盾找到一池水，乐手们下到水里，击水而歌，岸上的女书传人们，木棒捶衣，大家一起吟唱女书歌谣，现在，这一切，在都市音乐厅里，流出影像，谭盾指挥交响乐团在殿堂里应和演奏，呼风唤雨。

水池、乡村、女书歌者与乐池、城市、音乐家，合而为一。

在江永，女书古音，不断传出：洗衣、拍水、洗头……

在都市的音乐厅，交响乐团琴、弦声声，合拍而奏。

谭盾与自己、与历史、与时间、与虚空交流……

音乐，传来村里的狗吠。

水之舞，水之曲——女人是水，不只是泪。

完美的合唱。

流水声声。

"那么多的女人，流了那么多的眼泪，但是你发现，其实她们还是很高兴，因为她们有一个另外的生命，她们有女书，那女书收藏了她们的歌声、梦想。"

灯

深黑的时间

摇曳

淹没过来

扇面打开

女字滴落

没有时间

没有地点

现代上海

高楼　电梯　时尚的包

生活的节奏

一个事故

一个女孩引出另一个

1997 年

回到过去

两个女孩

用女书字传递

上海

湖南永州江永上江圩镇

老同

结交姊妹

她们的选择

相伴和理解

银幕里的现在

医院

两个同年同月同日出生的女人

19 世纪

湖南江永

痛苦的美

苦难而平静

上江圩镇桐口村

找一位女童

学习女书

——理解自己

——理解对方那颗心

让心静下来

"以我双手向你开，

相惜怜爱永不悔。"

——她们结交姊妹时写下的字句

过去与现在

回回返返

有多少过去让她回忆？

有多少现在让她守候？

《伴嫁歌》：

藤崀发花十二层，双吹双打送上门。

李冰冰主演的《雪花秘扇》

电影里有一句话：

女儿，生下来，注定是要离开家的。

女书园，甫尾

以前来这里，过河都是坐船，进村后，路随水行，一条土路，在村子里里外外地转悠。

村子以前叫浦尾，叫习惯了的人，现在依旧这样称呼着。

"去女书园了吗？"

"去浦尾了吗？"

曾有好事者，为证明女书文化源自母系社会，就说江永这一带的地名极具女性色彩，与女性身体都有关系，"浦尾"就是证据之一。

政府在甫尾村修建了一座以介绍女书文化为主题的小型建筑群，命名为"女书园"。在原来入村的渡口上，建了一座桥，何艳新老人来过很多次，参加女书园的活动。从河渊村到女书园，途中要翻越几座山，慢慢地，老人来得就不是很多了。

"路太远了，要走路，要转车。"

孙女莲梅，曾在女书园上班，做解说员，工资不高，就去了广州打工。她们那批小姐妹，有一部分都没有在这儿上班了，如果大家回到江永，她们肯定会到女书园来找曾经的同事玩耍，小孩子心性，好热闹，记挂着那份在一起的感情。女书园，成了新一代女书传人的聚集地。

何艳新老人、大姐、莲梅，三代人，走上长长的铁索桥，风吹起短的白发，风吹乱了长长的黑发，河水在她们脚下汹涌地流动，河面很宽，前天刚下了一场大雨，河水很急，没之前清澈，河水混浊，汹涌而下。

一直在女书园里工作的胡欣，是年轻的新时代女书传人之一，见到何艳新老人，她热情地迎上来，两人的手抓在一起，不停地说话。莲梅在女书园的小同事，现在也在外面打工，陪她们一起走进甫尾老村。

村子现在更名为甫尾。改名的理由是，甫尾比浦尾好听。

其实，浦，是一个优美的字，与水相关，与岛，与江河入口相牵连。浦尾——水上的一个小洲，意义美如流水。

村子不大，一平方公里左右的面积，水上的小洲，像一个漂在河流上的葫芦。潇水上游的水"易涨易消"，所以有消水之说，也叫潇水，亦有潇湘之意。河，流到浦尾后，一河分两支，把村子团团围住，在不远处，两水又汇合，村子形成洲，远观，河水像从洲上的葫芦口倒出来的一样，几百米，水流入道县，这是旧村名——浦尾村名字的另一个由来——潇水之尾。

甫尾村，地势平缓，无高山，有急流，河的远处，数十公里之外，山齐刷刷地高高站立，线条高昂，浓淡浅白。甫尾，被河水从峻岭间推涌出来，静静地停在舒缓的平地。

漫步在村子里，一簇簇树枝，弯腰垂钓——轻点河面。

何艳新老人、大姐和莲梅，三个女性走进女书园，又走出女书园，身边没有多一个人，也没有少一个人，回家的时候，只是桥上的风停了，山在远方，河在脚下。

上
甘
棠
古
村

　　看到的，记录下来的，都是女书民间社会的物证，信息集中、准确地指向永州江永上江圩一带，以河渊村为中心。

　　道县、广西等地，有很多有意思的地方和物件，但与女书社会没有关系，也就理所当然地只停在记录之列。

　　上甘棠古建筑群，与上江圩河渊村相距 31.8 公里，原本也是在放弃记录之列，与距离远近无关，主要是没有女书的相关牵连。最后，还是决定留一小笔在此，因为：上甘棠古村落，是湖南省迄今为止，发现的年代最为久远的古村落，保存完好，其景其境，或许可以作为与之相邻的上江圩镇的一面小镜子。发展中，流逝过程中，遗留下来的一环古玉，古玉，环环相扣，记录其中一环。

公元前111年，西汉设谢沐县，县治设于上甘棠村，属苍梧郡。589年，并营浦、谢沐两县为永阳县。根据村里的摩崖石刻，和散落于村子各个地方的碑刻记载，一千多年以来，村名未变，村民主要为周氏血脉，这点也没有过改变。其祖周如锡、周如锟兄弟，为唐朝官员，挂印南征，从山东来湖南平叛。战争结束后，奉命就地而居，成为当地名门望族。

上甘棠村，至今保存有明清时期，湘南风格的房屋两百多栋。年代虽远，民居、牌楼虽破旧，但整体格局，如单元、门楼、庭院，依旧气宇轩昂。

村里现有居民近五百户，大部分为周姓。

顺着一块写有"县衙门"的指示木牌而寻，绕过宽敞的巷子，转进仅容一人通过的窄巷，经过一户户人家的前门后院，登上碎石子路，几乎至无路，爬上后山，到村子最后面，站在高处的一块平地上：无砖无瓦，无门无院，就一块黄土，上立木牌，书：县衙。

全村尽收眼底，壮丽恢宏。

这些石头，这些瓦，那些砖，那些木柱横梁，经历了上千年，而一一安静呈现。

夏湾的周慧娟

何艳新的邻居正在修建楼房，每次去，他们都会过来与你打个招呼，吃他们的特色食品——自家做的糍粑、蒸的红薯、酿的米酒，每次端出来的食物都不一样，即使同样是糍粑，女主人会说，昨天是打汤的，今天的更好吃，是油炸的。

建房子的工人是邻村夏湾人，男男女女九个人，年纪都是四十岁上下，他们都姓唐，村子里大部分人都姓唐。名为夏湾的村子里住的都是姓唐的村民。他们说，夏湾有岩洞、碑、池和大的礼堂。

其中一个工人希望你能给他们拍张照片。

当然没有问题，也是你所希望的，你喜欢那一张张微笑、健康、阳光的脸庞。他们半圆圈地站在外面聊天，你要他们原地不动，就这样站着，该干吗继续干吗，你不断地按下快门：

——站着抽烟的、腰间挂着大串钥匙的、一只手撑腰的、抱手在胸的、背手看着别人的、低头的、吞云吐雾的、吃红薯的、低头说话的。

九个人，六男三女，背景是老房子上拆下来的木梁、晒着的衣服、烂箩筐上搭着的一双袜子、摊在地上的各种塑料管。这就是何艳新老人家的地坪。

他们吃完早饭，八点半开工。小工们搅拌水泥、挑红砖，爬上已经修好的二楼，大工师傅砌墙，拉一根水平线，把水泥浆糊一些放在下面砌好的砖上，右手拿砖，在三个方向，各涂抹上水泥浆，把砖放上去，用手中的砌刀，轻轻敲打上面新放的砖，调整点位置，砌刀的铁敲打硬邦邦的砖，脆脆的声音，点点滴滴，每一下都明明了了，走在村子里，任何地方，都能听到。

其中有位唐姓农民说，夏湾有很多好看的东西。约好明天中午，他们做完事情，下午带你去夏湾村。

第二天上午，你到河渊村，何艳新老人已经准备停当，她说，她带你去夏湾村。一直是与老人一起，到与女书相关的地方去看村落、神庙、女书传人旧地、老人的外婆家等等，之前担心老人身体，才不敢一次次提出每次都请她同行的要求，现在她自己提出来，看着她轻轻松松的身体，你们开心啊！出发。

老人说，女书传人周慧娟现在就住在夏湾村。

周慧娟，周硕沂的妹妹。周硕沂，20世纪当代女书推广中不能绕开的一位关键性人物，在女书即将完结她第一阶段生命体征的时候，女书借周硕沂之手，进入了第二生命存在状态。

女书第一阶段的生命特征，是女书字、女书歌、女书风俗、习性逐渐形成，广泛流传于上江圩所有女性世界中，贯穿所有女性一生，从出生按父母之命结拜的同庚姊妹，长大后，自己结交的姊妹，结婚的哭嫁、《三朝书》习俗，日常中姊妹用折扇来表情达意，逢年过节的"斗牛"、祭祀等等，女书在女性世界的暗河里波涛汹涌，影响每一个人的生活。

女书第二阶段，因为女人与男人一样进了学校，学了汉字，与男人一样出外打工，与男人一样在各地经商、入仕等等，女书渐渐地失去了存在的土壤，女书如睡莲，夜晚，她们沉睡在暗暗的夜色中，安睡在水面、水底。早晨来了，阳光来了，她们一朵朵，绽放在、暴露在人们的视线下，让人为之惊叹。

女书第二生命特质，是以文化的方式而存在，出现在所有人面前，不论男人还是女人。女书不再是女性的泪之书，不再是社会的习俗，而是成为文化的一部分，成为人的一部分，成为一个旅游的点。周硕沂，是这转换点上的关键性人物之一。是谁选择了这个男人？

周硕沂，江永人，他的偶然发现，他的激情，让女书找到了他，他遇见了女书。女书如河流一般，早期的流经地是峡谷，是瀑布、深潭，是岩石、激流，后来，女书进入平缓地带，滋养农作物的生长，为动物、植物提供清亮的滋养，生态平衡。

现在的女书问题：她们的生命之花是否自然开放？形式变了，内核和本质是否在变？是否会因为私欲出现嫁接、基因转换、置入新元素等等问题？女书的精神是否依旧那般丰富？

想知道女书第一阶段生命中的各种秘密，已是不可能的，因为，女书产生的原因，就是因为不想让人知道，女书本身就是一个女人的秘密，是一批又一批苦难中的眼泪，在大地下形成的暗河，坚忍、决绝的秘密，所以还有死后焚书的习俗。

往常，何艳新经常来夏湾。

变化太大了，顺着河道公路，走了近两公里，老人看着车外。

"不对，走过了。要过一座桥。"

掉头，几百米，才发现要离开主公路的出口，左转，一条小路，上石桥，老人不断地肯定地说，这就没错了，没错了，是这条路。

何艳新不停地给周慧娟打电话。

过河、转弯、掉头、沿小溪走，进林子，夏湾村躲藏在几十座、上百座山的隐秘处。

周慧娟在进村子的大礼堂门口等，见到何艳新，她们挽着手，在一起，像两个年轻的姊妹，一路走，一路不停地说话，江永土话。顺着村子里的路，弯弯折折地往里走，一会儿像走出了村子，一会儿转半个圈又进到村子里，走了很久，随两位老人，才进到村子最里的细微处，生活的烦琐，久远之美才氤氲地浮现其貌。

阳光柔和，夏湾，村子阴美。

她们经过的时间并未消失，集结于此——昨日的、再远些时日的、今天的、明天的时光，条理清晰地坐在村庄里——看村庄流水——

不断变化的房子：新楼房、新冒出来一堵墙、新安装的窗户，对面已经修建好的一排，村庄外面还是村庄，村庄外面，是花瓣——新的房子。花蕊，易碎，易飘飞的——是村庄里暮色中的老房子。

周慧娟、何艳新往村子后面走，大片树林与村庄拉开一点距离，瓜棚，绿色茂盛，光影随移，美可视、可闻、可想。

老村口，往下，长长的石阶，三十多级，每级石块由三块长石条组成，下到最低处，靠村庄的这一面，一半傍山，一半与石阶相连，另一面，敞开，面向远方的田野，下面是水池。

整个水池由石头相砌，长方形，中间用石块分开，形成三个水池，不知道多少年了，水池依旧是原来的模样。何艳新小时候，来水池里挑水，村子里的女人们站在另一个水池里，把衣服放在水池旁的石头上，用木棒重重地敲打，水池里的水一直很清，一旦遇到水变混浊，将是一场铺天盖地的惊恐：

女人如常，站在水池里洗衣服，水池里的水突然混浊起来，水飞速上涨，没过卷起来的裤脚，没过膝盖，水位快速上涨，吓得站在水里的姑娘们爬上水池就跑。村里人都说，水池上方洞里有条龙。

村庄按照先天太极图和先天八卦图布置修建。村中央，有一口远近闻名的池塘，谭盾的微电影就从这里取景。池塘四周一圈，都是老房子，水中有鱼，随光影变化，池塘也在时刻流动、变幻，整个村子，因为有了这两处重要水源，从形到质，更加契合太极图、八卦图的貌和意。以水池为中心，阴阳两鱼相抱而环。

她们从东边坎卦位入村，由东往西，由外往内，都有郁郁苍苍的植物守护。大片的老房子，在植物的旁边，一栋连一栋，屋顶与墙体颜色一致。瓜棚下，有一匹棕色骏马，回头看了看两位老人，又转过头去，啃草。

往周慧娟家里走，一路不断地说自己家里的不好。

"又脏，又不好，又黑闷闷。"

村子尽头，巷子中间，在平房前停住，木门、铁锁、红砖。周慧娟边开锁边还在说自己的房子不好意思示人，这是村里人的客套话。

推开门，幽暗的客厅里，一个灰的空间，墙上到处都是与女书相关的物件：女书字、女书书法、女书传人匾额、女书活动照片。女书拥挤在客厅里，忍着气力，阴柔地与主人对话。

客厅正前方，一幅牡丹图，画两边写有七个女书字，旁边挂着一块由江永县女书文化研究管理中心颁发的"女书传人"牌匾，黄底黑字，刷成金铜色，如厅堂的眼睛，炯炯有神，盯着来来往往的有形无形的生灵。

旁边的镜框里，镶嵌了十五张大大小小的照片，有周慧娟出席女书会议的，有与女书研究人员的合影，有女书教学的照片，都与女书相关。

粉红色的冰箱孤零零地站在阴影里，发旧。

厅堂左边、右边和正前方，各有两扇门，通向三个房间。整个空间如一位老人，怀抱着过去的记忆，被人偶尔记起，又长期被人遗忘。墙体发黑，里面的门时刻敞开，没有关的时候。客厅里堆放了一些蛇皮袋子，一些纸箱，都是废品。墙上，挂了件外衣。屋子还算干净，整体散发出垂暮之气。

左边墙上挂着一幅女书字，内容是《训女词》，是周慧娟的母亲传下来的，花草种植在长长斜斜的女书字中。有些褶皱的纸，高悬于墙上。旁边的汉字，是她老公写的，周慧娟不会写汉字。

七十二岁的周慧娟，垂暮的老年气息，没有占据她的精气领地。

周慧娟乐观向上，何艳新则像位悲观的勇士。

周慧娟唱起了母亲写的《训女词》，她希望与何艳新一起吟唱。

两位老人坐在门槛里，下午的阳光打在她们身上，一半阳光一半阴影。唱了几分钟，何艳新老人把椅子搬走了，她说这是周氏家族的《训女词》，她不好唱，唱女书的声调——也不在一个调子上。

周慧娟从里面的房间里拿出七八十张女书书法，大的、小的。还有几本新抄写的《三朝书》。

周慧娟从唐诗宋词里挑了些好的句子，翻译成女书字，写成书法作品，每幅女书字里画了画。字中有松竹，有梅花小鸟。为了达到自己想要的效果，一张画，她反复画很多次，才基本满意。

"画了一次又一次，浪费了很多纸。"

画，线条简单，有点返璞归真的意味。

满塘的莲花，蝴蝶的大翅膀覆盖了整个画面，蝴蝶低飞在或开放，或含苞的莲池里，细纹水波。

另有一张桃花的女书字，斜体字中，桃花图案，周慧娟画了很多天，简单几笔，反复来画，线条向外扩张，桃子肥硕可爱，花丛中的鸟，画得比较笨拙。

周慧娟拿出一幅一米多长的新物件，重重地摔在现实的石头上——一幅十字绣。色彩鲜艳的花朵上，另外绣了八个字：天天开心，岁岁平安。这幅当代的作品，像一条死了的虫子，腐烂在千年的青石板路上。

她折回房间，又拿出一幅十字绣来，小手帕上有女书字。周慧娟因为视力不好，手帕上没有绣花，只绣了女书字：合家欢乐、心想事成、前程似锦、万事如意。她说：

"女书写多了，也没有用。"

女书园里有一幅大的牡丹图绣品，出自周慧娟母亲之手。那绣品，不是十字绣所能比拟的。

周慧娟还用女书字创作了巨幅"红旗颂"的女书作品，记录的是国家的大事，几位主席的丰功伟绩。

你没有见到这作品。

"在江永县文化部门里收着，我准备哪天去要回来。"

周慧娟的女书，从哥哥周硕沂那里学会，她现在在教哥哥的女儿学女书。哥哥周硕沂，在女书流传史上留有转折性的一笔，是他揭开了女书的面纱，发现了女书群体，其实，如果女书不愿意，谁也发现不了她的存在。

　　大姐嫁到道县后，老人只去过两三次，快十年没去女儿家了。孙女莲梅这几年倒是去了好几次。大姐每周都骑摩托车回河渊村，偶尔走路。

　　道县和江永，都属于都庞岭山系，从这边一条山岭，向另一道山岭走去，中间有宽阔地，经过三岔路口，二选一，何艳新老人选错了，乡村水泥路，在一个幼稚园门口消失了，院子里停了辆黄颜色的校车。

　　只能问路了。

　　早些年去日本，到了机场，没看见来接机的人，与老人同行的是位中年男子，他要何艳新老人去问路，他说，他不会日语。老人说，我也不会啊。但老人还是去问了路。

大家刚说完这个故事，现在又要问路了。老人没等莲梅下车，自己就下车，去问池塘边一位老乡，对方用老人也听不太懂的方言回答，她好像明白了一样，往回走，回到之前的三岔路口，选择了另一条路，钻过铁道涵洞，经过红砖厂。

莲梅知道怎么走了。

到了山脚下，就到了大姐的村子，一个十户人家的自然小村落。

大姐去年建的新楼。

老村子靠山，新房子站在老村子前面，新房子前面有大片稻田。

村里的一个远房亲戚，把大姐介绍、嫁过来的。

大姐的儿子十九岁了，1995 年出生在老房子里，初中毕业，没考上好的高中，在山枫的鼓动下，到北京打工，送快餐。原来是叫他去接电话，坐办公室，做些接待工作，因为他说的普通话江永口音过重，只得换工作，何艳新老人有自己很好的解释。

"北方的普通话，与我们的普通话不一样，很大的区别，北方话，带着那个口音。"

你们只能没有坏意地与莲梅一起偷笑。

大姐家的房子是新的，生活方式是旧的。房子大了、亮了。三层楼房，每层四大间，一楼两间房，一间大客厅三四十平方米，挑高在四米以上，高大的客厅里，正中墙上只挂了一口比手掌大点的圆形挂钟，屋角放了一张勉强可坐四人的小桌，三条凳子散落在客厅不同的位置，谁想坐哪儿，就把凳子挪到哪儿。

偌大的客厅，空荡荡的。

老人久久地坐在大堵水泥墙的客厅里，背景是刷水泥时留下的道道印痕，高低不一，一根根，一条条，有粗有细。

厨房在客厅后面，斜搭起来的小房子，墙这边，放了张旧式书桌，做切菜的台子，砧板放在上面切菜。小青椒、肉、红萝卜，切好分堆。

莲梅背对大姐，在炒她会炒的菜，自己烧火，自己炒，动作熟练。焖，揭开锅盖，拿碗，持铲，拌菜，盛菜，铲与锅的碰撞声，大姐叮叮哪哪的切菜声，厨房里，升腾起热气和柴火的烟。

老人难得来一次，大姐乐坏了。她把准备去集市卖的泥鳅、鳝鱼提出来，每一条都不大，养了一段时间，直接把活物放进锅子里炸、煮。

莲梅炒好一个菜，洗了锅，又准备炒另一个菜，阳光从小屋的窗户里照进来：木柴、小锅、火焰、土砖屋的一个小角，与老人之前的生活一样，烟雾中，女人想念的不是身边的男人，而是昨天从桐口村捎来的女书扇子，上面那段话，忘不了，姊妹的丈夫死了，将回到原来住的那栋老房子里……

厨房保持了太多往年的细节：一块红砖和着水泥和沙，在地上，靠墙的位置，四四方方围成一个正方形，高度就是一块砖，中间放了一个活动的三脚圆形铁支架，稳稳地放着口小小的炒菜锅，三根铁棍支撑起来的空间，就是烧火区，木柴从两个不同的方向塞进去，在锅底集中燃烧。

莲梅不敢炒鳝鱼，活物太可怕了。大姐拿一条小凳子坐下来，一边炒菜，一边自己烧火。

大姐家，有一张老床，是"土地改革"时从地主家分的，有木的地方，就有花草，或画，或雕，或刻。镂空，形成一个洞的图案。木板中间原来都有镜子，镜面上有画，至于画的是人物、生活场景，还是花草、动物，已不得而知。整张床上已找不到一面镜子，木块中就形成一个个不同形状的缺口，或三角形，或长方形，或扇形，左右两边各空出一个葫芦式样的洞来，好在，这些空出来的木板上，都有画，有花有草。

客厅外，一个小院，与村路相连的右边，砌了堵围墙，房子正前方，面对远方，空出来，守着田地，看着秧苗在水田里一天天把腰挺起来，绿起来。空出来的地方，远处的山岭，如海，隐隐地低伏，又安静如花。

院子里，堆了些准备在旁边再砌间小屋的砖，院子干净，老人把刚摘回来的豆荚放在簸箕里，坐在大门口，把壳剥开，嫩嫩的豆子新鲜可爱。

邻居见来了客人，过来陪老人说话。

阳光照着老人的白发，一根根，发亮、发白。

在莲梅心里，老人是最漂亮的，老人像个小孩，要让着她，哄她开心。

每个村里都有一个祠堂。老人穿了件深青色的衣服，走出新楼房，口里不断地唠叨。

"老房子，没有什么好看的，还脏。"

老人为这些房子的被弃而惋惜、不舍。祠堂向外的这面墙，刷上了红漆，灰色的门关着，两边的封火墙是白色，其他都是火红火红的。村里的红白喜事，还是在这里举行，吃吃喝喝，都在老祠堂里，祖先的牌位也都在的，只是没有了旧时的小歌堂、大歌堂，没有了哭嫁，只有吃，对新人一遍遍的祝福。

风从祠堂西边吹过来，三个方向是高大的楼房，灰色的围墙，高大的红色院墙，白色的墙壁，三层半高的小洋楼，围困着低矮的祠堂，左右竖起的封火墙，年久失修的瓦片，随意涂抹的红漆。

祠堂，颓废了，没了贵气，像个滑稽的落魄绅士，像孙猴子变出来的庙堂，有些稚气，与整个环境不协调。

老人站在祠堂前的水泥坪里，对着风，用手中的石子，敲出女书歌的节奏，低吟，小声地哼，诉说记忆的可怜，梦想的不确定性。祠堂，负载了太多女书的日常生活，今天，门关上了，没人再来理会。

四周，没有人，只有老人轻轻的、静静的歌声。

村口，祠堂前的大坪边、靠近水田的路上，大狗、小狗聚在一起，少则三五只，多则十来只，躺在地上，有人走过来，开始，它们还抬头、睁眼，过往的人，不会让它们有危险，反倒让它们感觉到并不孤单，脚步为它催眠，它把脑袋放在前爪上，睡着了。它们对人的吠叫是偶尔的，只是象征性地以玩耍的心态来叫，没有对生人进行驱赶和警示的意图，无半点恶意，它们的叫，是与同伴玩耍的同时发出来的。

老人蹲下身，去捡地上的石子，原本聚在一起的狗，立刻散开，躲得远远的，只有一两只狗，留在原地，叫唤两声。

老人捡了几块漂亮、圆润的小石子，在手上倒腾着玩，发出阵阵脆响。

老人以前来过，全村都是老式房子，一栋楼房都没有，现在家家是新房子。

大姐曾经的老房子，就在祠堂旁边。

走不了几十步，就转进了老村子里。每扇门，都关着，没有一户人家还住在这儿，几十间老房子颤颤巍巍地、紧紧地缩在拳头大的地方，鸡、鸭、牛成了主人，来寻些小虫子和草，地上脏，水流得到处都是，老人小心翼翼地走着。

巨大的石磙，遗弃在杂草堆里，保持原来的样子，站立。

所有的老房子齐整地被遗弃在这里，杂草丛生，垂暮之年。

一只圆鼓鼓的杂色母鸡，带着十多只小鸡崽在老村子里找吃的。小鸡去到的那一小撮地方，如一束束微光，照亮所到之处，小鸡轻盈、可爱，神态丰富、简单，没有半点不安全感，宁静地在与它们差不多身高的草丛里，学着妈妈的样子，觅食。而母鸡，小小的眼睛里，散发出对人的警觉。

破败得近似于残骸的一堆老房子中，不断地绕过阻碍物，折返似地往深处绕行，感慨唏嘘物的易变，进到里面，看不见新楼房了，矮旧的老房，不断地出现一些让人惊叹的建筑物。

其中一栋房子，远看没有了颜色，走近，二楼，有繁复的飞檐，一层又一层，木结构，正墙中上的位置，略靠屋顶，从左至右，大大小小的立体浮雕十余尊，最大的五尊神兽靠下一点，并排，其中四只在正门二楼窗户上方，左右各两只。神兽各异，少见。有非马非龙的麒麟，不像鹿的鹿，像龟、像鱼的回头兽。每只神兽，形体有五岁孩子大小，粘在最高处的墙上，与屋檐约相隔八十厘米，两排，神兽身后有四方形背景墙体，石灰的、碎石的。整排墙上，勾画有卷草纹，四角有花草，线条宽而厚实，整个二楼以上的墙面，包括封火墙，不是浮雕就是画，不漏过每一个地方。

阁楼圆拱窗户上面和左右两边，浮雕的花朵，破墙而出。

一楼正门门楣上，四层大方木门框，空出一块匾的位置，因风雨飘零，人为砸坏，匾没了踪迹，露出里面一排排的砖。

推开其中一扇虚掩的门，早无人居住，凌乱自不在说，干枯的稻草，废弃而不舍丢弃的农具配件。有一排床架，拆散了，靠墙堆放，床面板上有一组花草，极简而生动。五块小木板，镶嵌在一条长板上，每块小板上雕刻有花草各一株，每株花草，简至三片小叶，最多的也就十一片，草叶的弧度优美大方，每一片都不拘泥于从根部出发，这样画面立体饱满，不受仅一个出发点的影响，草叶向上散发的力、垂下来的力，每一笔丰富、简洁，至爱。

这是一户什么样的人家？建了一栋这么独特而伟岸的房子！

村子另一端，房子用成色不一的红砖砌成，一般是一户一扇大门，左边开一小窗，一明两暗，三间房的布局，每户都砌有封火墙。

偶有一间房子，高大，没有任何的粉饰，全是青砖，用图案来表达主人的喜好，恍如几百年前的人，回到家里，打开扇子，上面的女书字不认识。她准备明天去邻村，请大姐帮她读。

巷子、小石子路，与河渊村的石板路区别很大。

老村子整体格局已被全部破坏，周边的房子残缺不齐，中间的几十栋房子，孤零零地立在漫不经心的时光里，有些房子倒了，成了路，长满了草，地上全是丢弃的稻草，蓝色的塑料袋，大块大块地被风挂在干柴上，还有焚烧过的痕迹，路，几乎被杂物淹没。

走在村子最里面，重新发现村子往日的景致。这条路，六户人家相对，形成一条小巷，每户门前有一长条石，放在门槛外、巷子里。另一条路，如果两人通行，必须侧身，这样的窄巷，江永的每一个老村子里都有，上甘棠村，就留有一条完完整整的窄巷子，命名为一线天。

砖的红色，木窗的灰白，时间在这里聚集、组合。

老村子，少有人来。

村子不大，几分钟就走完了。

老人说，这是通往后山的唯一的路。村后面是山，山上植物繁茂。老人从暗色的巷子里走出来，不想再往里走，往后看了看，停住了。

"太脏了。"

"没人了。"

山后，种了很多杨梅。

往回走。

通往祠堂的路就多了，好像所有的路，都流向祠堂，越流越宽敞。

村子不大，从大姐家走过。

"都是小房子，好小的房子。"

老人不断地说。

给老人拍照片，老人皱着眉头。

"老了，好难看，还拍这么多，不要拍了。"

其实，她不会介意你在任何时候对她的拍摄。

依山而建的自然村落，紧挨山脚。

村后的山岭，从左右环绕到前面，轻轻地绕开田地，从地面滑向两边，两臂尽量往后相环，环出更多的空间，空出土地，供人耕种，再远远地隆起一道道山，群岭再起波澜。

岭，如河，流在山之脊，既为河，当然就有激浪，河流往上，涌出峰，有落差的瀑布，就有一泓深潭。山岭，一个巨大的屏障，让人依山而居，喀斯特地貌在山岭内外，形成不绝的河水，供全村生灵、万物使用。

坐在每一户农家院子里，都有被群岭环抱的感觉，山岭逶迤流畅于群山之上，与湘西的山，与西藏的山，不同。

山岭会轻轻地呼吸，让出一点点空地，让村民种植农作物、养鱼、养牛。

村子里大部分还是牛耕地、耙田，只有一台机器出现在狭长的田里。

牛犁田，人去休息的时候，牛就走到荒地里，吃点草，补充营养，用牛的人，坐在田边，从水壶里倒出一大碗茶水，这是老婆早早地从家里送来，放在这里的，旁边丢了一包烟，一个打火机。

"家里有婆娘还是好。"

他心里这么想了一下，他是不会说出来的，他大声喊。

"把屋后面那把锄头给我拿过来。"

用机器耕地的中年伙计，机器不需要休息，但人累得不行，坐在田埂上喘着粗气。

看着风吹着烟叶，把正面吹成反面，把反面吹出来，摇摇颤颤地看着天空。

鸟声稠密，有些尖利的叫声，在田野的和声里，处于高处，把人的听觉独独地提溜上去，魁梧的黄牛，拖着犁铧，人扶着，一圈圈地根据田的形状转圈，来来回回，比较规则的长方形田地较多，也有不少椭圆形的田，还有方不方、长不长的田，依据田埂合围的形状，牛和人就把地犁成什么形状。

犁铧把去年的泥土，翻出来，一行行。然后换上锯齿状的铁工具，把成块的泥切碎。再换上锯齿状的木工具，比铁的宽和粗，把泥和熟透。田地，不能太干，要稍微偏稀一点。

农妇挑来秧苗，与自己的老公一起抛秧种地。她总会唠叨，抛秧太乱，密的太密，稀的太稀，农夫，年纪不大，四十多岁光景，不会接老婆的茬，而是不自觉地说，明天姑父家的喜酒包多少钱适合。老婆回答，现在不就这么一个行情，放五张红票子就是。她们，没人再会想到送《三朝书》。其实不用回去太远，六十五年前，《三朝书》还是新婚最重要的礼物，是不可少的一个仪式。现在，都没有了，记忆沉沉浮浮，姊妹的可怜，相互之间的依赖，都去了。

老人希望你学些江永河渊土话，这是进入她们世界的重要一步。

"刘斐玟、远藤，能听懂一些土话，但不会说。"

吃饭了，老人，一个人，安静地坐在餐桌边。

老人招呼大家，开始吃吧。

一碗红薯粉炖排骨、红萝卜炒肉、炸花生、爆炒泥鳅鳝鱼、干笋炒肉，这些食材，都产自这片土地。

大姐拿出自己泡的杨梅酒，莲梅一口喝完一大碗，说，杨梅味。

老
大

排行老大，1966年出生，上面还有一个姐姐。在永州，女孩子不在排行里。

老大之前在广州给别人打工，后来自己在东莞开养猪场。

养了十多年的猪，赚钱不多，活又累，又脏，浓浓的猪粪臭，闻了难受，刮风的时候，气味顺着风，吹出很远，也得了些周边人的抱怨和白眼。

猪粪臭充满了生活的所有细节部位，煮饭、吃饭、睡觉，都逃不开这气味。很长一段时间，走到哪儿，那股子味道，就会通过细微的通道，来到他们身边。

老大的两个孩子，在东莞出生，三四岁大，送回河渊村，在奶奶何艳新身边长大，在乡里读了个一年级，老人要种田、种地，农活太多，管不了孙子们的生活和学习，孩子们又回到东莞。

后来，老大生了一场病，家里元气大伤。2015年，全家离开东莞，回到湖南河渊村，在老村子旁建了栋四层的新楼，准备再盖一排小房子，做老本行：养猪。

二儿子

二儿子，一直在乡里，住河渊村。

1968 年出生，靠种田养家，三个小孩，两个儿子、一个女儿。大的在深圳已经打工多年了，小的只有七八岁，在乡里读书。

三哥

三哥，四十四岁，1971年出生，属猪。何艳新老人最担心的就是这个儿子。

小学毕业，家里穷，连吃都成问题，读书就成为奢望，三哥只能退学回家，帮大人出工，干各种体力活，挣工分养家糊口。

三哥话不多，头稍微有点秃，有股子倔强劲暗暗地藏在身体里。他有泥瓦工手艺，给别人建房子，皮肤常年被晒成健康的小麦色。

几姊妹中，就三哥一直没结婚，老人担心啊。单身，没成家，就跟何艳新老人住在一起。

三哥在广州打了很多年的工，搞建筑，做泥水匠，赚了些钱，喜欢打牌，输了点，等于白忙活几年。

生活本来可以更好的，落在自己的结果里。三哥心有不甘，有自己的追求，但行动上的自控力难以平衡。

2013年，何艳新老人摔伤，三哥干脆回老家，正好照顾老人。

有手艺不怕赚不到钱。附近乡里乡亲的有人建房，说好价格，承包下来，三哥做包工头。三哥本身是个不错的泥瓦匠，认识各种人，自然形成一个自由松散的建筑施工小团队，需要时，吆喝一声，大家尽可能地放下手中的活，凑到一起。

乡里没有房子建，没有临时的好的事情做，三哥就倒腾自家的鱼塘，给这里填些土，加高加固池塘，给那里填出条路来，把一个大池塘，弄成三个池塘，这样好养鱼。

三哥一直在外面打工，没自己单独的房子。鱼塘，承包了十几年，相应地有了周边的地，三哥就想着自己弄栋房子，想法有了，一点点来实现，在池塘边，面对村子的小溪旁，背对池塘和山，是块好地方。

三哥钱不多，基建活自己都会干。干脆，三哥一个人挖地、平地，场地稍微有点窄，也担心溪流边的土堤不坚实，就从下面砌了一堵石头加红砖的墙，从地基开始，只要有闲，三哥就在池塘边一个人修建自己的房子。

像孩子慢慢地长大，每天变化虽不明显，建了两个年头，还没完工，但终究在一点点成形。始终，他坚持一个人砌，不请人。大姐和其他兄弟姊妹们有空肯定来帮忙，读初中的侄子，暑假在家，也经常来帮忙推土、提砌浆。自家人，工钱当然是不需要的。

一层建好了，花了两年的时间。二楼等有时间再接着建，房子是按照两层的顺序来建的，楼梯都盖到了楼上，远看，楼梯好像是一架搭在房子外面的梯子，二楼现在还是一个平顶。

新房子里，什么也没有，只有裸露的红砖墙、水泥地，木门没有上漆，原木，自己做的门，倒有些个性。

房子四周，堆满了建筑材料，沙子、红砖、木材。抽水的水管，从一堆沙子上，爬进池塘里。

屋后就是三哥承包的池塘，大片水域，古树，长在山脚、池塘边，分外醒目，远远就可见这两簇绿荫。树枝高高大大地撑起一团树叶，混迹于树林。一棵树似乎让整座山都绿了起来。远看，只有一根树枝露出它那苍劲的、灰色的枝干，其他树枝被枝叶遮挡。

独立的一个小山包，山中多岩洞，洞口就在古树后面，每次涨大水，里面传来阵阵轰鸣，如雷滚过天空，在岩洞里低吼、咆哮，又如虎，啸声之后，大量的鱼，翻滚着从洞口跳出来，村里人说，那是从龙口里逃出来的鱼。

同样，下大雨，涨大水，池塘里的鱼也会跑到岩洞里去。

三哥屋前，有小溪，再之前，就是田地。
岭在远处，村里的大片房子也在田对过。
三哥像位隐者一样居住于此。

自从三哥承包了这个池塘，老人每天都到新房子里来转转，水塘边走走，水涨了，她担心会漫过新筑起来的塘堰，池塘里的鱼，会跑没的！水太浅了，露出池塘中间的几个小礁石，她担心鱼会干死！

"没人照顾他的生活，一个人，没有老婆。"

一个大池塘，经过挖掘和修整，成了三个池塘。三哥一个，山枫一个，大姐一个。大姐每周从道县来河渊村两三次，她在池塘边种上果树，种了喂鱼的草。

莲梅只要在家，就会陪老人一起出来，顺便折点小竹笋什么的。老人走路，比她还快。

老人、大姐、莲梅，三个人是这里的常客，帮三哥做点事情，偶尔绕着池塘走走，谈些鱼苗的价格，说该给池塘边种的小果树苗浇水了。

莲梅和老人在三哥家门里门外地站了会儿，老人站在屋子中间，看了看四周赤裸的红砖，莲梅靠着门。阳光已经移开，快下山了，微光在屋子里渐渐退去，淡淡的，让夜晚的点点淡墨，晕染成暗色。

走出来，站在屋外。四周，几十年了，除了池塘，好像没有变化。

最近，老人与莲梅每天都在写女书字，唱女书歌，只要接触与女书相关的事情，她总会隐约地听见外婆的声音，淡淡的，广袤的群山，浓密的植物，稀释着老人沉厚的记忆。

农田里种的烟叶，风把叶子翻过来，老人，望着儿女们的池塘，水面的阳光，柔和地沉进水底。向晚，老人的白发，更白了，凌乱地飘起来。身边有三只村里的狗，跟着老人，随老人走出村子，在靠近水的池塘里，在田地里撒野，到水边闻闻鱼的腥味，又跑到老人的脚边，嗅嗅，身体在老人腿上擦擦，又跑开了。

老人有时候，很想知道外婆现在在干什么。

折 扇 / 第 五 折

山枫

　　老人的七个孩子中，小儿子老五何山枫学历最高，在永州读的大学，最小的女儿读的是中专，大女儿初中毕业，其余的儿子都只读了一个小学。

　　何山枫，现在在北京。1978年出生，何艳新只知道儿子曾经在《新京报》干过，现在换单位了，具体做什么，老人不知道。

　　"媳妇不愿意回到这山里来。"

　　老人连续说。

　　"我什么都不知道，就知道他们在北京。"

　　她用笑声来掩饰自己对小儿子的想念。她说手机上存了山枫的电话，拨过去，电话不对，存错号码了。

"他父亲在世的时候，山枫上学的费用借的是银行的钱，利息很高，师范毕业后，山枫在冷水滩的一所学校教书，八百多块钱一个月，可他要还读书时的债，工资太低，就辞职去广州打工，他已经还了银行的两万多元。"

"后来去的北京打工。"

山枫读书那几年，父亲生病三年，花了很多钱，家里更穷了，老人就有不想让孩子读书的想法。山枫就哭，要妈妈帮他去借钱，大学毕业后，他自己来还。

山枫读的是零陵师范，好不容易上了第一年，第二年实在凑不出学费，也没地方借钱了，何艳新骨头硬，她不会向看不起她的人、她看不起的人借钱。

老师知道孩子可能因为学费问题，读不了书，就打来电话，要山枫先带几百元钱去学校，还要他去县民政局写一份证明材料。学校为山枫照顾了一千多元钱。

"那老师挺好的。"

老人全家心底里都感激他。老师对何艳新说，你的孩子不上学，太可惜了。

"这不，他现在又没有工作了。"

其实，山枫一直在北京的一家公司上班。

老人希望山枫早点做父亲。

"你们快点生一个吧？我太老了。孩子们说，不要我带孩子。"

"不要我带，我看看也可以吧！他们不要我担心。我儿媳妇说我是老思想，说我生那么多累不累，她说，我们很困难，钱也没有，北京工资也低。"

"去年，他们结婚了，女孩子是湖南湘潭人。人挺好的，每次打电话，都说，'妈妈，你要保重身体'。"

"他说他没有钱，他说没有房子，就暂时不生孩子。"

何艳新老人知道自己完全帮不了儿子。她即使没有老，也帮不了。

老人太想看看小儿子在北京是如何生活的，她去了北京几次，住得很不习惯，一个人也不认识。

老人一头白发，在北京，山枫想要老人染发，染一次要六十多元钱。

"我不染，给我六十块钱，留给我买吃的吧。"

"在北京，很难过，冷又冷，热又热，心慌慌的。"

"有一次住了十个月，每天除了煮饭菜，其他就没事情做，为刘斐玟写的女书，就是在北京这段时间写完的。"

在北京，老人喜欢上了京剧。

何艳新老人，一直居住农村，她认为因为自己是农村人，才会得到一些不是很公正的待遇。

"我是农村人，不如城里人。远藤织枝与我差不多大，别人看上去就五十多岁，哪像我，这么老。"

老人，笑了——没有牙齿。

何美丽

何艳新最小的孩子是女孩，何美丽，1980 年出生。

何美丽从小就喜欢坐在老人旁边，看老人写那些歪歪斜斜的女书字。慢慢地，接触多了，看多了，听多了，自然而然，何美丽懂得了女书。

"就知道一点点，但也没有完全深入，毕竟在家里的时间，陪伴妈妈的时间比较少，都在外面打工，没有那么多时间去学女书。"

"我不认为她懂女书而多么的了不起，但作为一位母亲来说，我妈妈是最伟大的，她能够把我们兄妹培养成这样，我觉得我妈妈真的很辛苦，我爸爸生病的时候，外面两姊妹要读书，那时候经济条件不好，我妈妈就好强，有些亲戚再有钱，也不会向他们借一分钱。"

"那个时期，如果没有姊妹刘斐玟和日本的远藤织枝，我们根本生活不下去。她们照顾我，孩子上学，她们也帮了不少的忙。"

20世纪90年代末，何艳新实在凑不齐小女儿何美丽上学的费用，她准备让女儿留在家中，或去城里打工。远藤知道后，对何艳新说，你写女书，为女人打抱不平，怎么能看不起女孩子呢！

远藤织枝支付了何美丽上高中的所有学费。后来，台湾刘斐玟也知道了，一起帮助老人全家度过了最艰难的那几年。

何美丽幸运地读完高中，读大学需要一笔更大的费用，何美丽选择了勉强支付得起学费的师专。

1997年，何美丽通过妈妈何艳新的口传身授，学会了女书的各种知识，会写、会读、会认、会唱。

"她的水平只比我差三分之一。"

"不过，我们在农村，农村人，你再会，也没有用。"

农村人不如城市人的想法，在何艳新老人的意识里，根深蒂固。

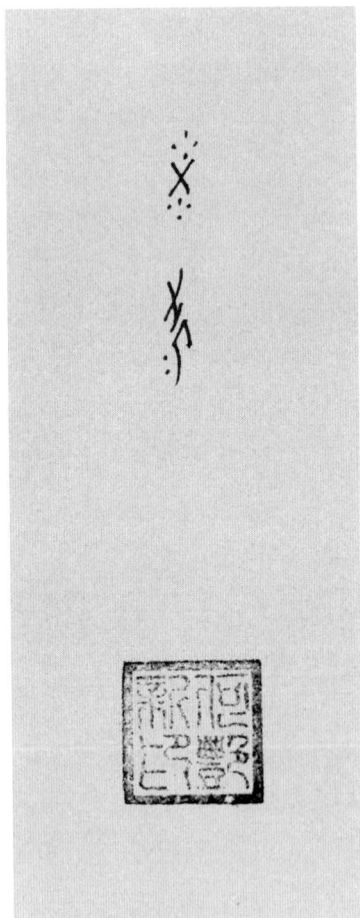

女书字「悲情」，何艳新书

折扇／第五折

何
莲
梅

何艳新老人不停地说女书没用。

"尤其是农村人学了女书没人重视，我自己学了女书都没有用。"

在回村的山路上，天快黑了，时间收走了阳光，它试着喊回一天来流传在天地的事物，太开阔了，终究有些东西隐藏在石头的下面，植物的根茎里，蝴蝶的翅膀下，等黑夜来临，它们发着光，照亮村里的路。

"我会传下去的，让家里的文字不失传，不扬名，只想传下去。"

老人一个人坐在后面，对着植物里的阳光说。

老人穿着格子衫，坐在小木凳上，靠着墙。

"莲梅初中毕业，没有读高中。"

老人总说她没有文化。莲梅是老人一手带大的。一岁就在老人身边生活，她爸妈在广州自己弄了个养殖场，养猪。莲梅从小与老人在一起，她喜欢奶奶，也听奶奶的话，莲梅与奶奶最亲。

五岁，老人开始教莲梅认女书字，学习女书，教了她两年。莲梅是八岁上的学，进了学堂后，就没有学过女书了。初中毕业，奶奶又断断续续地教了她一些。

"我现在把所有能教的女书，都教给了她，我不行了。"

汉字译成女书字、女书字翻译成汉字、唱女书歌、写女书字等等，莲梅都学会了。只是唱女书歌的时候，声音不像老人。

"莲梅唱女书歌，像说话，没有尾巴。"

老人喜欢数落莲梅。

"笨。"

这个字，充满了爱的批评。说这个字的时候，老人在笑。

小时候，听老人唱歌，莲梅说：

"奶奶，你唱歌，像会哭死一样。"

"女书歌，悲啊。"

奶奶说。

莲梅初中毕业不久，与村里的女孩子一起去广州打工。

后来，江永女书园建成，她就回来了，在女书园工作，讲解女书。

后来，老人不让她去女书园上班了。

"一个月九百六十元工资，一天跑两次，早上去得早，晚上回来又晚，一个十几岁的小女孩，路远，基本全是山路，十多公里的路，有很多路上没人家。她骑自己的摩托车上下班，都坏了一辆车。反正，好辛苦，又让人担心，也划不来。"

老人要莲梅不去上班了。

莲梅又去广州打工，与爸妈在一个城市。

后来，爸爸得重病，初愈，爸爸想回老家边休养边做点其他事情。莲梅一起回到河渊村。

春节一过，莲梅十八岁了，她没有像其他人一样再去广州打工，老人要她留在自己身边，重新梳理一下女书文化，把漏掉的东西补上，让女书文化这簇鲜花，完完整整地开在莲梅的灵魂世界里，不漏掉山林里的风声、鸟鸣，不漏掉滑落在石头上的小溪水。

现在，老人和莲梅在一起的时间最多，她们在一起学习女书。

何艳新老人要莲梅在女书字中间画一朵花，彩色颜料是姊妹刘斐玟前年在北京为老人买的，一直没用。

窗户打开，阳光进来。

莲梅站在高桌子旁，弯腰，趴在写好的女书条幅上，在女书字中间认认真真地画起花来，一小笔、一小笔，精细地画，有些笔画是老人用铅笔先勾了线的，她再上颜料，大部分空白处，她根据记忆，随手在画。

小鸟一声声清脆脆的叫声，不断地传进屋子里。

花，画在一个八角的圆圈里。

花始终与女书字在一起，她们的生活中，不能没有花，一个个女书字，仔仔细细地列成行，环绕成一朵花，女书字芬芳绽放。简单的线条，美到动人。在《三朝书》、折扇的女书字中央处、四个边角上，或文章的起尾处，花会选择一个地方，安住在那里，听雨水滴在树叶上的声响，听寒夜里的冷，如何爬上姊妹的身体，梦静静地流向另一个姊妹，芬芳那一屋子的阳光。

花，从大地的植物群里来，进门，爬上女书字的折扇之前，她会细细地把花装扮一番，这些吉祥的图案，波纹荡漾心灵，最常见的"八角花"图案，如其名，每个图八个角、八个边，连弧纹，八角八边外形一样，但里面所生长的花各不相同，有莲花的纯净，有桂花的细碎香，有菊花奔放的线条，有牡丹的王气。麒麟、兰花、寿桃、蝴蝶、凤凰、鱼、龙，与女书字一样，被线条勾勒，字、画，同出一源。

"八角花就是八卦花，当地土话'花'与'卦'字音近。"

下午，莲梅还在画，老人安安静静地以同样的姿势，低头、弯腰，看莲梅画花。

太阳温和了下来，莲梅站在桌子前开始写女书字，一写就是两三个小时。一笔一画，粗笔、小笔，她都写。

写字的高桌子靠墙，没凳子坐，莲梅就站着写写画画。

奶奶坐在小凳子上，在另一张小桌子上写。奶奶时不时地，动作之快，有点冲过去的架势走到莲梅身边，告诉她，哪一笔要缓，哪一笔要厚一点，莲梅很听奶奶的话，按照她的唠叨来画、来写，哪一笔要长点，哪一点要重点。有些地方，奶奶干脆拿过莲梅手中的笔，教她画。

强烈的阳光从窗户里照进来，莲梅弯腰，站在桌子前写女书，桌上散落着各种颜色的画笔。

老人背对莲梅，用硬笔，一笔一画地像刻字般地写着蝇头样的女书字。

江永县里的一位领导，托人转来一张纸条，请老人翻译成女书字。

老人把女书字写在一张纸上，感觉不是很工整，就要莲梅重新写一份。莲梅看了一眼奶奶翻译的，就开始在另一张纸上写起来，两个人，趴在桌子上，老人读，莲梅不用看奶奶的字，就一笔一画地写起来，纸有点皱，像被揉搓过，重新被抹平。

硬笔写出来的女书字，才有女书的意蕴。

对于落款的位置，莲梅写了一个地方，老人说写错了，莲梅有点不好意思。奶奶把纸移过去，戴上眼镜，自己写。

莲梅喜欢笑，当老人遇事不爽，心情郁闷的时候，莲梅会逗老人开心。老人老了，也要人哄。

"她一生气，就坐在小客厅的沙发上。就坐在那里，不动，一动不动，不理人，像小孩子一样。"

与老人在一起最多的是莲梅。

一个是刚醒世事，装扮时尚的小姑娘，一个是年迈的老太太。她们坐在大姐家的小椅子上，高跟鞋对老式布鞋，破了洞的牛仔裤对老式灰布裤，长黑发对白发。

老人说起之前的一些事情，莲梅也是第一次听奶奶说。

二十年前，何艳新老人把自家的辣椒摘了，洗干净，放在两个篮子里，第二天，天没亮，老人就走小路，挑着辣椒去县城里卖。过了农场的小村子，天才亮。卖完菜回到村子，十点多钟，老人继续下地干农活。那时候辣椒两毛钱一斤，具体是哪一年，老人记不得了。老人记得住事情，记不住年月，追问，她很认真地回答：

　　"是八几年，九几年，不对，是六几年，七几年……不记得了。"

　　为养活一大家子，老人经常把自家种的姜、丝瓜、苦瓜、南瓜，挑到县城里去卖。

女书字『唐朝晖』，何艳新书

尾声

精神中的自己越来越虚无缥缈，脚下的土地不再如前那般坚实！少了些什么？什么是你真正需要的？生活中最重要的到底是什么？

好像一直在说，一直在聚会，一直在浪费时间，一直在反复，而并没去做！

你开始反思，质问自己，无情地剖析，痛之后，静下来，看着自己的呼吸，一进一出。

一个下午，"湘楚大地"四个字，把你唤醒，突然地降临，揪心地疼，一阵紧似一阵。

你出生在湖南湘乡农村，青年时期全部在那里度过。

"必须回到那片土地。"

那是你精神核心的散发地。但如何回去？回到哪里？关注什么？你与朋友们聊天，还多次请教于你所敬重的张承志先生。"写湖南。"得到他的肯定。他说，一定要在湖南有自己的大本营，不要离开今天的现实。你理解了他所说的，铭记于心。

你无数次从北京回到湖南，面对苍苍茫茫的湘楚大地，你心里亦是苍茫，空空茫茫，无从下手。

机缘巧合，你登上了一艘船，随船而漂。你当时的想法是，先整体领略一下深重的湖湘文化，希望发现进入的契机。

你从湖南津市的澧水上船，之后漂流到湘江、沅江、资水、汨罗江、洞庭湖，一直到长江的武汉南段，后来，又连续在湖南境内的河流里航行。每次，在船上住二十多天，中途不登岸，一直漂着，湘楚文化的悲壮之气，激荡着你紧迫的心境。尤其是船长刘春生一家三口，他们在河流上驾船生活了二十多年，他们的朴素，他们对善良和爱的理解，让你寻找的心有了安放之处，你要关注的，就是当下环境中这些鲜活的人所处的民间社会景象。你所登上的船多漂流在湖南东北边的位置。

结束船上生活后，你的心灵里，有了一片空地，上面飘来荡去的是你的影子，是你痛失的良知。具体的风，没有落在你的手掌上。

只能继续寻。

你去了湖南的西部。通过作家龙宁英的介绍，你进到一个原生态的苗族村寨：湘西花垣县板栗村。住在老村长吴海深先生家，老奶奶自己织布、缝衣，村子的大部分老人还是穿自己做的苗族衣服，每天与老村长一起到寨子里转，看几百年前的巨石围墙，村子里有自己的蜡染作坊，有汉法师和苗法师，他们拿出整套的面具，摆在院子里，给你看。

一点点在复苏，但并未惊醒你灵异的魂魄。

你接着行走，如行者般痛苦而幸福，一种紧紧的绳索拉着你跑，你听到了风里的鸟鸣，你看到了空茫大地上的影子。后来，你去了湖南最南边——永州江永。那里不仅地理位置特殊，重要的是有一种世界上独一无二的文化吸引着你——女书文化。

外界都知道女书，但到底是什么，除了少数几位专家学者以外，并不为人所知。去之前，你没有想法，也不敢确定自己是否会找到文学的灯盏。有一点是明确的——你不是去做女书学术研究，不是去做人类学考察，那是西方观察世界的一种方式，你要用东方的方式，用文学的方式来写民间社会——女书。

在几位好朋友的帮助下，你来到永州地区江永县河渊村，一个自然的小村寨，遇见了最后一位女书自然传人何艳新老人。

音乐家谭盾做"女书"音乐，也来过她家数次，并让老人在微电影和音乐里唱了一首女书古歌《思念歌》；日本的远藤织枝和台湾刘斐玟等几位女书研究专家，从20世纪80年代开始，就与何艳新保持密切联系，她们每年都会来看她，生活上也给过何艳新老人诸多帮助。刘斐玟与何艳新也早已结交为姊妹。

大部分时间，老人在村庄里劳动，过着农村老太太最普通的生活。

第一次见老人，直觉就告诉你，她就是你要寻找的人，她点亮了你手中颤抖的笔，好像这片土地在等待你的到来。

女书，不只是一种文字，更是一种完整的民间文化，围绕女书，婚丧嫁娶都深层次地涉及女书文化，形成一种完整的健全的社会生态。

女书的核心地：江永县上江圩。群山中的一个小镇而已，各个村寨低低地，沿山的低洼处婉转迂回。

1999年之前，这些自然村落里，都有擅长女书的女学人，她们是当地的君子女，为妇女、姊妹们写信，传情达意，为不认识女书的妇女唱诵女书，她们被今天的人们称为女书自然传人。

有调查显示，江永县上江圩镇曾有女书自然传人45

人，江永县黄甲岭有 1 人，道县有 15 人（其中何艳新的外婆家所在的田广洞村有 12 人）。

上江圩镇河渊村，是女书流传的一个高浓度的点。

在几十个小小的村寨里，能够上千年地流传一种自己独有的文化，不能说不是一种奇迹。我只有敬畏。可惜的是，现在女书自然传人只剩何艳新老人一位。

女书的文字，是世界上唯一的女性专用文字，不为男人所识、所用，八百多个女书字，可以完整地表达汉字所要表达的一切内容。

于江永的女性来说，女书，是她们日常生活的一部分，就像清明节应该给祖先上坟扫墓、春节是全家团聚的日子一样。因为女书，使得江永女性有了自己的一个个节日，并形成了一套完整的民间习俗。

村里女子出嫁，有伴红娘、嘈屋、坐歌堂、闹歌堂、哭嫁等系列习俗活动。婚嫁中最为重要的《三朝书》，是女书文化的重点体现之一。

《三朝书》，就是女性嫁到夫家的第三天，娘家挑来货担，里面有一件宝贝，就是《三朝书》——是新娘的姊妹给她写的，绸布封面、封底，红纸为前后环扉，中间几张素雅的白纸，五字或七字一句，句句道出姊妹情分。这一天，夫家村里的姊妹会集聚阁楼唱诵《三朝书》，这也是对新娘的一种了解。

之后，新娘回到娘家，怀孕后才可以回夫家居住，这种"不落夫家"的习俗，因为有了女书才代代相传，也是女书文化的重要习俗之一。

彰显女性精神的另一宝物是《结交书》，这是情投意合的姊妹们结交的文字物件，类似于桃园结义，只是，她们有文字作证，《结交书》写在纸上或手帕上或折扇上，女书自然传人阳焕宜、唐保贞、义年华等七姊妹虽然命运各不一样，但姊妹情意让她们艰苦的一生有了明亮的色调。想念姊妹的时候，她们会把思念的诗句写在折扇上，托人带给对方，一把把折扇，是她们世界里一盏温暖的灯，日夜不息。

江永女性，在出生不久，父母会找到同年同月同日出生的孩子，让她们结为姊妹，叫"同庚"，如果是同年出生的孩子，就叫"老同"。一旦结为姊妹，终生为情感的依靠，当地人还认为，认了姊妹的孩子好养活。李冰冰主演的《雪花秘扇》里的姊妹，就是女书的风俗之一。

村庄里，还有花山庙，敬奉有她们自己的神仙——两位姊妹。村民家中有事，男人、女人都会爬上山，在菩萨前，跪下、烧香、烧纸，不同的是，她们还会烧写有女书字的纸，内容就是她们的愿望。

女书最动人的另一形式是歌谣，何艳新说，给你唱首歌吧。她声音一起，短短几秒，你就回到了远古的丛林，几千年前的情境来到了现在，时间不再是一条河流，而是一个小小的圆点。一切并没有远去。何艳新老人，一首接一首地唱。她的声音可以救治一个孤独的灵魂。

女书历代传承靠的是口传心授，这让女书始终保持鲜活的姿态，如植物，生长在江永一带的山水之间，用浪漫的情怀，形成女性的独立精神世界，那里有自由、有爱，还有美，那里阳光充足，雨水充沛。

《折扇》书名的缘由，有一个故事。

去年，你正在江永采访，做了一个梦。在一间类似于古堡的房子里，屋子光线不是很亮，灯仅仅照亮了人和桌子。屋子不大，长方形，门口摆了一张长的课桌，马尔克斯坐在后面，阎连科先生站在桌子旁边，慢慢地来回走动，李敬泽先生坐在桌子对面的长凳上，后面的幽暗处，有向上的楼梯，三位竟然都在讨论你女书的书名，马尔克斯说《折扇》是不错，并且也得到另外两位的认同。女书社会生态的中心点——女性之间的结交姊妹环节，所有的女书习俗都为此服务。而姊妹间日常书信往来，传情达意，多写在扇面上。做此梦前，没想过"折扇"这个词，梦醒，"折扇"从此挥之不去，许多次想换书名，但终究因为"折扇"特别契合女书的核心意旨，何况是三位你心仪的敬重的作家——梦中所取，自有其意。加之，每次都同行、参与了采访的欧阳小姐，也感觉"折扇"这一词语，契合女书本质，如此等等，故而用《折扇》为书名示人。

还有一个与采风相关的故事，不得不提。

在第二次采访完何艳新老人回京的路上，在永州岳临高速公路上，在郁郁葱葱的群山之中，一场大雨，路上有积水，你的车，突然漂移，撞向公路右边，方向盘下意识地往左边打，快撞上左边了，又往右，车撞在水泥礅上，似乎会冲下桥去，高度有数十米，人在车的几次旋转中，已经没有了方向，在旋转的几秒钟里，你知道，自己将即刻告别这个世界……

车竟然慢了下来，停在路的右边，你在旋转中，醒来，知道自己还活着，车上俩人，身体竟毫发无损，气囊在撞击中弹了出来，车子右侧车轮毂成了碎片，车身全毁，车尾严重变形，方向盘歪了……

那是你第二次去江永河渊村，从何艳新老人家出来，车难之后，你又回到了河渊村，直到完成了对女书民间社会的记录……

后来，你又去了……

你不是一位女书的研究者，只是因为女性的伟大，你才接近她们，一种声音，一种颜色，漫山遍野，女书，是其中的一簇，你聆听着她们的歌声，有各种形式可以近距离地坐在她们身边，你只选择了一个人：何艳新老人。

在她身边，与她一起坐在屋子里，看着窗户上的阳光，影子落在地上，花开在村子的每一条路上。通过这位可爱的老人，你进到女书的群山里——都庞岭，层层叠叠地开成花瓣。

写作《折扇》，学习、采风、写作，不断往返、穿插进行，三年有余，遇到情绪低落和悲悯之时，你就不断地听何艳新老人的女书歌，让生活充满温暖和历史感，不再孤独无助。

通过无数影像资料，你去到了几十年前，随老人们的回忆，去到更远的地方。

在文字中，在各地追寻的道路上，无数条路暗涌着，通向永州，抵达江永的上江圩小镇，在河渊村，时间成为一个湖，你绕湖而行，世纪和年月构成的门牌号码，公元元年，公元一千年，公元两千年，你一一经过。

你能做的就是把看见的记录下来，不发表个人观点，因为人物已经走在你思想的前面。

从无数的蛛丝马迹中，你用直觉，在虚无中，发现女书神像、文字、留言和她们的影子。在本书创作和出版过程中，得到韩敬群先生、龙冬先生、陈东捷先生特别的关注，得到张丽和出版社同人，及远藤织枝教授、刘颖女士、指尖女士，还有湖南的朋友们热情无私的帮助，只有感谢！感谢李敬泽老师、阎连科老师的推荐和指导。另外，附录参考资料里列出来的作品和作者，他们给予

女书字「三朝书」，何艳新书

了你孤身前往的强大勇气，给予你一面面警示的镜子，告诫自己：少私欲，安安静静地做一位自然、本真的人。

2015 年 12 月 30 日第六稿

北京酒仙桥

折扇／尾声

参 考 文 献

一、古籍文献

《史记》

《水经注》

《山海经》

《淮南子》

《博物志》

二、影像资料

《女书回生》（纪录片），郭昱沂导演，刘斐玟、何艳新出演。

《女书》（交响音乐诗），谭盾导演，2013年。

《泪之书》（音乐纪录片），谭盾导演，2013年。

《女书——中国妇女的隐秘文字》(纪录片)，杨躍青、郑至慧编导。

《雪花秘扇》（电影），由美国福克斯探照灯公司及中国华谊兄弟、上海电影有限公司合作制作，影片改编自美国华裔女作家邝丽莎的同名英文小说，由王颖执导，李冰冰、全智贤、邬君梅和休·杰克曼等联袂出演，2011年在中国上映。

《寻找女书》，韩谨伊导演、策划，湖南大学新闻传播与影视艺术学院出品。

《快乐汉语　神奇女书》，中国中央电视台。

《东方全纪录　中华文化之谜　女书之谜》，东方卫视。

《地理中国》，中国中央电视台。

《发现之旅》，中国中央电视台。

江永女书生态博物馆。

三、学术著作

远藤织枝、黄雪贞：《女书的历史与现状：解析女书的新视点》，中国社会科学出版社，2005 年版。

赵丽明：《中国女书合集》，中华书局，2005 年版。

宫哲兵、唐功暐：《女书通——女性文字工具书》，湖北教育出版社，2007 年版。

何华湘：《非物质文化遗产的传播研究——以女书为例》，中国书籍出版社，2013 年版。

宫哲兵：《妇女文字和瑶族千家峒》，中国展望出版社，1986 年版。

赵丽明：《中国女书集成——一种奇特的女性文字资料总汇》，清华大学出版社，1992 年版。

赵丽明：《女书与女书文化》，新华出版社，1995 年版。

李荆林：《女书与史前陶文研究》，珠海出版社，1995 年版。

周硕沂：《女书字典》，岳麓书社，2002 年版。

赵丽明：《百岁女书老人阳焕宜女书作品集》，国际文化出版公司，2004 年版。

冯骥才、白庚胜、向云驹：《闺中奇迹：中国女书》，黑龙江人民出版社，2005 年版。

陈其光：《女汉字典》，中央民族大学出版社，2006 年版。

赵丽明、赵日新：《女书用字比较》，知识产权出版社，2006 年版。

谢志民、谢燮：《中国女字字典》，民族出版社，2009 年版。

李庆福：《女书文化研究》，人民出版社，2009 年版。

张国权、王金梁：《女书女人处女地》，湖南美术出版社，2011 年版。

周进隆：《中国女书起源新探及书法》，湖南美术出版社，2011 年版。

彭泽润：《湖湘文库：江永女书文字研究》，岳麓书社，2011 年版。

周飞战：《女书文化与视觉艺术》，湖南师范大学出版社，2014 年版。

周晓陆、杨燊、高子期：《中国消失的文字》，山东画报出版社，2014 年版。

　　王澄溪、王小溪：《中国女书书法大字典》，中州古籍出版社，2014 年版。

　　赵丽明：《传奇女书——花蹊君子女儿九簪》，清华大学出版社，2015 年版。

四、期刊论文

　　刘斐玟：《书写与歌咏的交织：女书与湖南江永妇女的双重视维》，台湾人类学刊。

　　骆晓戈：《女性学背景下的江永女书研究》，艺海。

　　谢志明：《"女书"是一种与甲骨文有密切关系的商代古文字的孑遗和演变》，中央民族学院学报。

　　潘慎、梁晓霞:《原始母系社会的文化——江永女书》，山西大学学报。

图书在版编目 (CIP) 数据

折扇：最后一位女书自然传人/唐朝晖著. — 北京：北京十月文艺出版社，2016.11
ISBN 978-7-5302-1613-2

Ⅰ.①折… Ⅱ.①唐… Ⅲ.①纪实文学—中国—当代 Ⅳ.①I25

中国版本图书馆 CIP 数据核字 (2016) 第 157534 号

折扇　最后一位女书自然传人
ZHESHAN
唐朝晖　著

出　　版　北京出版集团公司
　　　　　北京十月文艺出版社
地　　址　北京北三环中路 6 号
邮　　编　100120
网　　址　www.bph.com.cn
发　　行　新经典发行有限公司
　　　　　电话（010）68423599
经　　销　新华书店
印　　刷　北京盛通印刷股份有限公司
版　　次　2016 年 11 月第 1 版
　　　　　2016 年 11 月第 1 次印刷
开　　本　787 毫米 ×1092 毫米　1/32
印　　张　12.5
字　　数　223 千字
书　　号　ISBN 978-7-5302-1613-2
定　　价　36.00 元
质量监督电话　010-58572393
如有印装质量问题，由本社负责调换。